김태빈의 서양고전

껍질깨기

김태빈의 서양고전
껍질깨기

1판 1쇄 · 2011년 6월 15일
지은이 · 김태빈
펴낸 곳 · 도서출판 해오름
펴낸이 · 바형만
주소 · 150-045 서울시 영등포구 당산동 5가 11-34 삼성타운 608호
전화 · 02) 2679-6270~2
팩스 · 02) 2679-6273
홈페이지 · www.heorum.com
등록 · 제 16-1371호
인쇄 · 동진인쇄

책을 만든 사람들
기획 및 편집 · 이가윤 | **관리** · 최윤정
편집디자인 · 전석영 | **표지디자인** · 나이스브랜드

ⓒ 해오름 2011

ISBN 978-89-90463-17-3 03800
이 도서의 국립중앙도서관 출판시도서목록(CIP)은 e-CIP 홈페이지(http://www.nl.go.kr/ecip)와
국가자료공동목록시스템(http://www.nl.go.kr/kolisnet)에서 이용하실 수 있습니다.
(CIP 제어번호: CIP2011002323)

값 15,000원

김태빈의 **서양고전**

껍질깨기

김태빈 지음

해오름

머리말

사실 저는 고전을 읽어야 할 마땅한 이유를 알지 못합니다. 그저 남다른 사람 이야기를 읽는다고 생각했습니다. 이때의 남다르다는 것은 비범하고 출중하다는 뜻이 아닙니다. 자기 삶을 과장하지 않으면서 지금-여기에 충실한 사람들을 책에서 발견했을 뿐입니다. 그래서 고전에서 '나'와 우리의 삶을 봅니다. 무기력에 국적과 신분이 있다면, '대한민국, 중고등학생'일 것 같은, 그 아이들에게 가슴 뛰는 삶을 생생하게 전하고 싶었습니다. 그리고 그들에게 지옥을 선물한, 한때는 아이였던 수많은 '나'에게도.

글이 머뭇거릴 때, 햄릿『햄릿』의 존재에 대한 번민과, 엘리자베스『오만과 편견』의 시대를 뛰어넘는 사랑과, 오뒷세우스『오뒷세이아』의 영생까지 멸시한 자기성숙에의 열망을 어떻게 전할지 고심했습니다. 스트릭랜드『달과 6펜스』가 벗기려던 현실이라는 딱딱한 가면을, 뫼르소『이방인』가 직시한 부조리를, 걸리버『걸리버 여행기』가 풍자했던 인간세계를 보여주고 싶었습니다. 아이들이 현실의 적나라함을 애써 직시하고 자신을 낯설게 바라보길 바랐습니다. 그래서 현재 자신의 모습을, 살아가야 할 세상을 있는 그대로 포용해 당당하게 살자고 격려하고 싶었습니다.

줄탁동시(啐啄同時). 알 속 병아리는 세상으로 나오기 위해 알껍질을 깨기 위해 쫍니다.[啐] 그러면 어미닭은 그 소리를 듣고 밖에서 역시 껍질을 쪼아 새끼를 돕습니다.[啄] 산티아고 노인『노인과 바다』의 패배와, 슈호프『이반 데니소비치, 수용소의 하루』의 복종과, 윈스턴『1984』의 회한은 여러분에게 닫힌 세상을 깨트릴 용기를 줄 것입니다. 그것에 응해 저는 조르바『그리스인 조르바』의 자유를, 노라『인형의 집』의 자신에 대한 책임을, 『인간의 조건』의 세 주인공(기요, 첸, 카토프)의 자기희생 위에 세운 인간의 존엄을 여러분에게 전하겠습니다. 그러면 강퍅한 세상 껍질을 깨는 안팎의 소리가 공명(共鳴)할 것입니다.

부족한 글을 쓸 지면을 허락해주고 책을 묶어준 〈배남〉 이가윤 편집장과 해오름 식구들, 그리고 각 작품에 딸린 글을 써준 제자들에게 고마움을 전합니다. 과분한 추천의 글을 써주신 이남호 교수님과 진웅용 선생님께도 감사의 말씀 올립니다. 누구보다도 아내 진숙과 아들 인우에게 사랑의 마음을 보냅니다.

뭇 생명이 시푸릅니다. 우리도 생명임을 잊지 말아야겠습니다.

2011년 6월 1일
김태빈

김헌빈의 서양고전 껍질깨기

아버지,

그곳에

도

바람이 부나요

1_

나를 바라보기

『이방인』, 『그리스인 조르바』, 『인형의 집』

그러니까 곰곰이 생각해보면 나보다 낯선 존재는 없습니다.
누군가와 손잡고 더 나은 삶을 꿈꾸기 위해서는,
그 누구보다 나를 잘 알아야 합니다.
모든 사고와 행동의 시작과 끝은, 바로 나입니다.

나는 내가 원하는 대로
살고 있는가

알베르 카뮈, 『이방인』

자유의 반대는 구속이 아니라 관성이다.
– 앙리 베르그송

여기, 태양 때문에 사람을 죽였다는, 법정에서 자신을 결코 변호하지 않으려는 청년에 대한 이야기가 있습니다. 『이방인』(etranger), 카뮈의 이 작품은 '이상한'(etrange) 작품임에 틀림없습니다. 그런데 『이방인』은 출판 당시뿐만 아니라 지금까지도 많은 사람들의 사랑을 받고 있습니다. 그것 또한 이상한 일입니다. 그런데 우리는 살아가면서 종종 꾸며낸 이야기인 소설보다 더 황당한 일을 겪곤 합니다. 그리고 더 가끔이기는 하지만, 너무나도 당연해서 의문을 가지지 않았던 내 하루하루의 삶이 낯설고 불편하게 느껴질 때도 있습니다. 어쩌면 『이방인』은 자주는 아니지만, 그렇다고 전혀 경험하지 못하지도 않는, 일상생활의 체험이나 거기에서 느끼는 감정과 관련이 있을지도 모릅니다.

카뮈가 『이방인』을 발표한 시기는 제2차 세계대전 중 파리가 독일의 점령 하에 있었을 때입니다. 전쟁만큼 평범한 삶을 송두리째 뒤흔드는 것이 있을까요? 우리는 전쟁을 직접 경험하지는 않았지만 그것이 우리 삶에 어떠한 영향을 미칠지는 다양한 매체를 통해 접해왔습니다. 그래서 전쟁의 끔찍한 상황을 상상해 볼 수는 있습니다. 전쟁은 모든 것을 낯설게 합니다. 평소에는 지겹게 여기던 이른 등교와 규칙적인 식사, 가족이나 친구와 보내는 지극히 평범한 시간, 그것들은 전쟁이라는 극한상황에서는 생존이라는 유일한 목표를 위해 헌신짝처럼 내팽개쳐지기 일쑤입니다. 사람들의 삶을 편안하게 하기 위해 고안되었던 과학기술이 오히려 인간의 삶을 위협하는 무기로 바뀌는 전쟁에서, 카뮈는 개인으로서의 무력감과 함께 낯선 삶을 강렬하게 체험했을 것입니다.

또한 기성세대가 일으킨 전쟁으로 가장 큰 피해를 입는 이들은 정작 전쟁을 일으킨 당사자가 아닙니다. 전쟁과 아무 상관이 없는 여러분 또래나 여러분보다 조금 더 나이가 많은 젊은이들이 가장 많이 희생되었습니다. 그들은 아무 이유 없이 동년배의 청년들을 향해 총을 쏘아야 했고, 그 결과 수많은 이들은 목숨을 잃었습니다. 따라서 끔찍한 전쟁을 경험한 그들이 전쟁을 불러온 기존의 체제와 사상을 거부하는 건 너무도 당연한 일입니다. 그들은 부조리한 세상에 저항하는 방법을 다양하게 모색했을 것입니다.

그런데 그들은 어떻게 세상에 저항했을까요? 여러분이라면 어떻게 이 엉터리 같은 세상과 드잡이를 하겠습니까? 세상을 바꾸는데 아무런 영향도 미치지 못하지만 마음만은 후련한 비난으로? 세상을 바꾸기 위해 꼭 필요한, 세계에 대한 이성적 비판으로? 그것도 아니면 말라빠진 관념적 비판을 비웃는 폭력적 저항으로? 그것보다 가장 효과적인 저항은 무관심이 아닐까요. 물론 이때의 무관심은 부조리한 세상에 대한 무심함이 아니라, 부당한 행위가 아무렇지도 않게 자행되는 사회 그 자체에 대한 불인정을 의미할 것입니다. 체제의 근본적 부정이야말로 젊은이들이 선택한 최선의 저항이었을 겁니다.

그렇게 산 한 청년이 있습니다. 『이방인』의 주인공 뫼르소입니다. 그런데 여러분이 『이방인』에서 만나게 될 뫼르소는 '애매한 존재'라는 사실을 미리 말씀드리고자 합니다. 그러나 그 애매함은 비도덕적이라거나 무책임하다는 것과는 거리가 멉니다. 그것은 우리에게 낯선 것입니다. 그러나 애매하고 낯선 것이 오히려 진실일 가능성이 높습니다. 진실은 쉽게 드러나지 않고 불편한 것이기 마련입니다.

만약 여러분이 자신이 사는 세상을 완벽하게 질서잡혀 있는 것으로 생각하고, 여러분의 삶 또한 균일하고 단단하며 명료한 것이라고 확신한다면 『이방인』을 포함한 문학은 한갓 미친 소리에 불과합니다. 그런데 만약 그렇지 않다면, 내가 사는 세계가 수상한 것 같고, 나 혼자만 불온한 인간인 것 같아 불안하다면, 『이방인』은, 뫼르소는, 카뮈는 여러분에게 친절하지는 않지만 이야기를 나눌 수 있는 친구가 되어줄 것입니다

이방인 뫼르소와의 대화

나: 뫼르소, 어머니가 돌아가셨다는 소식을 들었을 때 어땠나요? 아마 당신의 어머니는 마랑고라는 곳에 있는 양로원에서 생활하고 계셨던 것

같던데요?

뫼르소: 그래요. 나도 알제리의 수도인 알제에서 회사에 다니고 있었어요. 어느 날 '모친 사망, 명일 장례식. 경백(敬白)'이라는 전보를 받았어요. 나는 곧 휴가를 내고 마랑고로 갈 채비를 했어요. 나는 어머니의 죽음이 실감나지 않았지만 주변 사람들은 나를 매우 가여워했어요. 조금 어리벙벙한 기분이었죠.

나: 양로원에 도착해서 어떤 일이 있었는지 이야기해 줄 수 있어요?

뫼르소: 그러죠 뭐. 우선 양로원 원장을 만나 간단한 장례절차에 대해 들었어요. 어머니가 안치된 관은 이미 봉해져 있었는데, 문지기가 나사못을 뽑고 관을 열려고 했지만 나는 그러지 말라고 했어요. 그리고 문지기 노인과 몇 마디를 나누며 그냥 시간을 보냈습니다.

나: 왜 어머니 얼굴을 보지 않으셨나요?

뫼르소: 특별한 이유는 없어요. 그렇지 않아도 문지기 노인이 똑같은 질문을 하더군요. 나는 '모르겠습니다.'라고 답했어요. 사실 꼭 그래야 하는 이유를 정말 모르겠더군요. 잠시 후 어머니와 친하게 지내던 노인 몇 분이 밤을 새우기 위해 방으로 들어왔어요. 나는 자다 깨다를 반복하며 아침을 맞았어요. 신부님이 오고 우리는 묘지까지 영구차를 따라 걸었어요. 그리고 모든 일이 신속하게 이루어졌죠. 나는 이제 실컷 잠을 잘 수 있겠구나 하는 생각에 잠시 기쁨을 느꼈고 그것으로 끝이에요.

나: 그럼 장례식을 마치고 돌아온 후에는 무슨 일이 있었나요? 그 일로 나중에 재판정에서 불리한 위치에 서게 되잖아요.

뫼르소: 특별한 일은 없었어요. 토요일에는 수영하러 가 마리를 만났어요. 예전에 같이 근무했던 동료죠. 그녀와 저녁에 영화를 보고 집에서 같

이 밤을 보냈어요. 일요일에는 저녁거리를 사러 나간 일을 빼고는 집 안에 처박혀 있었죠. 그 다음날 다시 일을 할 생각을 하니 '결국 달라진 것은 아무것도 없다'는 생각이 들더군요.

나: 그 이후에 특별한 일은 없었죠. 같은 층 이웃인 살라마노 영감과 잠깐 만나고, 역시 같은 층에 사는 레몽 생테스와 식사한 일을 빼면요.

뫼르소: 그래요. 일주일 뒤 레몽은 애인을 폭행해 경찰 조사를 받았어요. 그가 내게 증인이 돼 달라고 해서 그렇게 하겠다고 했죠. 개가 도망친 살라마노 영감은 개를 욕하면서도 한편으로는 개를 찾지 못할까봐 전전긍긍했고요.

나: 사장이 파리에서 근무할 것을 권했을 때 왜 거절했나요? 전근이 당신 생활에 새로운 활력소가 될 수도 있었을 텐데요.

뫼르소: 일상은 결코 바뀌지 않아요. 알제에서의 삶이나 파리에서의 생활이나 내게는 마찬가지죠. 나도 학생 때는 야심이 있었어요. 그런데 공부를 포기하지 않을 수 없었을 때, 그런 모든 것이 실제로는 중요하지 않다는 것을 깨달았죠. 마리가 나에게 자신과 결혼하고 싶으냐고, 자기를 사랑하느냐고 물었을 때, 내가 아무래도 상관없다고, 사랑하고 있는 것 같지는 않다고 답한 것도 마찬가지 이유예요.

나: 이제 당신에게 결정적인 사건이 일어난 때의 이야기를 해야겠는데요. 당신은 레몽의 친구인 마송의 별장에 갔습니다. 그리고 레몽은 그를 미행하던 아랍 청년들과 싸우는 중에 상처를 입죠. 그 후 당신은 다시 바닷가로 갔고 레몽에게 칼을 휘둘렀던 청년을 총으로 쏘게 됩니다.

뫼르소: 마치 검사처럼 말하네요. 그런데 처음부터 내가 그 아랍 사람을

어떻게 하려고 바닷가로 나갔던 건 아니에요. 레몽의 일은 이미 끝난 것이라고 생각했거든요. 그런데 그 아랍 사람을 우연히 보았죠. 그날 내리쬐던 햇볕은 어머니 장례식 때의 햇빛과 똑같이 느껴졌어요. 내가 다가가자 아랍 청년은 단도를 뽑아들었고, 칼에 반사된 햇볕은 마치 내 이마를 쑤시는 것 같았어요.

나: 나중에 당신은 법정에서 청년을 살해한 이유가 '태양 때문'이었다고 증언했는데요. 그 말이 정말 이해하기 어려워요.

뫼르소: 나도 그 대답이 얼마나 우스꽝스러운지 알아요. 나는 그때 나를 포함한 세계의 모든 것이 기우뚱한 것을 느꼈어요. 총성이 '불행의 문을 두드린 네 번의 짧은 노크 소리'와도 같다고 생각했어요. 그리고 그 사건으로 인해 지금까지 유지되었던 나의 안온한 삶이 깨질 것이라는 것도 알았고요. '그냥' 그 사건이 일어났어요. 내가 불행한 삶을 자초한 것은 아니에요. 삶에는 문득 그럴 때가 있어요. 물론 내 경우는 살인죄를 각오해야 했지만.

나: 살인죄는 아주 중대한 범죄고 당신은 사형을 선고받을 수도 있는데요?

뫼르소: 그런 판단은 삶을 어떻게든 지켜야 할 가치 있는 것이라고 생각하는 사람에게만 의미가 있어요. 인생이 살 만한 가치가 없다는 것은 누구나 알고 있지 않나요. 어차피 사람은 죽어요. 조금 일찍 죽든 조금 나중에 죽든, 그 차이만 있을 뿐이에요.

나: 하지만 사람들은 당신을 이해하지 못했고, 살인뿐만이 아니라 당신의 모든 행동들이 비도덕적이라 여기지 않았나요?

뫼르소: 네, 그래요. 나를 돕겠다던 관선변호사는 사건과 관련 없는 일만

물었어요. 예를 들어 엄마의 장례식 날 슬펐느냐고 묻는 거예요. 예심판사도 마찬가지였어요. 그는 하느님을 믿지 않는 나를 이해하지 못한다고 했어요. 그럴 수는 없다는 거지요. 내가 한 행동을 후회하느냐고 묻자, 나는 진정으로 후회하기보다는 차라리 일종의 귀찮음을 느낀다고 말했어요.

나: 다른 사람들은요?

뫼르소: 마찬가지였죠. 나를 불편하게 했던 것은 재판정에서 나를 아는 사람들이 나에 대해 증언할 때였어요. 특히 엄마가 돌아가시기 전까지 있었던 양로원 원장은 내가 어머니의 죽음을 전혀 슬퍼하지 않았다고 증언함으로써 재판정에 있는 모든 사람들이 나를 증오하게 만드는데 결정적인 기여를 했어요.

나: 뫼르소 당신에 대해 우호적으로 증언한 사람은 없었나요?

뫼르소: 있었죠. 특히 내 단골 레스토랑 주인인 셀레스트는 나를 '사나이'라고 했어요. 그리고 내 살인행위가 불운 때문이라고 주장했죠. 그렇지만 그 이상 나를 변호해주지는 못했어요. 마리 또한 검사가 유도한대로 진술을 하고 말았어요. 내가 어머니의 죽음을 전혀 슬퍼하지 않은 파렴치한이라는 이미지를 방청객들에게 다시 한 번 더 확인해주었던 거죠. 그날 검사는 마지막으로 다음과 같이 말했어요. "범죄자의 마음으로 자기의 어머니를 매장하였으므로, 나는 이 사람의 유죄를 주장하는 것입니다." 내가 사람을 죽인 일과 어머니의 죽음이 도대체 무슨 상관이죠?

나: 결국 검사는 사형을 구형했고 최종 판결 또한 공공장소에서의 참수형으로 내려졌습니다. 그때 기분이 어땠나요?

뫼르소: 아무 생각도 없었어요. 그래서 재판장이 무엇이든 덧붙여 말할 게 있느냐고 묻자 없다고 했어요. 변호사의 장담과는 너무나 다른 판결이 내려진 것이 조금 어리둥절할 뿐이었어요.

나: 당신은 형무소 부속 사제의 면회를 세 번이나 거절하다가 네 번째에야 만났는데요. 이유가 있나요?

뫼르소: 그의 말이 따분했기 때문이에요. 그는 하느님을 믿지 않고, 아무 희망도 안 가진 채, 죽으면 완전히 없어져버린다는 생각을 갖고 살아가는 것은 불가능하다고 했어요. 그런데 그게 왜 불가능하죠? 나는 지금까지 그렇게 살아왔는데.

나: 당신이 사제를 붙들고 소리를 쳤다고 하던데요.

뫼르소: 그는 자신의 생각만을 나에게 강요했어요. 그런데 그건 내가 생각하기에 너무도 허술한 것이었어요. 그러나 나는 사제보다 더 확실한 신념이 있어요. 그건 내 인생과 닥쳐올 죽음, 그리고 나 자신과 모든 것에 대한 확신이에요. 그의 가식이 역겨웠어요.

나: 마지막으로 할 말이 있으면 한 마디 해 주겠어요?

뫼르소: 우리가 흔히 하는 대로 근거를 들거나 논리적으로 설명할 수는 없지만, 나는 내 죽음을 분명히 인식하자 어머니가 생의 마지막에 왜 새로운 삶을 꿈꾸었는지 조금은 이해할 수 있었어요. 아마 어머니는 죽음 가까이에서 해방감을 느꼈던 것 같아요. 그러니 누구도 어머니의 죽음을 슬퍼할 권리는 없어요. 그러면 곧 어머니가 자신의 삶에 대해 가졌던 근본적인 해방감을 부정하게 되니까요. 내가 세상에 무관심한 것처럼 세상도 나에게 무관심한 것을 발견하자 나는 전에도 행복했고, 지금도 행복하다고 느꼈어요. 그것뿐이에요.

당신은 뫼르소를 변호할 수 있는가?

여러분은 살인자 뫼르소를 변호할 수 있습니까? 우선 뫼르소의 행동을 간단하게 정리함으로써 논의를 시작해 봅시다. 그는 어머니의 죽음에 대해 주변 사람들의 오해를 살만큼 담담합니다. 어머니의 장례식이 치러지는 동안 눈물을 흘리지도 않고, 장례식이 끝나자 잠을 실컷 잘 수 있음에 기뻐합니다. 또 그는 '태양 때문에' 아랍인을 살해했다고 말하고, 유리한 판결을 위해 정상참작이 될 만한 여러 정황을 고집스럽게 이야기하지 않는 인물입니다. 자기를 위해주는 여자 친구가 자신을 사랑하느냐고 묻자, '그런 것은 아무 의미도 없는 말이지만, 사랑하고 있는 것 같지는 않다'고 대답하는 사람이기도 합니다. 그는 흔히 사람들이 당연히 지켜야 한다고 생각하는 규범과 윤리를 지키지 않습니다. 그에게는 당시 거의 모든 사람들이 갖고 있던 기독교 신앙도 없습니다. 그는 사회적 관계를 원만하게 유지하기 위해 특별히 노력하지 않는 것처럼 보입니다. 그것이 뫼르소를 무기력한 사람처럼 보이게도 합니다. 그래서 그는 자신의 삶을 소중하게 여기지 않는 무책임한 사람으로 비쳐지기도 합니다. 법정에서조차 자신을 변호하지 않으니 말입니다.

여러분도 알다시피 뫼르소는 중대한 범죄를 저질렀습니다. 별 이유도 없이 아랍 청년을 총으로 쏴 죽인 것입니다. 따라서 뫼르소가 그에 상응하는 대가를 치르는 것은 당연합니다. 그런데 재판과정을 잘 살펴보면, 그가 아랍인을 살해했기에 사형을 선고받는 것이 아니라 보통사람으로서의 윤리와 도덕, 그리고 그 사회가 구성원들에게 암묵적으로 강요하는

"너의 신념이란 건 모두 여자의 머리카락 한 올만한 가치도 없어. 너는 죽은 사람처럼 살고 있으니, 살아 있다는 것에 대한 확신조차 너에게는 없지 않느냐? 나는 보기에는 맨주먹 같을지 모르나, 나에게는 확신이 있어. 나 자신에 대한, 모든 것에 대한 확신. 너보다 더한 확신이 있어. 나의 인생과, 닥쳐 올 이 죽음에 대한 확신이 있어. 그렇다, 나한테는 이것밖에 없다. 그러나 적어도 나는 이 진리를, 그것이 나를 붙들고 놓지 않는 것과 마찬가지로 굳게 붙들고 있다."

가치관을 수용하지 않았기 때문에 유죄 선고를 받았다는 사실을 알 수 있습니다. 즉 어머니의 장례식에서 냉정한 태도를 보였고, 장례식 후에는 여자 친구를 만나 희극영화를 보고 시시덕거렸다는 것이 중요한 유죄의 근거로 제시됩니다. 이를 확인하기 위해 뫼르소 변호사와 검사의 질문과 응답을 재구성해 봅시다.

> **변호사:** 도대체 피고(뫼르소)는 어머니를 매장한 것으로 해서 기소된 것입니까, 살인을 한 것으로 해서 기소된 것입니까?
> **검사:** 그렇습니다. 범죄자의 마음으로 자기의 어머니를 매장하였으므로, 나는 이 사람의 유죄를 주장하는 것입니다.

뫼르소가 살인을 했기 때문에 죄가 있는 것이 아니라, 어머니 장례식에서 자식으로서의 도리를 다하지 않았기에, 그리고 장례식 이후에 자중하는 모습을 보이지 않았기에 유죄라는 것은 이상한 논리입니다. 이를 이해하기 위해서는 뫼르소에게 사형을 구형한 이유를 조금 더 자세히 살펴볼 필요가 있습니다. 뫼르소의 죄가 어머니 장례식에서 울지 않았고 장례식 직후에 여자 친구와 시간을 보낸 것이라고 한다면, 그것이 과연 사형에 해당할 만큼 엄청난 죄인가요? 그냥 남다른 사람, 이상한 사람이라고 생각하면 그만 아닐까요? 그래서 검사의 말을 조금 더 들어보기로 하죠.

> 이 법정에 있어서는 관용이라는 소극적 덕목은, 그보다 더 어렵기는 하지만 고귀한 정의라는 덕목으로 바뀌어야 합니다. 특히 이

사람에게서 볼 수 있는 것 같은 심리의 공허가 사회 전체를 삼켜
버릴 수도 있는 심연(深淵)이 되는 경우에는 더욱이 그러합니다.

검사는 뫼르소가 보인 태도를 '심리의 공허'라고 표현했습니다. 아마 자식으로서 뫼르소가 보인 납득할 수 없는 태도나 주변사람들과의 관계에서 드러난 평범하지 않은 행동의 이유를 이렇게 설명한 것 같습니다. 그런데 검사는 이러한 뫼르소의 심리상태가 '사회 전체를 삼켜버릴 수도 있' 다고 말합니다. 검사가 뫼르소에게 사형을 구형한 것은 바로 이 때문입니다. 검사는 뫼르소의 반사회적이고 체제부정적인 심리와 행동이 개인적인 범죄행위에 국한된 것이 아니라 당대 사회를 유지하고 있던 근본적 토대를 뒤흔들 수 있는 것으로 파악한 것입니다.

그런데 이러한 검사의 판단은 뫼르소가 자신을 어떠한 사람이라고 폭력적으로 규정하는 사회의 규범과 윤리를 거부하는 존재임을 반증합니다. 이것은 사회에 대한 근본적인 저항입니다. 뫼르소가 그런 의도를 갖고 행동하지 않았다 하더라도 주변 사람들에게 뫼르소의 행동은 사회 자체를 부정하는 것으로 보였던 것입니다. 카뮈 또한 『이방인』의 미국판 서문에서 '뫼르소는 겉보기와는 달리 삶을 간단하게 하고자 하지 않는다. 그는 있는 그대로 말하고 자신의 감정을 은폐하지 않는다. 이렇게 되면 사회는 즉시 위협당한다고 느끼게 마련이다.' 라고 말한 바 있습니다.

법정에서 뫼르소를 유죄로 몰아가는 또 하나의 논거는 뫼르소가 하느님을 믿지 않는다는 사실입니다. 뫼르소는 자신에게 호의적인 기독교인 예심판사를 거북해하고 형무소 부속 사제의 면회를 거부합니다. 하느님을 부정하는 것은 있을 수 없는 일이고 죽음 이후를 염려하지 않는 것은

더할 수 없는 오만이라는 그들의 주장에 뫼르소는 넌더리를 냅니다. 그들이 보기에 뉘우치는 마음으로 어린애처럼 되어 정신을 깨끗이 비우고 모든 것을 받아들일 준비를 하지 않는 뫼르소는 유죄를 선고받아 마땅합니다. 그런데 신을 믿지 않는 뫼르소가 합리적 변론을 대신한 그들의 신앙적 저주를 인정하기란 애초에 불가능해 보입니다.

여기서 『이방인』의 작가 카뮈가 천착했던 실존주의가 종교와 인간을 어떻게 바라보는지 잠깐 살펴봅시다. 실존주의는 인간을 신에 의해 좌지우지되는 피동적 존재로 이해하지 않습니다. 인간은 인간 그 자체가 자신의 존재 근거가 됩니다. 신이 인간을 창조했기에 신의 영광을 위해서 인간이 이 땅에 존재하는 것이 아닙니다. 따라서 실존주의는 무신론이며 인간의 당당한 실존을 유일하게 주장한다는 점에서 휴머니즘이라고 대표적인 실존주의 철학자 장 폴 사르트르는 주장합니다. 인간은 스스로 자유롭습니다. 그런데 종교인들은 신이 없으면 절망할 수밖에 없고 삶에 대한 두려움을 극복할 수 없다고 말하면서 자신에게 주어진 자유를 포기합니다. 이것은 자기 자신을 속이는 일입니다. 따라서 뫼르소를 설득했던 형무소 부속 사제가 뫼르소를 불쌍히 여기는 것은 완전한 희극입니다. 신 없이도 당당한 뫼르소를, 신 없이는 자유로울 수 없다고 생각하는 사제가 동정하기 때문입니다. 안쓰러운 이는 존재하지도 않는 신을 자신의 존재 근거로 삼는 사제입니다.

뫼르소는 무기력한 사람입니까? 여러분 생각은 어떻습니까? 더 좋은 일자리를 제안하는 사장의 제안을 뫼르소는 거부합니다. 그는 자신을 사랑하는 여자에게 '사랑한다'고 말하지 않습니다. '그런 일은 아무 의미도 없다'고 그는 말합니다. 여기서 우리는 뫼르소의 '말'에 주목할 필요가 있습니다. 그는 거짓말하지 않는 사람입니다. 우리는 원만한 삶을 위해 매일매일 상당한 거짓말을 합니다. 물론 그것은 상대방에게 심각한 해를 끼치지는 않습니다. 오히려 우리의 일상생활에서 적당한 거짓말은 사람들과의 관계를 부드럽게 합니다. 그러나 거짓말을 한다는 것은 있지도 않은 것을 말하는 것만을 뜻하지 않습니다. 카뮈는 '실제로 있는 것 이상을 말하는 것, 인간의 마음에 대한 것일 때는, 자신이 느끼는 것 이상을 말하는 것'이 거짓말의 의미라고 했습니다. 그렇다면 뫼르소는 무기력하거나 삶에 무관심한 사람이 아니라 '절대에 대한, 진실에 대한 정열'이 넘치는 존재로 평가되는 것이 마땅합니다. 물론 우리들 대부분은 그러한 정열을 갖지 못하고 삽니다. 더 정확히 말하면 그러한 정열을 애써 부정하며 삽니다. 그래야 껄끄럽지 않게 일상생활을 영위하기 때문입니다.

그런데 뫼르소에게는 남다른 점이 한 가지 더 있습니다. 우리 주변에는 많지는 않지만 사회적 정의나 자신의 신념을 지키기 위해 기꺼이 자신을 희생하는 사람들이 있습니다. 그러나 그런 사람들과 달리 뫼르소는 '그 어떤 영웅적인 태도를 취하지는 않으면서도 진실을 위해서는 죽음을 마다하지 않는 한 인간'입니다. 이 말은 대단히 중요합니다. 상식적으로 자신을 희생하는 이들의 행동은 현재의 삶에 근거한 소영웅주의일 수도 있고 신의 존재에 근거한 종교적 태도일 수도 있습니다. 그러나 뫼르소는 이 둘 모두를 거부합니다. 그의 태도는 한 가지 중요한 전제를 포함합니다. 즉 '그 이떤 영웅적인 태도를 취하지는 않으면서' 그러한 삶을 사는 것입니다. 이는 죽음을 인식하는 유일한 존재인 인간으로서는, 자신의 존재의 근거를 어떻게든 찾으려고 하는 인간에게는, 세계의 중심이 자신이라고 믿는 인간에게는 대단히 어려운 삶의 태도입니다. 우리들은 흔히 감정을 과장하고 실제 행동으로써가 아니라 말로만 대가를 치르려 합니다. 그러다보니 말과 내면이 일치하지 않는 경우가 많습니다. 뫼르소는 바로 이러한 부조리한 상황을 견디지 못합니다. 그는 '언어의 코미디'를 연출하길 거부합니다. 그는 자신이 느끼는 대로, 자신이 생각한 대로 말합니다. 그의 말에는 우리의 일상적인 발화의 원칙인 자기 검열이 없습니다.

두 번째 질문

부조리란 무엇인가?

우리는 앞에서 뫼르소를 몇 가지 측면에서 옹호했습니다. 여기서는 뫼르소를 더 잘 이해하기 위해 '부조리'라는 개념에 대해 살펴봅시다. '원초적인 부조리는 무엇보다도 하나의 분리'라고 장 폴 사르트르는 설명한 바 있습니다. 무엇이 분리되었다는 말일까요? 인간은 자신이 살고 있는 이 세계가 완벽한 질서에 의해 통일되기를 바란다고 합니다. 그러나 우리가 살고 있는 실제 현실은 온갖 부조리와 이해할 수 없는 일로 점철되어 있습니다. 또한 인간은 자신을 영원히 살 수 있는 존재라고 착각합니다. 그러나 우리는 누구를 막론하고 죽음을 맞게 됩니다. 이러한 분리가 '원초적인 부조리'에 해당합니다.

앞에서 우리는 종종 이 세상이 이상하거나 낯설게 여겨지는 때가 있다고 했습니다. 혹 가족 중에 어떤 분이 돌아가셨을 때 여러분은 어떤 느낌이 들었나요? 늘 가까이서 뵙고 이야기 나누었던 분을 더 이상 볼 수 없다는 사실이 쉽게 받아들여지던가요? 또는 이런 종류의 경험도 있을 수 있지요. 학교에서 돌아온 후 잠깐 낮잠이 들었다 깨 아침인 줄 알고 학교에 가려고 하자 엄마가 이렇게 말씀하시는 거죠. "너 어디 가니? 저녁 먹어야지." 이럴 때 이 세상이 무척 낯설다고 느껴지지 않을까요? 그런 느낌을 부조리한 느낌이라고 생각하면 될 것 같습니다.

이제 카뮈의 개인사를 짧게 살펴봅시다. 이를 통해 그가 왜 부조리한 세계에 관심을 가졌고 『이방인』이라는 소설의 제목처럼 자신 또한 이방인으로 살 수밖에 없었는지에 대한 실마리를 찾을 수 있을 것입니다. 부조리는 우선 하나의 분리를 의미한다고 했는데 그것은 관계를 맺고 살아가는 인간사회에서 타인과의 단절감을 통해 쉽게 드러납니다. 카뮈의 삶은 처음부터 끝까지 타인과의 분리를 경험한 것이었다고 해도 과언이 아닙니다.

카뮈의 작품은 프랑스 현대문학작품으로 분류되지만 그는 정작 프랑스에서 태어나지 않았습니다. 프랑스의 식민지였던 알세리가 그가 태어난 곳입니다. 까뮈는 아랍인이 90%를 넘었던 알제리에서 아랍인들보다는 상대적으로 사회적 불평등을 덜 겪었겠지만, 본토 프랑스인과 비교해 보면 상당한 사회적, 심리적 거리감을 느끼며 성장했을 겁니다. 즉 카뮈는 알제리에서는 대다수인 아랍인에 의해 프랑스인으로, 프랑스 본토에서는 식민지 알제리 출신으로 각각 이방인 취급을 받았던 것입니다. 자신의 태생에 대한 불확실한 정체성은 그가 현실을 부조리로 이해하는 본원적인 근거가 되었을 것으로 추측할 수 있습니다.

카뮈는 또한 가정에서도 이방인이었습니다. 하층 노동자인 부모, 형

북아프리카에 위치한, 「이방인」의 공간적 배경 알제리.

제와 달리 공부를 할 수 있었기 때문입니다. 일찍이 카뮈의 재능을 알아본 초등학교 담임선생님은 그에게 중학교 입학 장학생 선발고사를 치르게 했고, 카뮈는 합격합니다. 그런데 학교는 그를 이중의 이방인으로 만듭니다. 그의 교우들은 하층 노동자의 자식인 카뮈가 자신들과 함께 공부하는 것을 이상하게 생각했을 겁니다. 알제리의 하층민은 일반적으로 초등학교를 졸업하면 곧바로 노동자가 되기 때문입니다. 동시에 카뮈는 가정에서도 알 수 없는 공부를 하는 자식과 형제로서 이방인 취급을 당했을 것입니다. 카뮈의 태생과 성장환경은 이렇듯, 평범함과는 거리가 멀었습니다. 그리고 카뮈가 이러한 단절감을 분명히 인식하고 있었을 것이라고 우리는 추측할 수 있습니다.

카뮈는 『시지프 신화』에서 부조리를 깨닫는 과정을 다음과 같이 설명했습니다. 사람들은 자신의 삶에 질서를 부여하고 이를 통해 삶의 의미를 확신합니다. 그리고 이를 지키기 위해 온갖 울타리를 만들고 그 속에

다 자신의 삶을 가둡니다. 기계적인 일상생활을 아무런 의심 없이 영위해 가는 것입니다. 그런데 어떤 계기로 그러한 삶에 회의를 느끼고 각성하게 되면 삶의 부조리를 깨닫기 시작합니다. 이러한 회의와 각성은 관습적 일상을 깨뜨립니다. '습관의 가소로운 면, 살아야 할 심각한 이유의 결여, 법석을 떨어가며 살아가는 일상의 어처구니없는 성격, 그리고 고통의 무용성'을 깨닫게 되는 것입니다. 이러한 삶에 대한 투명한 의식을 통해 지금까지의 일상은 붕괴하고 세상은 자신에게 낯선 것이 됩니다. 그러나 낯설게 된 것이 외부 세계만은 아닙니다. 그 세계를 구성하고 있는 타인, 그들과 맺었던 관계도 낯설어집니다. 그리고 최종적으로 자신의 존재 자체를 낯설게 느끼게 됩니다. 카뮈는 『시지프 신화』에서 '시지프 신화'를 예로 들면서 이러한 부조리함이 현대인들의 삶에도 그대로 나타난다고 설명한 바 있습니다.

> 신들은 시지프에게 바위를 산꼭대기까지 끊임없이 굴려 올리는 형벌을 내렸었다. 그런데 이 바위는 그 자체의 무게 때문에 산꼭대기에서 다시 굴러 떨어지곤 했다. 무용하고 희망 없는 노동보다 더 끔찍한 형벌은 없다고 그들이 생각한 것은 일리 있는 일이었다. (…) 하늘 없는 공간과 깊이 없는 시간으로나 헤아릴 수 있는 이 기나긴 노력의 끝에 목표는 달성된다. 그때 시지프는 돌이 순식간에 저 아래 세계로 굴러 떨어지는 것을 바라본다. 그는 또다시 들판으로 내려간다. (…) 이 신화가 비극적인 것은 주인공의 의식이 깨어 있기 때문이다. 만약 한 걸음 한 걸음 옮길 때마다 성공의 희망이 그를 떠받쳐준다면 무엇 때문에 그가 고통스러워하겠

는가? 오늘날의 노동자는 그 생애의 그날 그날을 똑같은 일에 종
사하면서 산다. 그 운명도 시지프에 못지않게 부조리하다.

시지프는 바람의 신 아이올로스와 그리스인의 시조인 헬렌 사이에서 태
어났습니다. 그는 현명하고 신중할 뿐 아니라 인간에 대한 따뜻한 마음
까지 가졌던 인물입니다. 하지만 그럴수록 신들에게는 더할 수 없는 말
썽꾸러기이자 골칫덩어리로 여겨집니다. 신들의 많은 처벌을 교묘히 피
해간 시지프를 위해 신들은 가장 견디기 힘든 형벌을 준비합니다. 그것
은 계곡부터 높은 바위산 꼭대기까지 거대한 바위를 밀어 올리는 일이었
습니다. 시지프가 온 힘을 다해 바위를 정상에 올려놓으면, 그것은 바로
그 순간 제 무게로 인해 다시 반대편 계곡으로 굴러 떨어져버립니다. 시
지프는 바위가 항상 정상에 있도록 해야만 하기에 다시 계곡으로 내려와
바위를 밀어 올려야 합니다. 그리고 이 일은 영원히 반복됩니다.
　카뮈는 시지프의 이 '무용하고 희망 없는 노동'이 노동자들의 기계적
인 삶에서 동일하게 발견된다고 했습니다. 시지프가 절망하는 이유는 바
위를 밀어올리기 힘들어서가 아닙니다. 천신만고 끝에 바위를 산꼭대기
에 올려놓아도 곧바로 굴러 떨어지는 상황이 영원히 반복된다는 사실에
절망하는 것입니다. 만약 우리의 삶이 시지프의 그것과 같다면 삶의 지
속을 위해 필요한 인간의 온갖 수고는 아무런 의미가 없게 됩니다. 이런
느낌을 카뮈는 '부조리'라고 설명한 것입니다. 그런데 이러한 시지프의
무용해 보이지만 영원히 반복되는 노동이 인간 삶의 근본적 조건입니다.
따라서 현대인들은 자신의 기계적인 생활에서 '자신의 존재의 가치와
목적에 대해 의심'하게 됩니다. 이것이 곧 부조리의 예고인 것입니다.

그렇다면 부조리한 세계에서 '나'는 어떻게 살 것인가?

자, 이제 어떻게 하면 좋을까요? 우리는 지금까지 하루하루를 성실하게 살고 있었는데, 카뮈의 견해를 그대로 받아들이자면, 우리는 영원히 끝나지 않을 '삽질'을 하고 있는 게 됩니다. 한 번 주어진 소중한 내 인생을 이렇게 보낼 수는 없겠지요.

시지프에게로 돌아가 봅시다. 시지프의 절망은 무의미한 노동이 영원히 반복된다는 사실을 안다는 점에 있습니다. 그런데 시지프는 어떻게 합니까? 자신에게 주어진 삶보다 자신은 더 가치 있는 존재라며 불평하나요? 무의미한 삶을 마감하기 위해 극단적인 방법으로 자살을 하나요? 아니면 자신의 삶에 무관심한 채 무감각하게 하루하루를 살 뿐인가요? 시지프는 현재의 삶을 분명하게 인식하고 버티고 있습니다. 카뮈는 이것을 '사막에서 버티기', 혹은 '무의미에 의미 주기'라고 했습니다. 그는 자신의 부조리한 삶을 명확히 인식하고 그것을 있는 그대로 수용함으로써 신들에게, 운명에 반항하는 것입니다. 카뮈는 시지프의 이러한 태도를 다음과 같이 표현했습니다. '멸시로 응수하여 극복되지 않는 운명이란 존재하지 않는다.'

자신의 삶을 자기 스스로 책임지는 시지프의 이러한 모습은 사르트르가 『실존주의는 휴머니즘이다』에서 설명한 실존주의자의 삶의 태도와 유사합니다. 사르트르는 '나는 나 자신에 대해서, 그리고 모든 이에 대해서 책임'이 있다고 말했습니다. 이것은 극단적인 이기주의나 개인주의를 의미하는 것이 아닙니다. 그는 또한 실존주의자는 '인간은 곧 불안'이라고 즐겨 선언하는데, 이는 인간이 자기 자신을 책임지는 존재임과 동시에 인류 전체에 대해서도 책임이 있는 존재라는 사실을 밝히기 위한 것입니다. 인간은 홀로 존재할 수 없습니다. '나'가 존재하기 위해서는 타인이 반드시 필요합니다. 따라서 내 자신의 삶에 책임을 지는 것은 곧 모든 타인의 삶도 책임지는 것입니다. 그런 타인에 대한

〈시지프〉, 프란츠 폰 슈투크, 1920년. 거대한 바위를 끊임없이 밀어 올리는 형벌을 받는 시지프.

무한한 책임은 불가피하게 '불안'을 낳습니다. 그러나 대부분의 사람들은 불안을 느끼지 않는다고 합니다. 아니 더 정확히 말하자면 사람들은 자신들의 불안을 감추고 심지어 그 불안을 회피합니다. 자기를 기만하는 것입니다. 스스로를 속이는 이가 자신의 삶에서 진정 자유로울 수 없음은 자명합니다.

사르트르는 우리가 '모든 인류가 나의 행위를 본받도록 행동할 수 있는 권리를 가진 존재, 내가 바로 이런 존재가 아닌가.'라고 당당하게 주장할 수 있어야 한다고 했습니다. 그렇기 하기 위한 첫걸음이 무엇일까요? 그것은 자신의 삶을 투명하게 바라보고, 또 그렇게 사는 것이 아닐까요? 우리가 살고 싶은 세계를 꿈꾸기 위해서는 지금의 삶이 살 만한 것인가에 대한 반성이 선행되어야 합니다. 왜냐하면 없는 것을 만들어 내는 것은 지금 있는 것에 대한 부정에서 시작하기 때문입니다. 따라서

'내 삶은 살 만한 가치가 있는 것일까?' 라는 다소 당돌한 질문은 우리 삶이 부조리하다는 것을 '발견' 하기 위한 중요한 출발점이 됩니다. 삶이 부조리한 이유는 바로 죽음에 있습니다. 내가 살고 있는 이곳도, 함께 살고 있는 가족도, 심지어 하루하루 생활하고 있는 나 자신도 결국 죽음을 피할 수는 없습니다. 이런 죽음에 대한 진지한 인식은 하나라고 생각했던 세계와의 분리, 끊어질 수 없다고 생각했던 타인과의 단절, 그리고 세계와 타인과 관계를 맺는 주체인 나 자신의 소멸을 분명히 깨닫게 합니다.

자, 그렇다면 부조리한 삶에 우리가 대응할 수 있는 방법은 무엇일까요? 까뮈는 '아무 생각 없이 생활의 연쇄 속으로 되돌아오는 것일 수도 있고 아니면 결정적인 각성일 수도 있다. 각성 끝에 시간과 더불어 결말이 오는데 그것은 자살일 수도 있고 아니면 원상회복일 수도 있다.' 라고 말합니다. 이중에서 『이방인』의 작가가 부조리로부터 이끌어낼 수 있다고 생각한 유일한 귀결은 '원상회복' 입니다. 까뮈는 부조리한 삶을 '사막' 에 비유한 적이 있는데, 원상회복이란 바로 '사막(부조리한 삶)' 을 벗어나지 않고 그곳에서 견디는 것입니다. 사막에 있는 사람이 취할 수 있는 최선의 행동은 무엇일까요? 왜 이렇게 낮에는 덥고 밤에는 춥냐고 불평하는 것일까요? 아니면 사막이 어떻게 형성되었는지를 과학적으로 탐구하는 것일까요? 무엇보다도 생존의 극한 조건인 사막에서 '견디는 것' 이 중요할 것입니다. 우리 삶이 '사막' 과 같다면 우리는 투덜대기보다는 그 삶을 견디는 수밖에 없습니다. 『시지프 신화』의 제사(題詞)를 되뇔 수밖에 없는 것입니다. '오, 나의 영혼아, 불멸의 삶을 애써 바라지 말고 가능의 영역을 남김없이 다 살려고 노력하라.'

『이방인』에서는 세 가지 죽음을 보여주고 있다. 첫째는 "어제 엄마가 죽었다"라는 자연사적인 죽음이고, 둘째는 "태양 때문에 사람을 죽였다"라는 살인으로, 인간이 인간을 죽이는 것이다. 셋째는 "사형선고"로서 사회의 규칙을 따르지 않아 사회로부터 죽임을 당하는 것이다. 우리는 세 번째 죽음에 주목할 필요가 있다. 첫 번째 죽음과 두 번째 죽음이 세 번째 죽음의 원인이 되었기 때문이다.

물론 살인은 나쁜 짓이다. 벌 받아 마땅하다. 그렇지만 당시 상황을 생각해 보자. 아랍인이 먼저 칼로 뫼르소를 위협했다. 하지만 뫼르소는 살인동기를 '태양 때문에'라고 증언한다. 태양. 어머니의 장례식 날처럼 뜨겁던 태양. 뫼르소는 정말 태양 때문에 살인을 저질렀다. 칼날에 반사된 태양빛이 그의 눈을 파고들었고 뫼르소는 견딜 수가 없었다. 그래서 총을 쏜 것이다. 뫼르소는 진실을 말했을 뿐이다. 하지만 재판에서 이런 말로 자기변호가 가능할 리 없다.

뫼르소에게는 살인죄 말고도 어머니를 정성들여 직접 모시지 않은 죄, 장례식장에서 울지 않은 죄, 장례식 다음날 데이트를 한 죄가 암묵적으로 더해진 것이다. 죄를 벌주려 만들어진 법원에서 죄 이외의 것들이 죄처럼 취급된다. 이 대목에서 나는 인간이 만들어낸 '법'이라는 시스템을 비웃었다. 더 나아가 종교와 우리가 상식이라 생각하는 모든 것들이 우습게 생각되었다. 어머니 장례식장에서는 울어야 된다. 도대체

누가, 누가 그걸 정했는가? 왜 어머니 장례식장에서 울어야 된다는 게 당연시되는가? 신부님이 오면 공손하게 맞이하고 얌전히 고해성사를 해야 된다? 그런 사실들은 당신 스스로 생각해냈는가? 아니면 상식이라는 이름으로 포장된 어딘가에서 들은 것, 타인에게 '교육' 받은 것인가? 우리가 상식이라 믿는 것들, 우리가 교육 받은 것들, 우리 머리속에 들어 있는 정보들, 대다수의 것들이 사실은 우리 스스로 선택한 것이 아니다. 살다보면 '상식'이 생기고 '교육'을 받고, 이데올로기를 흡수하게 된다. 나시 말해, 우리는 이데올로기의 노예다. 우리는 주체성을 가진 존재가 아니라 사회에 속한 인형이다.

반면 뫼르소는 인형이 되기를 거부한다. 어머니가 돌아가셨어도 슬프지 않으니 울지 않은 것이다. 어제가 장례식이었지만 사랑하는 애인이 날 만나고 싶어 하니까 만나 준 것이다. 종교가 없으니 고해성사는 하지 않을 것이다. 내가 그렇게 생각하는 것도 아닌데 당연시되고 있는 것들을 부정한다. 이데올로기의 부정, 진정한 나의 존재 찾기이다. 누군가의 인형이 아닌 스스로의 존재 찾기의 선언. 적어도 거짓과 과상으로 포장된 부조리한 사회 속에서 진실을 소리쳤다는 점에서, 나는 뫼르소를 변호할 수 있다.

『이방인』을 세 가지의 죽음으로 이해한 위 글은 아주 탁월해 보입니다. 또한 뫼르소의 말과 행동을 부조리한 사회에 대한 저항으로서의 진실 추구로 파악한 것도 돋보입니다. 자신의 앎과 그것을 통한 세계에 대한 인식이 사실은 외부에서 강제된 것이라는 점을 깨닫는 것은 중요합니다. 그런데 이런 남다른 인식이 말로만 그치면 공허하기 그지없습니다. 앞에서도 강조했지만 삶의 부조리를 깨닫고, 그것의 허상을 깨뜨리기 위해서는 외부의 폭력적 시선을 포함해 강요된 욕망의 이데올로기를 부정하는 용기가 필요합니다. 그것은 한마디로 말해 불편한 삶의 수용입니다. 그 불편함을 견디게 하는 것

〈안개 쌓인 바다 위의 방랑자〉, 카스파르 다비드 프리드리히, 1818년.

은 삶을 진실되게 살고자 하는, 무엇보다도 내가 삶의 주인공이고자 하는 의지일 것입니다.

껍질을 연하게 해 줄 책들

알베르 카뮈에 대해 조금 더 알고 싶다면 『카뮈를 위한 변명』(박홍규)을 추천합니다. 그리고 카뮈가 이 작품에 대한 해설로 썼다는 『시지프신화』(알베르 카뮈)도 다소 어렵지만 권합니다. 본문에서도 자주 인용한 『실존주의는 휴머니즘이다』(장 폴 사르트르)는 제목만큼 어렵지 않으니, 본문 부분을 중심으로 읽어보기 바랍니다. 알베르 카뮈와 비슷한 태생과 성장과정을 거쳤으면서도 평생 프랑스의 제국주의적 면모를 밝히고 알제리의 독립을 위해 헌신했던 프란츠 파농의 삶을 다룬 『프란츠 파농』(알리스 셰르키)과 그의 대표작 『대지의 저주받은 자들』(프란츠 파농) 또한 일독을 권합니다.

자유,
그 낯설고 두렵고 매혹적인 전설

니코스 카잔차키스, 「그리스인 조르바」

> 진정한 진리는 만유인력 법칙이 아니라 중력을 뿌리치고
> 새가 하늘 높이 날아오른다는 것이다.
>
>   – 칼 폴라니

여러분은 자신의 묘비에 어떤 글을 새기고 싶나요? 내 삶을 짧고도 강렬하게 드러낼 수 있는 말은 무엇일까요? 다음과 같이 묘비명을 쓴 사람이 있습니다. '나는 아무것도 바라지 않는다. 나는 아무것도 두려워하지 않는다. 나는 자유이므로.' 우리에게 널리 알려져 있진 않지만 '거룩한 인간' 알베르트 슈바이처가 자신에게 가장 감동을 준 인물로 꼽았고, 『이방인』의 작가 알베르 카뮈가 자신보다 백번은 더 노벨문학상을 받아야 했다고 상찬했던 그리스의 소설가 니코스 카잔차키스가 바로 묘비명의 주인공입니다. 그는 아마도 평생 '자유'를 갈구하며 살았던 듯합니다. 아무것도 바라지 않을 수 있는, 그리고 어떤 것도 두려워하지 않는 자유의 경지는 어떤 것일까요. 이 작가의 대표작 『그리스인 조르바』를 통해

이를 추적해 보기로 합시다.

『그리스인 조르바』의 주인공 조르바를 위해 아껴두었던 구절이 있습니다. 바로 게오르크 루카치의 『소설의 이론』 첫 머리입니다.

> 별이 빛나는 창공을 보고, 갈 수가 있고 또 가야만 하는 길의 지도를 읽을 수 있던 시대는 얼마나 행복했던가? 그리고 별빛이 그 길을 훤히 밝혀 주던 시대는 얼마나 행복했던가? 이런 시대에 있어서 모든 것은 새로우면서도 친숙하며, 또 모험으로 가득 차 있으면서도 결국은 자신의 소유로 되는 것이다. 그리고 세계는 무한히 광대하지만 마치 자기 집에 있는 것처럼 아늑한데, 왜냐하면 영혼 속에서 타오르는 불꽃은 별들이 발하고 있는 빛과 본질적으로 동일하기 때문이다.

이는 자연과의 완전한 합일을 통해 삶의 총체성을 구현했던 고대 그리스인들에 대한 묘사입니다. 그런데 조르바는 바로 그 시대에서 방금 튀어나온 인물 같습니다. 분명 새로운 인간상이지만, 선뜻 동의하기 어려운 인물이기도 합니다. 우리 사회에서라면 조르바는 '자유로운 영혼'이 아니라 '미친놈'이거나 잘 해야 기인(奇人)이라는 애매한 평가를 받을 것입니다. 그런데 조르바를 용납하지 못하는 우리 사회 불안의 핵심을 적확하게 짚어 낸 사람이 있습니다. '이성적 조르비스트'라고 할 만한 『월든』의 작가 헨리 데이빗 소로우입니다. '나의 이웃들이 선이라고 부르는 것의 대부분은 실은 악이라고 나는 진심으로 믿는다. 내가 후회하고 있는 것이 있다면 그것은 틀림없이 나의 방정한 품행에 대해서일 것이다.

카잔차키스의 묘는 그의 고향인 크레타 이라클리온 시내에 있다. 그의 묘비문에는 이렇게 적혀 있다. "나는 아무것도 바라지 않는다. 나는 아무것도 두려워하지 않는다. 나는 자유이므로."

무슨 귀신이 씌워서 나는 그처럼 착한 모습을 보이며 다녔을까?'

'방정한 품행'이 자기기만의 가면에 불과하다는 소로우의 통찰을, 우리는 머리로는 이해하지만 가슴으로는 받아들이지 못합니다. 아마도 머리에서 가슴까지는 우주에서 가장 먼 거리일 것입니다.

니코스 카잔차키스는 조르바가 죽었다는 소식 – 조르바는 실존인물입니다 – 을 듣고 슬픔이 아니라 분노 때문에 이성을 잃고 이렇게 외쳤다고 합니다. "옳지 않아! 옳지 않아! 그런 영혼은 죽어서는 안 돼. 흙과 물과 불이 어우러져 새로운 조르바를 또 다시 빚어내는 우연이 가능할까?"

그의 분노를 조금은 이해할 수 있을 것 같습니다. 인간이 인간답게 살 수 있음을, 무엇에도 구속되지 않고 완벽한 자유를 누리며 살 수 있음을, 말과 이론이 아니라 몸과 실천으로 보여준 조르바를 잃은 '고집 센 늙은

이'의 절망을 어찌 모르겠습니까?

『그리스인 조르바』에 기록된 조르바의 행적은 어쩌면 작가 니코스 카잔차키스가 평생 지향했던 삶의 모습일지도 모릅니다. 그런 점에서 소설의 주인공 조르바를 이해하기 위해 거꾸로 작가인 카잔차키스의 삶을 살펴보는 것도 유익한 일일 것입니다. 카잔차키스는 스스로 쓴 묘지명에 자신을 '자유' 그 자체라고 했고, 그의 삶이 평생 그가 '크레타의 경지'라고 부르는 자유를 향한 '오름'이었다고 자서전에서 고백하고 있습니다. 그런데 카잔차키스는 자유로의 도정이 순탄하지 않았다고 말합니다. 그 여정은 '핏자국'으로 얼룩져 있다고 그는 고백합니다. 또한 그러한 경지에 도달하는 사람도 많지 않다고 했습니다. 결국 카잔차키스는 범인(凡人)은 결코 도달하지 못하는 절대의 경지에 도달하기 위해 끊임없는 노력을 했을 것이고, 그래서 그의 삶은 평온하기보다는 격정적이었을 것이며, 모범적이기보다는 모험으로 점철되었을 것입니다. 그는 자유로운 영혼을 얻기 위해서 어쩌면 외로운 삶을 자처했는지도 모릅니다.

'나'와 조르바의 추억담

나: 내가 조르바 당신을 처음 만난 때는 동포들을 구하러 코카서스로 떠나는 친구와 이별을 한 후였어요. 임대한 갈탄광이 있는 크레타로 가는 배를 타려고 카페에서 기다리고 있었죠.

조르바: 그때 나는 두목을 창밖에서 유심히 살폈어요. 나를 데리고 가 줄 만한 사람인지를 살폈던거죠.

나: 당신을 처음 보았을 때, 나는 당신이 뱃사람 신밧드 같은 사람이라고 생각했어요. 당신은 60대 노인이었지만 건장한 체격이었지요. 그 중에서도 당신의 강렬한 눈빛은 나를 한 순간에 사로잡았어요.

조르바: 당신과 나는 그때 한 잔 술로 계약을 맺었죠. 나는 당신에게 고용된 사람이니까 무슨 일이든 시키면 한다고 했지만, 산투리를 연주하는 것만은 억지로 할 수 없다는 점을 분명히 했어요.

나: 그래요, 나도 당신의 그 말을 기억해요. 산투리는 '짐승'이고 짐승에게는 자유가 있어야 한다고 당신은 말했어요. 그리고 조르바 당신 또한 인간이라는 사실을 인정해 달라고 했지요.

조르바: 그런데 당신은 그게 무슨 뜻이냐고 나에게 물었어요. 그리고 이후에도 당신은 내가 몸을 통해 자연스럽게 깨우친 것을 말로 설명해 달라고 했죠. 아무튼 나는 그때 인간이라는 것은 곧 자유라는 뜻이라고 대답했습니다.

나: 당신은 내가 오랫동안 찾아 헤맸지만 만날 수 없었던 바로 그런 사람

조르바가 늘 보물처럼 지니고 다니는 악기 산투리. 사닥다리 모양의 얕은 공명상자 위에 매어진 금속현을 쳐서 연주한다.

이었어요. 당신은 위대한 야성의 영혼을 가졌고, 아직 모태인 대지에서 탯줄이 떨어지지 않은 원시적 생명력을 잃지 않는 사람이었어요.

조르바: 그렇게 말하니 낯간지럽네요. 어쨌든 우리는 크레타에 점점 가까이 갔지요. 내가 크레타 섬을 은근히 바라보자 당신이 물었어요. 크레타가 초행이 아니냐고. 그래요. 사실 나는 크레타가 터키의 지배에 맞서 독립운동을 벌일 때 크레타 독립군에 가담했던 적이 있어요.

나: 그런데 당신은 그 당시를 회상하며 무척 괴로워했고 나에게 답을 구했어요. 그러니까 당신이 어리둥절해 한 것은 이런 것이었죠. 무고한 터키인들을 처참하게 죽인 당신에게 저주가 내리기는커녕 오히려 자유가 주어졌다는 사실 말이에요.

조르바: 그래요. 삶은 참 알다가도 모르겠어요. 사람을 죽이고 상을 받다니.

조르바: 이젠 그 이야기는 그만 하고 크레타에 도착한 후 오르탕스 부인의 여인숙에 갔던 이야길 하죠. 아이고, 아직도 그때 생각을 하면 온몸이 나른해지면서 황홀해지네요.

나: 그래요. 당신은 곧바로 오르탕스 부인을 유혹해 버렸으니까. 하지만 부인의 한창 때 이야기를 당신과 내가 정색을 하고 들어주었던 것은 비단 부인을 속이기 위해서만은 아니었어요.

조르바: 물론이죠. 그렇게 생각하는 독자들이 있다면 개나 물어가라지.

나: 우리는 바닷가에 작은 오두막을 마련하고 당신은 탄광 일을 시작했습니다. 나는 사실 아무것도 한 일이 없어요. 당신이 오기만 기다렸지요. 식사를 하고 술을 마시며 당신이 경험한 모든 것을 듣길 원했어요. 지금

에서야 하는 말이지만, 아무리 생각해도 너무 큰 행복을 헐값으로 산 기분이었어요, 당신과 보낸 그때는.

조르바: 그랬나요? 우리는 주말에 오르탕스 부인의 여인숙에 가 만찬을 즐기기도 하고 마을의 장로격인 아나그노스티 영감의 초대도 받았지요. 그렇지만 정작 탄광 일은 제대로 풀리질 않았어요.

나: 당신은 고민고민하다 내게 한 가지 계획을 털어놓았어요. 수도원에 딸린 소나무 숲을 벌채해서 고가 케이블을 이용해 목재를 나르는 계획이었죠. 당신 계획대로만 된다면 우리는 큰 돈을 벌 수 있을 것이라고 했어요.

조르바: 그랬죠. 계획대로만 된다면.

나: 당신과 나 사이에 사소한 갈등도 있었습니다. 내가 과수댁에게 반한 것을 안 당신은 내가 그녀를 찾아가야 한다고 했고, 나는 내 솔직한 감정을 속이고 말썽을 일으키고 싶지 않다는 구실을 대 그녀를 찾아가지 않았어요.

조르바: 지금 생각해도 그때 당신은 잘못했어요.

나: 한번은 갱도가 무너졌을 때 조르바 당신의 직감으로 나를 포함한 일꾼들 모두가 무사히 피한 일도 있잖아요.

조르바: 그랬나. 지금은 기억이 잘 안나요. 어쨌든 나는 고가 케이블에 필요한 재료들을 사기 위해 사흘 일정으로 칸디아로 떠났지요. 사흘이 될지 한 달이 될지는 모르지만, 흐흐.

나: 당신이 떠난 후에 나는 아프리카와 코카서스에 있는 두 친구에게서 편지를 받았어요. 한 친구는 '노동에는 정신적 노동과 육체적 노동이 있겠는데 나는 육체 쪽이네.' 라고 자신의 삶을 요약했고, 다른 한 친구는

1964년 영화화된 안소니 퀸 주연의 영화 〈그리스인 조르바〉.

'행동, 행동…… 구제의 길은 그것뿐이네.' 라며 자신의 신념을 나에게 전했어요. 그리고 조르바 당신한테서도 편지가 왔죠. '롤라' 라는 어린 소녀에게 혹해 시간과 돈을 낭비하고 있다는 내용의.

조르바: 달리 변명할 말은 없어요. '즉시 돌아올 것' 이라는 단호한 문장의 전보를 보고 나는 곧 돌아왔지요. 그리곤 케이블 고가 선로 계약서에 서명을 받기 위해 수도원으로 올라갔어요. 가던 도중 '자하이라' 라는 반미치광이 수도승도 만났고요. 나는 이 계약에서 내가 탕진했던 돈을 벌충하려고 했고, 멋지게 성공했지요. 더러운 수도원의 실상을 이용해서.

나: 그래도 자하이라에게 수도원을 불태우라고 충동질한 건 너무한 거 아니에요? 그곳 수도원의 주교는 평생 동안 자신의 사명에 따라 산 사람 같던데요.

조르바: 있지도 않은 신을 믿느라 살아있는 육신을 괴롭히는 것, 그들이

금욕이라고 부르는 것으로는 결코 구원을 얻을 수 없어요. 두목, 당신도 이제 좀 깨달을 때가 되지 않았어요?

나: 아, 조르바, 그거 생각나요? 당신과 내가 '조국'에 대해 논쟁했던 것 말이에요. 당신은 '조국 같은 게 있는 한 인간은 짐승, 그것도 앞뒤 헤아릴 줄 모르는 짐승 신세를 벗어나지 못'한다고 했지요. 사실 그때, 말은 안 했지만 나는 당신이 부러웠어요. 내가 책을 통해 배우려고 했던 것을 당신은 경험을 통해 이미 깨닫고 있었으니까요.

조르바: 별 것도 아닌 걸 갖고 그래요. 부활절날 부불리나를 기쁘게 해 주기 위해 그녀의 화려했던 과거를 상기시켜 줄 연극을 준비했는데, 그녀는 아파 오지 못했지요.

나: 그래요. 부활절에는 나도 놀라운 경험을 했어요. 지금 말하기 쑥스럽지만 나는 과부를 찾아갔고 내 욕망 그대로에 충실했어요. 나는 지금까지와는 전혀 다른 세계를 보았어요.

조르바: 그렇고 말고요. 그런데 결국 과부는 마을 사람들에게 살해당했어요. 인간이란 도대체 어떤 짐승인가요? 불행한 일은 꼭 연달아 일어나지요. 불쌍한 부불리나도 회복하지 못하고 삶을 마감하고 말았으니까.

나: 한 명 더 있었지요. 반 미친 자하리아 신부 말이에요. 그는 결국 수도원을 불태우고 스스로 목숨을 끊었잖아요. 그리고 조르바 당신은 그의 죽음을 이용해 종교인들의 허구를 제대로 비웃었고요. 장난이 너무 심했던 것 아니에요?

조르바: 장난이 심했다고요? 종교를 빙자해 인간의 자연스러운 욕망과 감정을 억누르고 자신과 다른 생각을 가진 사람을 핍박하는 그들은 당해도 싸요.

나: 그래 이제는 나도 당신의 생각을 조금은 이해할 수 있을 것 같아요. 우리의 몰락도 멀지 않아 다가왔지요. 고가 케이블을 이용해 통나무를 산 아래로 옮기려던 사업은, 첫날부터 엉망이 되고 말았잖아요.

조르바: 두목, 당신에게는 조금 미안했어요. 당신 사업을 망하게 할 생각은 없었는데. 그런데 당신이 호탕하게 상황을 정리해 주어 고마웠어요. 우리는 신나게 먹고 마시고 춤을 추었죠. 그러고 보니 당신은 그때 처음으로 춤을 췄네요.

나: 그래요. 나는 지극한 행복을 느꼈어요. 내게는 아무것도 남지 않았지만, 나는 진정한 자유와 해방감을 느꼈어요.

조르바: 그리고 우리는 '칼로 벤 듯' 한 이별을 했습니다. 그렇게 헤어졌어요. 헤어진지 한 5년이 지난 즈음, 나는 러시아에 정착해 결혼을 했고 당신을 초청하는 엽서를 보냈죠.

나: 그래요. 부인 이름이 류바였죠, 아마. '꼬마 조르바'를 갖고 있었고요. 당신의 초대에 나는 응하지 않았어요. 여전히 나는 '내부의 신성한 야만의 목소리'에 따르지 않았던 거지요.

조르바: 그때 왔었더라면 죽기 전에 한 번 더 두목을 볼 수 있었을 텐데. 나는 내 분신과도 같은 산투리를 당신에게 전해달라는 유언을 남기고 세상을 하직했어요. 천 년을 살면서 아직까지 해 보지 못한 일들을 하고 싶었지만, 어디 그게 마음대로 되나요?

나: 나는 가까운 친구들에게 당신 이야기를 종종 했어요. 그러면 친구들은 '조르바는 위대한 인간'이라고 했어요. 그런데 당신을 조금 더 알았다면 '조르바는 미쳤다.'라고 했겠지요. 당신은 내게 '위대한 인간'이었지만, 다른 이들에게는 '미친 사람'으로 취급당했을 거예요. 그런데 그

둘의 차이는 크지 않겠죠.

조르바: 그렇고 말고요. 이제 따분한 이야기 그만 합시다. 내게 중요한 것은 오늘, 이 순간에 일어나는 일이니까. 가서 하느님과 농담 따먹기나 하렵니다. 잘 계슈.

첫 번째 질문

조르바는 대체 어떤 사람인가?

『그리스인 조르바』는 '조르바'에 대한 이야기입니다. 이 말은 그가 이 작품의 주인공이라는 단순한 사실만을 뜻하지 않습니다. 니코스 카잔차키스는 이 소설을 다른 무엇도 아닌 조르바라는 인물의 위대함을 기록하기 위해 창작했다고 했습니다. 즉 소설의 한 구성요소로서 조르바라는 인물이 창조된 것이 아니라, 조르바라는 인물을 기록하기 위해 이 소설이 창작된 것입니다. 이 작품에서 조르바는 다양한 면모를 보입니다. 그 다양한 면모가 유기적으로 연결된 어떤 것이 바로 조르바의 본질일 것입니다.

조르바는 새끼손가락 하나가 없어진 이유를 묻는 '나'에게 이렇게 답합니다. "질그릇을 만들자면 물레를 돌려야 하잖아요? 그런데 왼손 새끼손가락이 자꾸 걸리적거리는 게 아니겠어요? 그래서 도끼로 내리쳐 잘라 버렸어요." 그는 자신의 열정과 욕망에 충실했고, 그에 방해가 되는 것은 어떤 것도, 그것이 복구될 수 없는 자신의 신체나 가족이라는 끈끈한 혈연일지라도, 용납하지 않았습니다. 조르바는 우리가 '정상적'이라고 생각하는 삶을 살지는 않았습니다. 그러나 분명한 건 조르바는 우리보다 자기 자신의 욕망과 삶에 더 정직했다는 점입니다.

조르바는 스무 살 때 처음 산투리 소리를 듣고 결혼자금을 털어 산투리를 샀다고 했습니다. 그것도 모자라 그는 집을 떠나 산투리 명인을 찾은 후 일년 동안 연주법을 배웁니다. 그때 명인과 조르바는 이렇게 묻고 답합니다. "산투리에 단단히 미친 게로구나." "네." 조르바는 돈이 없을 때 산투리를 연주하면 기운이 생긴다고 했고, 산투리를 연주할 때는 다른 사람의 말이 들리지 않는다고 했습니다. 그 이유는 정열 때문이라고 조르바는 답합니다. 또한 그는 흥이 나거나 새로운 깨달음을 얻으면 그걸 말로 표현하는 대신 몸으로 표현합니다. 조르바가 춤을 출 때 그의 몸은 지구의 중력을 거스르는 것처럼 가볍고 자유롭습니다. 그의 삶은 예술과 분리되지 않은 경지에 이른 것처럼 보입니다.

반면 여성에 대한 조르바의 태도는 우리에게 많이 거슬립니다. 그는 여성은 사람이 아니라고 했다가, 사람이기는 하지만 남성보다 열등한 존재라고 말하는 등 여성을 비하하기를 서슴지 않습니다. 또한 여성성을 지나치게 강조하면서 여성이 마치 남성을 위한 액세서리라도 되는 것처럼 말하고 행동합니다. 물론 조르바가 여성을 비인간적으로 대하고 폭력을 행사한 것은 아니지만, 적어도 그가 남녀평등주의자가 아님은 분명합니다. 조르바가 '자유로운 영혼'임에는 틀림없습니다. 그러나 그가 세속적 성공이나 물질적 풍요를 무조건 거부한 건 아닙니다. 오히려 그는 광산 채굴을 통해 한몫 잡을 욕심을 여러 번 '나'에게 피력한 적이 있습니다. 또한 그는 자신이 탕진한 돈을 메꾸기 위해 숲의 벌채권을 옳지 않은 방법으로 헐값에 사들여 부당한 이득을 취하기도 합니다. 물론 이러한 평가는 일반적인 인간의 윤리적 기준에 따른 것이긴 합니다. 그러나 조르바가 사는 공간이 그만의 독립적인 세계가 아니라 보통의 사람들이 살아가는 공간이기에 이러한 평가가 마냥 터무니없지만은 않습니다.

조르바의 행동을 이해할 수 있나?

조르바는 분명 평범한 우리와는 다른 사람입니다. 그래서 그의 행농과 삶은 참 매력적입니다. 조르바의 어떤 면이 우리를 매혹하는 것일까요?

니코스 카잔차키스는 오랫동안 붓다의 가르침에 귀 기울였습니다. 그가 오스트리아 빈에서 유학하는 동안 불교에 심취했음을 『영혼의 자서전』에서도 밝히고 있습니다. 그는 붓다과 그의 제자인 아난다, 사리푸트라의 대화를 소개합니다. 붓다는 이렇게 선언합니다. "나는 신에게, 그대들이 신이라 일컫는 대상에게 내 영혼을 팔고 싶지 않으며, 나는 악마에게, 그대들이 악마라 일컫는 대상에게 내 영혼을 팔고 싶지 않다. 나는 누구에게도 나 자신을 팔고 싶지 않다. 나는 자유로다!" 그런데도 사리푸트라는 무엇으로부터 벗어나야 구원을 얻을 수 있느냐고 묻습니다. 그의 물음은 절박합니다. 가엾

영혼의 자서전 ●

은 마음을 일으켜 붓다가 대답합니다. "구원으로부터." 이 말을 듣고 있
던 아난다는 다음과 같은 말로 스승의 깨우침에 화답합니다. 그리고 붓
다는 대견한 깨달음을 얻은 제자를 자신 곁에 머무르게 합니다.

> "구원이 존재한다고 말하는 사람은 누구나 모든 순간에 그의 말과
> 행동이 지닌 가치를 계산하기 때문에 노예입니다. '나는 구원을
> 받을까, 아니면 저주를 받을까?' 그는 떨면서 묻습니다. '나는 천
> 국으로 가는가, 아니면 지옥으로 가는가?' 희망을 간직하는 영혼
> 이 어찌 자유로울 수 있겠나이까? 희망을 간직한 자는 현세의 삶
> 과 내세를 모두 다 두려워하고, 공중에 애매하게 매달려 행운이나
> 신의 자비를 기다립니다."

『그리스인 조르바』에서 '나'는 불교의 초기 경전을 베끼면서 조르바가
탄광을 파듯 붓다의 가르침을 파고듭니다. 그런데 그가 그리는 붓다의
모습에서 조르바가 보입니다. 조르바는 '모든 것이 있는 그대로 진리'라
는 사실을 깨달은 사람입니다. 그래서 그에게는 미래가 아니라 현재가,
저 먼 곳이 아니라 바로 여기가 중요한 것입니다. 이 말은 미래의 삶에
무책임하다거나 현재에 충동적이기만 하다는 뜻이 아닙니다. 불교에서
는 순간 순간의 삶을 불보(佛寶), 즉 불교의 가장 중요한 원리로 삼는다
고 합니다. 이 말은 어떤 외적 조건이나 권위에 얽매이지 않고, 지금-
여기에서의 마음 쏠림에 충실한 삶을 뜻하는 것은 아닐까요. 같은 맥락
에서 조르바는 인간의 자연스러운 욕망을 억제하는 수도승들의 금욕을
우습게 여겼던 것은 아닐까요. 그것은 인간의 본성을 거스르는 일이기

"그럼 조르바, 당신이 책을 써보지 그래요? 세상의 신비를 우리에게 설명해 주면 그도 좋은 일 아닌가요?

"못 할 것도 없지요. 하지만 못 했어요. 이유는 간단해요. 나는 당신의 소위 그 〈신비〉를 살아 버리느라고 쓸 시간을 못 냈어요. (…) 그러니 내게 펜대 운전할 시간이 어디 있었겠어요? 그러니 이런 일들이 펜대 운전사들에게 떨어진 거지요. 인생의 신비를 사는 사람들에겐 시간이 없고, 시간이 있는 사람들은 살 줄을 몰라요."

때문입니다. 조르바는 내세의 구원을 위해 현세의 삶을 부정하는 제도 종교를 조롱합니다. '하나님의 축복이 함께 하길' 혹은 '악마나 물어가 라지' 하는 조르바의 축원과 저주는 사실 화석화된 종교에 기댄 것이 아 닙니다. 그것은 인간이 존재할 수 있는 근본적 바탕에 대한 깊은 이해를 표현한 것입니다. 조르바는 신성과 초월적 세계를 기꺼이 인정합니다. 그러나 높은 첨탑과 으리으리한 교회당에 갇힌, 혹은 엄숙주의에 절여진 교회와 신앙은 그에게 가소롭기 짝이 없는 것입니다.

하루는 잠에서 깬 조르바가 봄 풍경에 놀라며 이렇게 말합니다. "저기 저 건너 가슴을 뭉클거리게 하는 파란 색깔, 저 기적이 무엇이오?" 그러 면서 그는 눈물을 흘립니다. 한 번은 언덕에서 구르는 돌멩이를 보고 그 것을 난생 처음 보는 것처럼 순수한 어린아이와 같은 모습으로 쳐다보기 도 합니다. 그에게는 매일매일 이어지는 일상적 삶과 주변의 뻔한 세계 가 낯설기만 합니다. 조르바의 이런 모습을 어떻게 이해할 수 있을까요? 문학기법에는 '낯설게 하기' 라는 것이 있습니다. 우리는 주변 사물에 너 무 익숙해져 그것에 대한 감각 작용을 신선하게 유지할 수 없고 따라서 세계와 제대로 교감하지 못한다고 합니다. 그래서 시를 포함한 문학작품 을 창작하기 위해서는 무엇보다도 주변 세계를 낯설게 볼 필요가 있다는 것이 그 요지입니다. 조르바는 세계의 본질을 발견하는 시인의 눈으로 일상을 바라보았던 것입니다.

그런데 우리가 흔히 심상치 않게 넘겨 버리는 자연은 정말 아무런 변 화와 새로움이 없을까요? 변하지 않고 고정된 것은 인간의 시선과 감각 일 뿐입니다. 자연은 끊임없이 변합니다. 그것이 생명의 본질이기 때문 입니다. 예술은 인간이 만든 '제2의 자연' 이라고 할 수 있습니다. 모든 것을 경의에 찬 눈으로 매번 새롭게 바라보는 것, 그것이 예술입니다. 그런 점에서 조르바에게 삶과 예술은 분리되지 않은 듯합니다. 우리의 관습적 시선 때문에 화석화되어버린 주변 세계를 신선한 방식으로 볼 수 있는 힘을 부여하는 것이 예술의 임무라고 할 때 이것을 자신의 존재만으로 보여준 이가 조르바입니다.

하루는 '나'가 조르바에게 '나라를 위해 싸워본 적이 있느냐?'고 묻습니다. 조르바는 그건 구역질나는 질문이라고 하며 대답을 회피하다 이렇게 말합니다. "내 조국이라고 했어요? 당신은 책에 쓰여 있는 그 엉터리 수작을 믿어요? 당신이 믿어야 할 것은 바로 나 같은 사람이에요. 조국 같은 게 있는 한 인간은 짐승, 그것도 앞뒤 헤아릴 줄 모르는 짐승 신세를 벗어나지 못합니다." 그 말에 '나'는 이렇게 고백합니다. '나는 조르바라는 사내가 부러웠다. 그는 살과 피로 싸우고 죽이고 입을 맞추면서 내가 펜과 잉크로 배우려던 것들을 고스란히 살아온 것이었다.'

국가를 비롯한 일체의 사회적 제도를 부정하는 듯한 조르바의 태도는 결코 심오한 사색에서 비롯한 것이 아닙니다. 그는 젊은 시절 조국을 위해 전쟁에 나갔고 사람을 숱하게 죽였습니다. 그 피로 얼룩진 삶을 통해, 인간의 해방을 부르짖고 자유를 보장한다고 목소리를 높이는 인위적인 정치체제와 이데올로기가 오히려 인간을 인간답게 살게 하지 못한다는 사실을 깨닫습니다. 조르바가 아나키즘을 알았을 리는 만무합니다. 그러나 그는 거의 완벽하게 아나키스트로 살았습니다. '고정된 질서를 억지로 강요하면 곧바로 생명을 잃어버리는' 것은 비단 아나키즘만이 아니었습니다. 조르바도 마찬가지입니다. 조르바는 '나'와의 첫 대면에서 이렇게 조건을 붙였던 것입니다. "처음부터 분명히 말해 놓겠는데, 마음이 내켜야 해요. 분명히 해둡시다. 나한테 윽박지르면 그때는 끝장이에요."
그런데 아나키즘이 뭐냐고요? 『세계를 뒤흔든 상호부조론』(하승우)의
일부분을 인용하는 것으로 대답을 대신합니다.

> 아나키즘은 매혹적이다. 아나키즘에는 푸른 초원을 힘차게 질주
> 하는 야생마의 자유로움이 배어 있기 때문이다. 어떤 외부의 압력
> 에도 굴하지 않고 자신이 원하는 대로 살고자 하는 자유로움. 내
> 가 인정하지 않는 것들로부터의 자유로움이. 아나키즘의 어원이
> 되는 단어인 그리스어 아나르코스($\alpha\nu\alpha\rho\chi o\varsigma$, anarchos)는 '지도자
> 가 없는', '선장이 없는 배의 선원들'을 뜻했다. 이것은 흔히 생각
> 되듯이 무질서를 의미하지 않는다. 지도자나 선장이 없다는 없음
> [無]의 실재보다 누구라도 지도자나 선장이 될 수 있다는 있음[有]
> 의 여백이 바로 아나키의 질서이다. 고정된 질서를 억지로 강요하
> 면 곧바로 생명을 잃어버리는 순수한 혼돈, 그것이 곧 아나키즘
> 이다.

세 번째 질문

조르바가 이해하는 종교와 자유는 무엇인가?

'종교는 절망의 끝에 선 희망의 성'이라고 말한 이는 라인홀드 니버입니
다. 종교에 대한 비판의 대표 격으로 인용되는 마르크스의 '종교는 인민
의 아편' – 이 말은 노발리스가 먼저 한 것입니다 – 이라는 말도 사실은 종교의

불가피함을 표현하는 것입니다. 이 말 앞에는 이런 구절이 나옵니다. '종교는 억압받는 피조물들의 한숨이며, 심장 없는 세상의 심장이며, 영혼 없는 상황의 영혼이다. 종교는 인민의 아편이다.' 그러나 이 두 사람의 말은 종교의 본질에 대한 통찰, 혹은 현실 종교에 대한 냉철한 분석을 결여하고 있다는 점에서 한계가 있습니다. 종교는 그 본질에 있어 분명 사람들의 삶에 기여하는 바가 있습니다. 그러나 현실에서 종교는 사람들의 삶을 기만하고 억압합니다. 분명 그런 부분이 존재합니다. 그래서 미국 감독교회 뉴왁 교구 감독으로 봉직했던 존 셸비 스퐁은 『기독교 변하지 않으면 죽는다』에서 종교의 본질이 다음과 같아야 한다고 주장합니다.

> 나는 우리가 영원을 위해 준비하는 것이 종교적인 사람이 되고 규칙들을 지키는 것에 의해서가 아니라, 우리들 각자가 지닌 능력만큼 충만하게 살고, 열심히 사랑하고, 용기 있게 실행하는 것에 의해서라고 주장한다. 나는 또한 다른 사람들도 누구나 그렇게 살고, 사랑하고, 그런 존재가 될 수 있도록 믿는 것이 기독교인들이 맡고 있는 유일한 사명이라고 주장한다. 우리의 과제는 개종시키는 것이 아니다. 우리의 과제는 사람들로 하여금 자신의 능력껏 그런 깊이 속으로 들어가도록 요청하는 것이다.

'우리들 각자가 지닌 능력만큼 충만하게 살고, 열심히 사랑하고, 용기 있게 실행' 하도록 돕는 것이 종교인의 '전도'이고 역할이라는 것입니다. 만약 조르바가 이 말을 들었다면 환호작약하며 스퐁 감독을 포용했을 것 같습니다. 조르바는 우주의 신성성이나 삶의 초월적 면모를 적극적으로 인정했습니다. 그러나 인간의 본성에 어긋난 현실 종교의 제도와 규율, 금기와 금욕은 조롱했습니다. 조르바의 종교 비판은 수도원을 불태우고 자살한 수도승 자하이라를 마치 복수의 여신의 심판을 받아 죽은 것처럼 꾸며 놓은 것에서 정점에 이릅니다. 수도승들은 조르바의 조롱의 덫에 어김없이 걸립니다. 종교는 초월적 존재와의 교감입니다. 그런 점에서 조르바는 '교인'은 아니었지만 신실한 종교인으로 살았음에 틀림없습니다.

여러분은 어떨지 모르겠지만 저는 조르바의 삶을 동경합니다. 조르바처럼 어디에도 얽매이지 않고 자유롭게 살고 싶은 욕망이 있습니다. 한 문학평론가는 소설속 인물들의 욕망을 분석하면서 현대인의 욕망이 삼각형의 구조로 되어 있다고 설명했습니다. 우리들이 갖고 있는 욕망은 왜곡되어 있으며 따라서 진정한 욕망이 아니라는 것입니다. 쉽게 말하면 우리는 자신이 진정 원하는 것이 무엇인지 알 수 없는 시대에 살고 있다는 겁니다. 예를 들어 여러분이 명문대학에 입학하고 싶다고 할 때, 그 욕망은 여러분의 욕망인가요, 부모님의 욕망을 여러분이 대신 갖는 것인가요, 그것도 아니면 사회적 평판에 따른 관습화된 욕망을 수동적으로 수용한 것인가요? 만약 '나'의 욕망이 이렇게 의심스러운 것이라면 무턱대고 현재 원하는 것을 욕망하는 것이 옳은 일일까요? 이럴 때 우리가 가장 먼저 해야 할 일은, 내가 간절히 원하는 것이 과연 진정으로 '나'의 것인가를 진지하게 묻는 일일 것입니다. 자 그럼, 이렇게 물어봅시다. '나는 조르바처럼 살고 싶은가?'

여러분은 시험으로부터, 학교로부터, 이 사회가 요구하는 경직된 가치로부터 벗어나 자유롭고 싶다고 말합니다. 그러나 자유롭게 살고 싶다는 소망은 비단 여러분만의 것은 아닙니다. 여러분의 부모님들도 직장과 가정에서 벗어나 자유롭게 살고 싶은 소망을 은밀하게 간직하고 계실지도 모릅니다. 자유로운 삶을 추구하는 그 자체가 잘못된 것은 아닐 것입니다. 다만 '나'가 생각하는 자유가 과연 어떤 것인가를 생각해 볼 필요가 있다는 것입니다. 혹시 현재의 삶에 불성실하고 무책임한 것을 자유로운 삶으로 착각하고 있는 것은 아닌가요? '나'는 자유롭게 살고 싶지만 '나'의 삶을 구성하는 다른 모든 것들은 그대로 유지되기를 원하는 이기적 욕망을 자유라고 착각하고 있는 것은 아닐까요?

조르바는 인간이 만든 인위적 제도와 규범을 벗어나는 모습을 자주 보입니다. 어쩌면 조르바의 야생적이고도 원초적인 삶의 자세와 방식은 스스로가 만든 문명에 오히려 압도당해 삶의 주인공으로 살지 못하는 우리를 구원할 수 있는 유효한 방법일지도 모르겠습니다. 그래서 조르바의 자유는 분명 매혹적입니다. 그러나 그것은 또한 낯설고 두려운 것이기도 합니다. 자유가 우리 삶에 가져올 두려움과 불편함을 기꺼이 감수할 때 자유로운 삶은 가능합니다. 지금 우리에게 필요한 것은 자유로운 삶에 대한 기계적 욕망이 아니라 자발적 용기입니다. 사회적 성공이나 세속적 기준에 의해 평가되는 삶이 아니라 내가 내 삶의 주인공이 되는 삶을 살겠다는 지극히 당연한 태도 말입니다. 자유(自由)는 '자기 이유(自己理由)'의 줄임말일 수도 있습니다. 어떤 삶을 선택하더라도 그 선택에 분명한 이유를 가질 때 우리는 진정 자유롭다고 할 수 있습니다. 다시 한 번 반복하지만 그 이유는 다소 초라하고 거칠더라도 온전히 나의 것이어야 합니다.

내가 자유를 추구하는 한 인간이라는 것은 부정할 길이 없다. 그리고 『그리스인 조르바』에서 조르바는 나처럼 자유란 것을 추구하는 데 끝내지 않고 행동으로 보여준 사람이라는 것도 틀림없는 사실이다. 그러나 명확히 해야 할 것은 글과 현실의 차이이다. 나는 내가 조르바처럼 살 수 없으리라 생각한다. 나는 어느 집단에 소속되어 사는 사람이고 내 본능에만 충실하지 못하다. 집단 내에서 나를 억압하며 어떠한 행동을 요구하면 나는 그것을 시행한다. 이 책의 서술자인 '두목'이 처음에 보이던 모습과 다르지 않은 사람이 나다. 나의 삶에서 본능을 억누른 채 다른 이들에게 인정받는 데서 쾌감을 얻는 것이 사실인 것이다.

『그리스인 조르바』를 읽고 나는 이 책이 정말 멋있는 책이라고 생각했다. 마치 조르바가 나오는 다른 차원의 세계에서 온 사람 같았고 그의 행동과 말들에서 많은 감동과 교훈을 얻었다. 하지만 만약 내 곁에 조르바가 실제로 존재했다면 난 어떻게 느꼈을까? 나도 다른 사람들처럼 조르바를 그저 미친 사람이라고 생각했을지도 모르겠다. 솔직히 나는 조르바와 같은 삶을 사는 것이 두렵다. 이 사회의 규율이 잘못되었다고 당당하게 외칠 만한 기백이 내게는 없고 조르바처럼 행동하기 시작했을 때에 내가 잃을 것을 먼저 생각하게 된다. 내가 정상이라고 생각하는 것들을 깨고 싶지 않은 것이다.

내가 조르바의 삶에서 가장 부러웠던 점은 마음대로 춤을 춘다는 것이었다. 나도 가끔은 이런 상상을 한다. 조르바와 함께 미친 듯 춤을 추며 몸으로 감정을 표현하고, 열정적으로 산투리를 연주하는 나의 모습을. 조르바에게 있는 엄청난 열정, 그리고 집중력이 내게 있다면 얼마나 좋을까. 그러나 그에게 느끼는 일종의 질투와 부러움이 내가 그의 삶을 살고 싶다는 걸 의미하진 않는다. 나는 현재까지 내가 만들어낸 삶이 있고 그 안에서 나를 표현하기 위해 노력한다. 내가 원하는 것은 조르바와 같은 삶을 사는 것이 아니라 그의 삶에서 배움을 얻는 것이다.

　　몇 달 전 어머니를 설득해 중학교 때 하던 가야금을 다시 배우기 시작했다. 조르바가 산투리를 연주하는 것에서 감명을 받았고, 악기를 연주하며 자신을 표현하는 주변 사람들을 보니 나도 욕심이 났던 것 같다. 지금 나는 조르바의 열정을 느끼며 가야금을 연주하려 노력하고 있다. 또한 가야금을 연주할 때 그가 산투리를 사랑했던 것처럼 가야금을 사랑한다.

　　내게 누군가 조르바의 삶을 살게 길을 열어준다고 해도 나는 소르바와 같은 삶을 살 수 없을 것이다. 그러나 그의 자유로움을 보며 내가 자유라고 생각했던 것들이 진정한 '자유'가 아니라는 것을 깨달았다. 그리고 나는 나의 삶 안에서, 그가 춤을 출 때 그리고 산투리를 연주할 때 느꼈던 열정을 느끼며 살고 싶다.

선망하는 삶과 실제 삶 사이에 괴리가 없다면 얼마나 행복할까요. 인간의 불행과 고통이란 늘 이상과 현실과의 거리에서 생겨나기 마련입니다. 그런데 이상과 현실 사이의 차이에서 괴로워하기 전에 이상이라고 설정한 삶이 진정으로 내가 원하는 삶인가를 자문해보는 것이 더 중요할 듯합니다. 현실적 제약과 세속적 욕망 때문에 어쩔 수 없이 포기한 삶을 과연 이상이라고 할 수 있을까요. 이상(理想)은 현실 이상(以上)이어서 살아내기가 불가능한 것이어야만 할까요. 위 글을 쓴 친구는 조르바의 삶을 통해 잊고 살았던 삶에 대한 열정을 발견하기는 했지만 조르바의 삶 자체를 그대로 수용하고 싶지는 않다고 말합니다. 충분히 이해가 됩니다. 다만 현재 자기 삶의 주인공이 자신이 아니라는 생각이 든다면, 그때가 언제이든지 조르바를 떠올렸으면 합니다.

껍질을 연하게 해 준 책들

조르바의 삶과 비교해도 만만치 않은 니코스 카잔차키스의 삶을 알고 싶다면 자서전, 「영혼의 자서전」(니코스 카잔차키스)을, 종교적 도그마를 포함한 일체의 현실 권력에 저항했던 그의 여정을 더 알고 싶다면 「최후의 유혹」(니코스 카잔차키스)을 각각 추천합니다. 본문에서 소개한 「세계를 뒤흔든 상호부조론」(하승우)과 「기독교 변하지 않으면 죽는다」(존 쉘비 스퐁)도 여러분이 당연하다고 여기고 의문을 갖지 않았던 정치체제와 종교에 대해 새로운 지적 호기심을 불러일으킬 것입니다.

내 생각과 행동은
온전히 나의 것인가

헨리크 입센, 『인형의 집』

> 싸워서 지는 것이 아예 싸우지 않는 것보다 더 많은 것을 얻을 때도 있는 것이다.
> – 조지 오웰

시몬 드 보부아르는 "여자는 여자로 태어나는 것이 아니라, 여자로 만들어지는 것"이라고 말한 바 있습니다. 이는 여자가 여성스러운 건 여성스럽게 태어났기 때문이 아니라 남성 중심적 사회가 여자를 지배하고 착취하기 위해 여성을 '여성답게' 길들여 왔던 인류 역사에 대한 적확한 통찰입니다. 그러나 여성에게 가해지는 이러한 교육은 여성이 그러한 사실을 깨닫기 이전에, 또한 그러한 편협한 교육에 저항할 수 없는 어린 나이에 시작된다는 점에서 여성 스스로 비판하기가 어렵다는 특징이 있습니다. 뭇 남성들 또한 마초적 기질이 농후해서 남성 중심적이고 여성 비하적인 사고와 태도로 일관하는 것은 아닙니다. 부모로부터 그렇게 행동하는 것이 당연하고 옳은 일이라고 교육받았기 때문입니다.

이 두 가지 견고한 현실적 제약으로 인해 여성 문제를 정직하게 바라보기 위해서는 당연한 것을 낯설게, 상식적인 것을 뒤집어서 보는 인식의 전복 혹은 도약이 필요합니다. 그리고 익숙한 것에 편안해하고 현실에 안주하려는 태도 또한 버려야 합니다.

우리나라 최초의 여성 서양화가인 나혜석.

여기 가출을 시도한 두 여성이 있습니다. 50년의 세월차도 차이지만 그녀들이 살았던 공간적 거리도 세월만큼이나 만만치 않습니다. 그러나 두 여성이 살았던 시대는 묘할 정도로 닮은 데가 있습니다. 나혜석은 「여인독거기」라는 글에서 독신 생활의 어려움을 다음과 같이 토로합니다.

> 여기 말해 둘 것은, 삼 년째 이런 생활을 해본 경험상 여자 홀로 남의 집에 들어 상당히 존경을 받고 한 달이나 두 달이나 지내기가 용이한 일이 아니다. 더구나 임자 없는 독신 여자라고 소문도 듣고 개미 하나도 들여다보는 사람 없는, 젊도 늙도 않은 독신 여자의 기신(畸身)이라.

또 한 여성은 노르웨이의 극작가 헨리크 입센의 희곡에 등장합니다. 그녀는 '귀여운 종달새'로서의 삶을 과감히 버리고 지금까지 방기했던 '자신에 대한 의무'를 다하기 위해 가출을 합니다. 그녀의 단호한 결심은 곧 그녀의 행동에 대한 당대의 비난의 정도에 비례해 더욱 단단해질 것입니다. 인간의 근본적 존재 이유가 자기완성에 있다고 가르치면서도 여성의 주체적 자기 인식은 결코 용납하지 않은 사회, 나혜석과 노라는 그런 답답한 사회에서 몸부림쳤습니다. 그런데 지금 우리가 살고 있는 이 사회는 어떻습니까? 나혜석이 자신의 독신생활을 다음과 같이 긍정한 것이 결코 자기기만이 아니라 자신의 삶에 스스로 부여한 미학일 수 있는 사회가 되었는지, 생각해봐야 합니다.

'고적(孤寂)이 슬프다고? 아니다. 고적은 재미있는 것이다. 말벗이 아쉽다고? 아니다. 자연과 말할 수 있다. 이렇게 나는 평온무사하고 유화(柔和)한 성격으로 변할 수 있었다.'

노라와 헬메르의 동시 인터뷰

나: 『인형의 집』의 두 주인공을 130여 년이 지나 인터뷰하게 되어 무척 기쁘네요.

노라: 저도 그래요. 작품에서 못 다 했던 이야기를 할 수 있으니 말이에요.

헬메르: 그건 내가 할 말이야, 노라. 당신이 나를 얼마나 황당하게 했는지 알아?

나: 우선 두 분이 살았던 집과 생활형편을 간단하게 알아보죠. 1막의 첫 무대지시문에 '아늑하게 잘 꾸몄지만 수수한 거실'이라는 설명이 나옵니다.

헬메르: 당시 노르웨이는 스웨덴의 지배를 받고 있었지만 점차 국가의 정체성을 찾고 동시에 근대 자본주의 국가로 발돋움하고 있었소. 우리는

그 사회의 중산층을 이루고 있었지.

노라: 넉넉하지는 않았지만 그래도 경제적으로 쪼들리는 생활은 하지 않았어요. 헬메르가 저축은행 총재가 되면 금전적으로 더 여유있는 삶이 될 것이라는 기대가 있긴 했죠.

나: 헬메르, 당신은 아내인 노라보다 돈의 쓰임에 대해 더 엄격했지요?

헬메르: 돈이 없거나 빚을 내는 것은 끔찍한 일이니까. 낭비는 분수에 맞지 않는 일이요.

노라: 나는 낭비하기 위해 돈을 요구한 적은 없어요. 오히려 더 고귀한 일에 쓰기 위해 돈이 필요했던 것뿐이죠. 물론 그 사실을 남편에게는 알릴 수 없었지만요.

나: 그 이야기는 조금 후에 다시 하기로 하죠. 두 분은 관계가 아주 좋았습니다. 헬메르씨는 부인을 '종달새'나 '다람쥐'로 부르곤 했지요?

헬메르: 그렇소, 나는 노라를 무척 사랑했으니까. 남편과 가족의 테두리 안에서 안전하고 평온하게 지내면서 가장에게 기쁨을 주는 존재, 그게 아내가 아니겠소.

노라: 그 일이 있기 전에는 나도 남편에게 그런 취급을 받는 것이 기분 나쁘지 않았어요. 그러한 호칭도 나에 대한 남편의 애정 표현 정도로 생각했고요.

나: 별 문제 없어 보이던 가정에, 그리고 크리스마스를 앞둔 들뜬 시기에 노라 당신의 친구인 린데 부인이 두 분의 집을 방문합니다. 그리고 린데 부인을 통해 두 분 사이에 숨겨져 있던 비밀이 드러나는데요.

노라: 린데 부인은 내 고향친구인데, 원하지 않는 결혼을 하고 그 후에도 불행한 삶을 살았어요. 더 이상 부양할 사람이 없어지자 직장을 구하러

우리가 사는 곳으로 온 거고요. 저는 그녀와 이야기를 나누면서 내 자신이 삶에 상당한 책임을 지며 주체적으로 살고 있다고 주장했어요.

헬메르: 당신이?

노라: 자존심 강한 당신이 내게 도움을 받았다는 사실을 알면 괴로워할까 봐 숨겨왔지만 이제 이야기하죠. 당신은 결혼 초 과로로 병을 얻었어요. 의사들은 이탈리아로의 요양 여행을 권했죠. 그런데 여행비가 문제였어요. 당신이 알고 있는 것처럼 당신의 치료를 위한 여행비용은 내 친정아버지가 물려주신 재산으로 충당한 게 아니에요. 내가 차용증서를 쓰고 빌린 돈이었어요.

헬메르: 어떻게 그런 일이. 그때 왜 그런 이야기를 하지 않았소?

노라: 내가 사실을 말하면 당신은 결코 치료를 위해 여행을 가지 않았을 테니까요. 나는 오직 사랑하는 남편을 구하기 위해 선의의 거짓말을 했고 또 기꺼이 상당한 돈도 빌렸어요. 그리고 당신이 호전돼 다시 집으로 돌아온 후 나는 한 푼도 헛되이 쓰지 않고 빚을 갚기 시작했어요. 당신은 내가 돈을 펑펑 쓰는 철없는 여자라고 생각했을지 모르지만요.

나: 치료비용과 관련된 문제가 불거진 것은 크로그스타드가 등장하면서부터입니다. 그는 어떤 사람인가요?

헬메르: 그는 '도덕적 환자' 요. 아주 부정직한 사람이지. 내가 은행 총재에 취임하면 곧바로 해고하려고 했던 사람이니까.

노라: 그는 내게 자신이 은행에서 계속 일할 수 있도록 힘을 써달라고 부탁했어요. 제가 그럴 수 없다고 하자 그에게 돈을 빌리면서 쓴 차용증서를 문제 삼았어요. 남편의 치료비용을 그에게서 빌렸거든요.

나: 부인은 꼬박꼬박 돈을 갚아오지 않았나요?

노라: 그랬죠. 그리고 빌린 돈을 거의 다 갚았어요. 그런데 돈을 빌릴 때 차용증서에 아버지 사인을 내가 위조했어요. 당시 노르웨이에서는 여자가 혼자 돈을 빌릴 수 없었어요. 보증인이 필요했죠. 그리고 아버지가 너무 위독하기도 했고요. 딸이 큰 돈을 빌린다는 사실을 아버지께 알릴 순 없었어요. 그랬다간 남편이 심하게 앓고 있다는 사실도 알려야 했거든요. 그건 죽음을 앞둔 아버지께 너무 가혹한 일이잖아요.

나: 부인이 크로그스타드의 유임을 부탁했을 때 헬메르 당신은 어떻게 했나요?

헬메르: 그건 있을 수 없는 일이라고 했소. 크로그스타드는 공적인 문서에 가짜 이름을 썼는데 그건 결코 용서할 수 없는 일이요. 그런 사람은 집안을 악한 기운으로 채우는 법이니까. 그렇게 일찍 인생을 망친 사람들은 나쁜 어머니의 영향을 받기 마련이오.

노라: 그건 결국 나에 대한 비난이기도 했어요. 당신이 의도하지는 않았다 하더라도 말이에요.

나: 노라 당신은 가정을 지키기 위해 크로그스타드와 관계된 일을 남편에게 알리지 않아야 한다고 생각한 거죠?

노라: 네. 그 방법밖에 달리 도리가 없었어요. 그런데 남편은 다른 이유를 들어 그의 해고를 취소할 수 없다고 했고, 결국 해고장을 크로그스타드에게 보냈어요.

헬메르: 내가 곧 은행 총재에 취임하는데 아내 때문에 애초의 계획을 바꾸었다는 소문이 나면 내 체면이 말이 아니잖소. 또 크로그스타드는 내 젊은 시절 친구인데 그가 내게 친밀한 말투를 쓰며 직장에서의 상하관계

를 어지럽게 하는 걸 보고만 있을 수 없었소.

나: 그건 너무 자기중심적이지 않나요? 당신이 크로그스타드와 부인 사이의 문제를 몰랐다고 하더라도 말이에요. 부인도 결국 당신의 명예를 지켜주기 위해 그런 부탁을 한 것인데요.

헬메르: 그 작자가 어떤 일을 하든 나는 책임을 지겠다고 했소. 나에게는 그럴 용기와 힘이 있으니까.

노라: 그러나 당신은 그날 맹세한 것을 곧바로 깨뜨렸어요. 당신은 아무것도 책임지지 않았어요. 모든 잘못의 책임을 나한테 미루려 했어요.

나: 노라 당신은 마침 당신 집을 방문한 랑크 박사에게 도움을 청하려다 그만두지요.

노라: 네. 가족과도 같은 그 분에게 남편의 명예를 훼손하는 일을 밝힐 수는 없었어요. 아무리 랑크 박사가 저를 소중하게 생각했다 하더라도요.

나: 그리고 부인은 크로그스타드의 방문을 받습니다. 그는 다시 한 번 더 부인을 위협하고 부인과의 사이에 있었던 모든 일을 적은 편지를 편지함에 넣고 집을 떠나지요.

노라: 그래요. 이제 모든 게 끝난 거지요. 편지함 열쇠는 남편만 가지고 있어서 그 편지를 없앨 수가 없었거든요.

헬메르: 나는 그때 노라가 무도회에 입고 갈 옷을 수선하고 입어 보느라 시간을 지체하는 줄 알았소.

나: 그랬지요. 부인이 랑크 박사에게 당신을 잡아두라고 부탁했으니까요. 그런데 그때 린데 부인이 집으로 왔고 노라 당신은 사건의 정황을 모두 알게 되지요?

노라: 네. 린데 부인은 자신이 직접 크로그스타드를 만나 해결방법을 찾

아본다고 했어요. 그러니까 그 동안 남편이 편지함을 열어보지 못하도록 하라고 했죠.

헬메르: 이상하군. 어떻게 린데 부인이 그 문제를 해결할 수 있다는 거지?

노라: 나도 나중에 안 사실이지만, 린데 부인은 원래 크로그스타드와 결혼하려고 했어요. 그런데 그녀는 자신의 의사와 상관없이 그보다 더 부유한 사람과 결혼할 수밖에 없었다고 해요. 어머니와 두 동생을 부양하기 위해서 말이죠.

나: 부인은 아무 일 없는 듯 남편에게 춤 지도를 부탁했고 남편이 편지함 여는 것을 하루 연기할 수 있었지요.

노라: 그래요. 그리고 린데 부인이 다시 와 내일 저녁에 크로그스타드가 집에 도착한다고 말해 주었어요. 내가 살 시간이 서른 한 시간 정도 남은 셈이죠.

나: 다음날 두 분은 영사댁에서 열린 무도회에 갔고 그 시간에 린데 부인과 크로그스타드는 두 분의 집에서 중요한 대화를 나누게 됩니다. 린데 부인은 자신이 크로그스타드와 결혼할 수 없었던 이유를 밝히고 '난파된 배 같은 여자'인 자신이 '난파된 배 같은 남자'인 그와 다시 재결합할 수 있다는 언질을 줍니다. 그러자 크로그스타드도 린데 부인과 새 출발을 하기로 약속하죠.

노라: 그럼 크로그스타드가 헬메르에게 보낸 편지를 다시 가져가겠다고 했나요?

나: 그랬죠. 그런데 린데 부인이 만류합니다. 린데 부인은 노라 당신과 남편 사이에 있는 '불행한 비밀'이 밝혀져야 한다고 생각했어요. 그래서

크로그스타드는 차용증서와 함께 지금까지 노라 부인을 협박하고 회유하려던 자신의 행동을 뉘우치는 편지를 한 통 더 보내게 되었고요.

노라: 그랬군요. 나는 무도회가 끝나는 것이 너무 두려웠어요. 집에 돌아오게 되면 남편이 편지함을 열어 볼 것이고, 그럼 우리 부부 관계는 끝나니까요.

헬메르: 그때 왜 당신이 그렇게 춤을 더 추자고 떼를 썼는지 이제야 알겠군.

나: 랑크 박사가 잠깐 방문해 자신의 죽음을 암시하고 갑니다. 그리고 헬메르 당신은 편지함을 열고 크로그스타드가 보낸 편지를 읽게 되고요.

헬메르: 나는 너무나도 화가 났소. 어떻게 남편인 나를 속이고, 심지어 남편 몰래 돈을 빌리고 차용증서에 가짜 서명을 할 수 있단 말이오.

노라: 지금은 소용없는 말이지만, 그건 당신을 위해서였어요. 세상 어떤 사람보다 당신을 사랑했기 때문에 그렇게 했던 거예요. 당신의 병을 고치고 당신의 명예를 손상시키지 않고 당신의 자존심을 지키기 위해서요.

헬메르: 그건 말도 안 되는 핑계야. 당신은 장인의 경박한 성향을 그대로 물려받았어. 당신이 내 행복과 미래를 모두 망친 거지.

나: 그런데 당신은 사건을 축소하려고 했죠. 가정에 어떤 일이 일어나든 모두 책임을 지겠다고 호언장담했던 것이 어제인데 말이죠.

헬메르: 남자의 명예를 훼손하는 것보다 더 중요한 일은 없기 때문이었소.

노라: 당신의 명예가 부부 사이의 진실보다 중요한가요? 당신은 그 일이 있은 후에도 우리 가정이 여전히 행복한듯 꾸미려 했어요. 그리고 내게서 아이들을 양육할 권리도 박탈한다고 선언했죠. 그렇게 유지되는 가정

이 과연 당신 명예에 걸맞는 가정인가요? 당신은 너무도 이기적이고 이중적이었어요.

헬메르: 나는 곧 당신을 용서했소. 크로그스타드가 당신에게 보낸 편지에는 그 문제 많은 차용증서가 들어있었으니까. 나도 살고 당신도 산 거지.

노라: 과연 그럴까요? 나는 가장무도회 복장을 벗으면서 그전의 껍데기 같은 내 삶도 함께 벗어버렸어요.

나: 폭풍우와도 같은 시간이 지나고 두 분은 차분하게 이야기를 나누었지요. 어떤 내용이었나요?

노라: 나는 집을 떠날 결심을 이미 굳혔어요. 나는 이 집에서 인형으로 얼러졌지 한 인간으로 살지 못했어요. 아버지도 남편도 나를 독립된 인격으로 대접하지 않았어요. 그저 가지고 놀기 편한 인형으로 취급했을 뿐이에요.

헬메르: 나는 당신을 사랑했고 당신도 행복해 했잖소.

노라: 나는 행복하지 않았어요. 단지 재미있었을 뿐이죠.

헬메르: 당신의 가출은 당신에게 주어진 많은 의무를 저버린 행동이었소.

노라: 남편에 대한, 자식에 대한 의무를 말하는 건가요? 지금까지 그 의무를 충실히 하기 위해 살아왔어요, 그러기 위해서 포기했던 그만큼 거룩한 의무를 이제 다하려고 해요. 바로 나 자신에 대한 의무 말이에요.

헬메르: 당신은 종교가 당신에게 가르친 의무도, 법률로서 정해진 부인으로서의 의무도 다하지 않으려고 했소.

노라: 그 종교와 법을 만든 사회를 나는 더 이상 인정할 수 없어요. 내가 옳은지 사회적 규범이나 윤리가 옳은지 직접 부딪쳐 알아보기 위해서 집

을 나가는 거예요.

헬메르: 내가 무엇을 그리 크게 잘못했소?

노라: 나는 팔 년 동안 참을성 있게 기다렸어요. 당신이 진정으로 나를 사랑하고 내 존재 자체에 책임을 다한다는 것을 확인하기 위해서요. 당신은 말로 다짐을 하기는 했어요. 그런데 정작 일이 벌어지자 모든 책임을 나에게 전가했어요. 나는 당신의 "모두 내 잘못이오."라는 한 마디를 기다렸어요.

헬메르: 부인을 위해 자신의 명예를 희생하는 남자는 없소.

노라: 대부분의 여자는 그렇게 해요. 너무나도 당연하게 여자의 희생을 강요하고 남성만이 중심이라고 생각하는 그 사회에 도전하기 위해 나는 집을 떠나요.

나: 부인은 남편에게 결혼반지까지 돌려받고 집을 나섭니다. 헬메르 씨는 부인의 행동을 이해할 수 없었겠죠. 부인의 행동은 130년이 지난 지금도 놀라운 일로 평가받고 있으니까요. 부인의 앞날이 걱정이지만 고난을 기꺼이 감수하려고 하기에 적이도 불행히지는 않으리라고 생각합니다.

노라가 집을 나간 진정한 이유는 무엇인가?

『인형의 집』은 한마디로 주인공 노라의 자신에 대한 각성 과정을 담은 작품입니다. 노라의 각성은 자신이 처한 상황, 그러니까 남편의 귀여운 아내로서, 아이들의 자애로운 어머니로서의 현재 위치, 그곳에서의 '자기부재'에 대한 각성입니다. 그러나 노라가 곧바로 그러한 자각에 도달한 것은 아닙니다. 노라의 자기성찰은 자신을 그토록 사랑한다던 남편에 대한 불신에서 시작합니다. 법적 책임에 대한 무지에도 불구하고 남편을 살리기 위해 돈을 빌렸던 자신의 선한 의도를 전혀 고려하지 않고, 겉으로 드러난 결과만으로 자신을 비난하는 남편을 보고 노라는 지금까지의 남편의 사랑이 철저히 자기중심적이었음을 깨닫게 됩니다. 부인인 노라에 대한 헬메르의 사랑은 자신의 사회적 지위를 훼손하지 않는 지극히 사적인 영역에만 해당되었던 것입니다. 이런 남편에 대한 실망은 남편과 자신과의 관계를 규정짓고 있는 가정에 대한 통찰로 확대되고, 노라는 결국 '자신에 대한 의무'를 저버리고 산 지난 삶을 차분히 돌아보게 됩니다. 지금까지 노라는 누군가의 아내로서, 누군가의 어머니로서 존재했을 뿐 자신의 삶에서 스스로가 주인공인 삶은 살지 못했습니다. 결국 노라는 '참다운 나'를 찾아 나서겠다고 합니다. 그러나 그 길은 반사회적 행동으로 매도당할게 뻔한 선택입니다. 기존의 남성 중심적 세계관은 결코 노라의 가출을 용인할 수 없기 때문입니다. 그러나 노라는 이제 그러한 사회적 통념과 상식에까지 도전하고자 합니다. 노라의 가출은 비단 남편에 대한 감정적 대응의 의미뿐만 아니라 한 인간의 주체성을 교묘히 말살했던 사회에 대한 투쟁의 선언이기도 합니다. 이와 관련하여 읽어볼 만한 노래 가사가 있습니다.

1. 내가 인형을 가지고 놀 때 기뻐하듯
아버지의 딸인 인형으로 남편의 아내 인형으로
그들을 기쁘게 하는 위안물 되도다

(후렴) 노라를 놓아라 최후로 순순하게 엄밀히 막아논

장벽에서 견고히 닫혔던 문을 열고 노라를 놓아 주게

2. 남편과 자식들에게 대한 의무같이

내게는 신성한 의무 있네 나를 사람으로 만드는

사명의 길로 밟아서 사람이 되고저

3. 나는 안다 억제할 수 없는 내 마음에서

온통을 다 헐어 맛보이는 진정 사람을 제하고는

내 몸이 값없는 것을 내 이제 깨닫도다

4. 아아 사랑하는 소녀들아 나를 보아

정성으로 몸을 바쳐다오 많은 암흑 횡행(橫行)할지나

다른 날 폭풍우 뒤에 사람은 너와 나

위 노래 가사는 1921년 〈매일신보〉가 입센의 희곡을 「인형의 가(家)」란 제목으로 번역 연재하면서 제일 마지막 회에 첨부한 것입니다. 이 가사를 쓴 사람이 바로 나혜석입니다. '아버지의 딸인 인형'은 결혼을 통해 '남편의 아내 인형'으로 바뀔 뿐, 남성들의 '위안물'로서의 여성의 성격은 결코 변하지 않습니다. 그러나 나혜석은 노라가 '사람으로 만드는 사명의 길'로 나서게 되었다고 노래합니다. 그리고 다른 여성들에게도 노라와 자신의 뒤를 따라주기를 요청합니다. 나혜석 또한 노라의 가출을 사회적 차원에서 이해하고 있는 것입니다. 그런데 나혜석이 이 가사를 썼다는 사실은 대단히 상징적입니다. 나혜석은 한국 최초의 여성 서양화가로, 여성 화가로서는 최초의 개인전을 연 신여성이었습니다. 그리고 그녀는 1926년부터 3년간 남편과 세계일주 여행을 하기도 합니다. 화려한 신여성으로 주목받던 나혜석은 그러나 남편과 이혼한 이후 온갖 비난과 멸시를 받습니다. 신여성은 남존여비라는 유구한 전통을 위협하지 않는 선에서만 인정되었을 뿐입니다. 결국 그녀는 절에 들어가 수도 생활을 하다 말년에는 정신 장애, 반신불수 등의 불행을 겪고 비참한 삶을 마감합니다. 노라가 문을 꽝 닫고 집을 나간 이후의 삶을 나혜석의 실제 삶에 겹쳐보는 것은 지나친 악취미일지 모르지만 전혀 개연성이 없는 것은 아닌 듯합니다.

나혜석과 비슷한 시기를 살았던 또 다른 여성, 기생이었지만 동경 유학을 통해 배움을 이어갔고 해방 후 〈조선부녀총동맹〉 중앙위원으로 제국주의와 여성차별에 맞섰던 정칠성은 『인형의 집』을 다음과 같이 평가했습니다. '말을 알아듣는 꽃[解語花]'이 들었던 건 남녀가 평등한 시대로의 힘찬 발걸음 소리였던 것입니다.

> 노라 평할때는 먼첨 입센이 노라를 쓴 그 시대와 그 시대사회 제도에 남녀의 지위가 엇더하엿는가를 차저보아야 한다. 뿐만 안니라 노라의 작은 엇더한 가정의 사설을 소설화식킨 것이 아니라 그때 사회의 여성이 얼마나 비참한 지하에 떠러젓다는 것(지금도 그러치만)을 가라친 것이다. 즉 입센은 여성의 속박에서 해방에로를 말한 것이다.

헬메르는 헬메르 개인일 뿐인가?

노라의 남편 헬메르는 전형적인 가부장의 모습을 보여줍니다. 가부장제는 가장이 가족구성원에 대해 강력한 권한을 가지고 가족을 통솔하는 가족형태를 말합니다. 역사상 가장 강력한 가부장제를 유지했던 로마는 심지어 자식을 죽이고 살리는 권한까지도 아버지에게 부여했다고 합니다. 『인형의 집』에서는 헬메르가 노라를 '종달새'나 '다람쥐'로 호칭하고 경제권을 독점하며 사회적 관계를 통제 – 우편함의 열쇠를 혼자 관리하는 것 – 하는 등의 행태를 통해 그의 가부장으로서 면모를 확인할 수 있습니다. 특히 아내의 사적인 감정까지도 통제할 수 있다고 믿는 그의 모습에서 전형적인 가부장의 모습이 드러납니다. 크로그스타드로부터 지금까지의 일을 문제 삼지 않겠다는 편지와 함께 차용증서를 돌려받은 후 태도가 돌변하여 그가 한 다음의 말은 지독한 가부장제에 뿌리박고 있는 칠저한 자기중심적 태도를 보여줍니다. "자기 아내를 용서했다는 걸 마음속에 품고 있는 건 남자에게는 말로 표현할 수 없을 정도로 달콤하고 만족스러운 일이지. 자기 아내를 진심으로, 거짓 없이 용서했다는 것 말이야. 그럼으로써 여자는 두 배로 그의 소유물이 되니까."

가부장으로서의 헬메르의 모습을 확인하기 위해 작품의 내용을 조금 더 자세히 살펴봅시다. 헬메르가 크로그스타드의 편지를 받고 노라에게 불같이 화를 낸 이유는 무엇일까요? 노라가 거짓말을 했기 때문인가요, 아니면 노라가 감당할 수 없는 빚을 졌기 때문인가요, 그것도 아니면 그가 크로그스타를 해고하려고 한 원인이 된 불법적 행위를 노라가 했기 때문인가요? 이것이 모두 이유가 되겠지만 그가 부인에게 화를 낸 가장 근본적인 이유는 노라의 행동으로 자신이 입게 될 사회적 불명예 때문입니다. 그가 노라의 가출을 전혀 이해할 수 없었던 것 또한 남성 중심적인 사고방식, 그러니까 여성은 남자의 아내로서, 아이들의 어머니로서만 존재 가능하다는 생각을 갖고 있었기 때문입니다. 이러한 사고의 핵심은 철저히 자기중심적이라는 것입니다. 그렇기 때문에 헬메르는 아내인 노라가 곤경에 처한 원인이 자신의 요양에 필요한 돈을 구하기 위해서였다는 객관적 사실조차 인식하지 못합니다. 그로서는 노라가 자신을 배신했다고 느끼는 것이 어쩌면 당연합니다. 자기중심적인 사람은 상대방 행동의 의도는 읽지 못하고 드러난 결과만을 문제 삼기 때문입니다. 헬메르는 노라의 가출로 인한 자신의 상처만을 강조합니다. 그가 노라에게 강요했던 희생과 상처는 아내와 어머니로서의 당연한 의무로 치부할 뿐입니다.

물론 헬메르의 이러한 태도는 개인적인 차원에서만 연유한 것은 아닙니다. 그는 당시의 시대상을 충실히 반영하고 있을 뿐입니다. 『인형의 집』이 출간된 1879년을 기준으로 하면, 노라는 기혼 여성임에도 불구하고 법적으로는 미성년에 해당합니다. 노르웨이에서 기혼 여성이 법적으로 성년으로 인정된 때는 1888년이기 때문입니다. 또한 1870년대 노르웨이에서는 극소수의 상류층 여성만이 교육받을 수 있었습니다. 따라서 헬메르가 유별난 남성 우월주의자였다고 평가하기보다는 그 사회가 오랜 가부장적 전통을 유지하고 있었다고 보는 것이 옳은 판단일 것입니다. 이러한 경향은 비단 노르웨이에만 국한되지 않습니다. 19세기에는 남성과 여성의 노동이 점진적으로 분리되면서 그 경계가 뚜렷해집니다.

"당신은 우선적으로 아내이며 어머니야."

"그 말은 더 이상 믿지 않아요. 나는 내가 우선적으로 당신과 마찬가지로 인간이라고 믿어요. 최소한, 그렇게 되려고 노력할 거예요. 대부분의 사람들이 당신이 옳다고 할 거예요. 그리고 책에도 그런 비슷한 말들이 있죠. 하지만 나는 더 이상 대부분의 사람들이 하는 말로 만족할 수 없고 책에 쓰여 있는 것으로 만족할 수 없어요. 나는 모든 일에 대해서 스스로 생각하고 설명을 찾아야 해요."

근대자본주의가 발달하면서 남자들은 직업이나 공적 활동에 참여하는 것으로 그 존재 의의가 규정된 반면, 여성은 가정에서의 가사를 직업으로 삼게 됩니다. 그런데 이런 남성과 여성 세계의 분리는 종교적인 의미도 담고 있었습니다. 즉 남성이 일하는 '장터'는 세속적이며 비도덕적인 공간으로 간주되었습니다. 그래서 남성들은 일터와는 구분된 도덕적 공간과의 접촉을 필요로 했습니다. 그곳이 바로 가정이고, 그곳에서 남성의 세속적 때와 비도덕성을 씻어줄 역할을 하는 것이 바로 여성이었던 것입니다. 이것이 '주부'라는 새로운 범주가 생겨난 역사적 배경입니다. 따라서 19세기 중반에 이르면 생활비를 벌어오는 남편과 순종적인 아내와 아이들이라는 중간계급의 이상이 널리 확산되게 됩니다.

『인형의 집』이 출간된 1870년대는 노르웨이가 근대시민사회로 발전해 가는 과도기에 해당합니다. 1848년 2월 혁명으로 프랑스는 공화국을 선언하고 이러한 혁명의 물결은 전 유럽으로 퍼져갑니다. 그러나 당시 노르웨이를 정치적으로 양분했던 우파와 좌파 어느 쪽도 혁명의 영향을 받은 입센의 정치적 입장과 같지 않았습니다. 왕정의 뿌리가 깊었던 노르웨이 – 현재도 노르웨이는 공식적으로 왕정을 유지하고 있습니다 – 의 시민사회는 여성의 사회적 활동을 제한하는 한계를 보였던 것입니다. 그런데 이런 보수적 태도는 결국 남성을 포함한 모든 이들의 자유와 행복을 제한하는 것으로 입센에게 받아들여졌습니다. 따라서 『인형의 집』은 노르웨이 사회의 보수성에 입센이 문학적으로 저항한 것으로 이해할 수도 있습니다.

지금까지 우리는 작품 속에 등장하는 헬메르의 행동과 사고를 비판했습니다. 그 핵심은 가부장제에 기반한 자기중심적 태도입니다. 그리고 이어 가부장제에 얽혀 있는 헬메르의 태도와 사고가 전적으로 그의 책임만은 아님을 밝혔습니다. 시대적 상황을 함께 고려한 이유는 헬메르에 대한 윤리적 비난 그 자체는 우리에게 아무런 깨달음도 주지 않기 때문입니다.

헬메르의 노라에 대한 행동이 비판받을 만하지만 그것이 전적으로 그의 책임만은 아니라고 할 때, 우리는 이제 이렇게 물을 수 있어야 합니다. 130년이라는 시간 동안 성취된 여성해방운동의 성과와 가부장제에 가해진 오랜 비판이라는 '거인'의 어깨에 올라탄 우리는 헬메르와 얼마나 다른가 하고 말입니다. 헬메르를 비난하는 '나'는 과연 가부상제로부터 얼마나 거리를 유지하고 있는지 자문해 보는 것이야말로 가부장제라는 끈에 묶인 꼭두각시 인형의 삶으로부터 벗어나는 지름길입니다.

우리나라 정부 부서 중에는 여성가족부가 있습니다. '남성직장부'는 없는데 말입니다. 역시 여성운동, 여성주의는 존재하지만 남성운동, 남성주의라는 사회운동과 개념은 없습니다. 이러한 사실은 가부장제 일부의 균열을 마치 전면적인 붕괴처럼 호들갑을 떠는 남성들이 흔히 이야기하는 것처럼 남성에 대한 여성의 역차별 상황을 말하는 것입니까? 여성의 권익을 보호하기 위한 공적 부서와 사회적 운동이 존재한다는 사실은 여전히 우리가 남성이 여성을 억압하고 착취하는 사회에 살고 있음을 반증합니다.

이러한 사회를 당연한 것으로 여기는 사람이 있다면, 즉 여성의 권리를 위해 국가가 나서야 하고, 여성 스스로가 각성해야 한다고 주장하는 사람이 있다면 그는 헬메르와 얼마나 다른 사람일까요? 헬메르도 부인을 동정하고 사랑할 줄은 알았으니 말입니다.

나는 노라와 같은 선택을 할 것인가?

노라의 가출은 우리에게 어떤 의미가 있을까요? 헬메르의 말처럼 그녀의 행동은 남편과 자식에 대한 의무를 저버린 파렴치한 행동에 불과한가요? 어쩌면 그녀의 결단을 사회적 윤리와 규범을 어긴 행위라고 점잖게 비난하는 사람도 있을 것 같습니다. 노라를 비난하기 전에 우리가 해야 할 일은 노라가 집을 떠난 진의를 곡해하지 않고 받아들이는 것입니다. 노라는 이렇게 말했습니다. "나는 모든 일에 대해서 스스로 생각하고 설명을 찾아야 해요."

그렇다면 질문을 다시 해야 합니다. 여러분과 나는 스스로 생각하고 행동하고 있나요? 내 머리로 생각하고 내 몸으로 행동하는데 그 생각과 행동이 내 것이 아닐 수 있나요? 이상한 질문이라고 생각하나요? 그렇지 않습니다. 철저하게 자기중심적인 남편을 통해 노라가 깨달은 것은 지금까지 그녀가 스스로 생각하고 행동하지 않았다는 점입니다. 그녀는 '인형의 집'에서 '인형'으로 살았던 겁니다. 물론 노라가 짐짓 그런 행동을 자처하기도 했습니다. 그러나 그녀의 진실이 용납되지 않은 상황이 되자 그녀는 자신의 처지를 명확하게 파악하게 됩니다. 인형은 가지고 노는 사람들의 의지대로 움직이지 스스로 움직이지 못하는 법입니다. 노라는 그것을 이제 거부하겠다는 것입니다.

여러분은 어떤가요? 여러분의 생각과 그에 따른 행동은 온전히 여러분의 것인가요? 혹 부모님과 학교에서 배운 것을 그대로 따르면서 자신은 주체적이라고 생각하지 않나요? 텔레비전과 신문의 보도 내용을 자신의 생각이라고 착각하지는 않았나요? 대중매체가 여러분에게 주입한 욕망을 자신의 순수한 욕망이라고 생각하지는 않나요? 만약 그렇다면 우리도 '인형의 집'에서 가출할 필요가 있습니다.

자신이 남성이라고 해서 문제가 없을까요? 타인을 부당하게 착취하고 억압하는 사람은 행복할 수 없습니다. 행복하다고 착각하고 있을 뿐입니다. 행복은 관계에서 옵니다. 관계의 본질은 평등입니다. 그 평등을 깨는 관계는 더 이상 관계가 아닙니다. 파괴된 관계는 결코 사람을 행복하게 하지 못하는 법입니다.

또 한편으로 인간은 자신보다 우월한 존재에게 의탁하려는 경향이 있습니다. 힘 있는 자에게 자신을 맡기는 것은 표피적인 평안과 안전을 가져다주는 듯 여겨집니다. 그러나 복종은 인간의 영혼을 파괴합니다. 영혼이 파괴된 인간은 행복할 수 없습니다. 지배와 의탁이 아닌 배려가 필요합니다. 배려야말로 관계의 본질입니다. 배려는 무조건적인 자기부정과 타인에 대한 자기희생을 의미하지 않습니다. 배려는 또한 일방적인 자선을 의미하지도 않습니다. 자신을 돕는 사람으로, 타인을 도움을 받아야 하는 사람으로 전제하는 자선은 사실은 자신의 이기적 욕망의 흉한 가면일 뿐입니다.

그렇다면 우리가 살고 있는 이 사회는 우리의 용기 있는 결단을 환영할까요? 아마도 그렇지 않을 것 같습니다. 지금도 일부 교회에서는 결혼식 때 신약성경 〈에베소서〉의 다음 구절을 인용하곤 합니다. "아내들은 주님께 순종하듯 남편에게 순종하십시오. 이것은 그리스도께서 교회의 머리가 되시는 것처럼 남편은 아내의 머리가 되기 때문입니다. 그리고 그리스도는 자기 몸인 교회의 구주가 되십니다. 교회가 그리스도께 순종하듯 아내들도 모든 일에 남편에게 순종해야 합니다."(에베소서 5: 22-24) 그런데 이 성경구절은 노라가 살았던 바로 그 시대에 결혼식의 한 절차로서 낭독된 글입니다. 백여 년이 넘는 시간의 간극도 북유럽과 극동아시아의 공간적 거리도, 이 지독한 '상식'을 털어버리지 못했던 것입니다. 그럼에도 불구하고 용기 있는 '나'를 찾는 여정은, 그 길이 고되더라도, 진정한 행복을 찾는 길일 것입니다.

학생들이 쓴 독서록 한 페이지

그렇다. 나도 노라와 같이 주체적인 삶을 살기 위해 집을 떠날 것이다. 노라의 남편인 헬메르는 차용증서를 보면서, 노라가 어떤 생각과 마음으로 법을 어기면서까지 빚을 진 것인지는 이해해보려 하지도 않고 분개했다. 분명 노라는 자신의 남편, 아이들, 가족을 지키기 위해서, 자신 또한 법을 어기는 것이 두려웠을 테지만 과감히 용기를 낸 것이다. 하지만 헬메르는 노라를 아무것도 모르는 어린아이로 생각하며, 위법행위를 한 것을 생각 없는 행동으로만 치부한다.

가족을 지키는 일, 그리고 '여성은 남성의 동의 없이는 돈을 빌릴 수 없다'는 터무니없는 법을 준수하는 것, 두 가지 중에서 어떤 것이 더 중요할까. 노라가 살았던 시대의 가치관은 현재와 다르기 때문에 후자가 터무니없는 법이라고는 말할 수 없을 진 몰라도 지금이나 그 시대나 가족을 지키는 일이 더 중요한 일임에는 틀림이 없을 것이다. 그런데 헬메르는 노라를 자신과 동등한 존재로, 서로 의지하면서 살아갈 수 있는 '진정한 반려자'로 보지 않고, 아이들처럼 자신이 부양하고 보살펴야 하는 하등한 존재로 여긴다. 서로 존중해주며 살아가지 않고 한 쪽이 다른 쪽에 종속되고 의존하는 삶은 행복하다는 착각을 잠시 불러일으켜 줄지는 몰라도 결코 그 사람을 진정으로 행복하게 하지는 못할 것이다. 그렇다면 왜 이러한 종속과 의존이 나타나는 것일까?

저음에 나는 이것을 남성과 여성 사이의 종속과 의존 때문이 아니라 여성과 남성이 태어날 때부터 생기는 능력차이 때문이라고 생각했다. 여성은 직장생활을 남자보다 많이 할 순 없어 사회적 능력이 부족한 대신 아이를 낳고 기를 수 있는 권리가 주어짐으로써 결국 남녀는 평등하다고 생각했던 것이다. 그러나 곧 양육권이라는 것이 직장, 사회생활에 맞서는 큰 권력이 아니라는 것을 깨닫게 되었다. 물론 예외가 있기는 하지만, 인류 역사의 대부분은 사회적인 능력이 가정에서의 주부의 능력보다 우선시되었다. 양육과 사회적 활동, 이 둘의 차이로 인해 남녀불평등이 점점 심화되어 여기까지 온 것 같다.

아빠가 밖에 나가 고생하고 오시니까 집에서 쉬는 걸 반대하지 않지만, 생각해보면 엄마는 아빠와 비교해보아도 제대로 쉴 수 있는 시간이 없었다. 엄마가 집에서 집안일 하시는 것도 노는 것이 아니라 일이었고, 그 일은 주말이든 언제든 쉴 틈이 없었던 것이다. 우리들은 엄마가 집안일 하는 것을 당연하다는 생각을 가지고 있었지만 - 아빠도 나도 어쩌면 엄마도 - 그건 결코 당연한 일이 아니었다. 전에 엄마가 직장생활하실 때조차도 할머니가 우리들을 많이 돌봐주시긴 했지만, 결국 자식을 양육하는 것은 모두가 엄마 몫이었다.

내가 살아가야 할 미래에는 이러한 모순이 극복되어야 할 것이다. 그리고 나는 무능력한 존재로서 누군가에게 종속되거나 의존해 살아가고 싶지 않다. 오히려 『인형의 집』 마지막 장면의 노라처럼 자신의 인생을 찾아 한 사람의 인격체로서 당당하게 살아갈 수 있도록 노력할 것이다.

『인형의 집』을 통해 어머니의 삶에 대해 다시 생각해 볼 수 있었다니 무척 반갑고 고마운 생각이 듭니다. 우리가 책을 읽는 이유는, 결국 '나'를 되돌아보기 위함입니다. 소설 속의 주인공이 여전히 소설 속에 갇혀 있다면 책은 일종의 지루한 '문자 놀이동산'에 불과합니다. 그리고 우리가 책을 읽는 시간은 인기있는 놀이기구는 타지 못하고 다들 쳐다보지도 않는 재미없는 놀이기구를 어쩔 수 없이 타는 순간과도 같습니다. 그렇지만 위 글을 쓴 친구처럼 책을 통해 자신의 삶을 돌이켜본다면, 세상에 오직 자신만을 위해 만들어진 멋진 롤러코스터를 타는 것과 마찬가지겠지요. 위 글을 쓴 친구는 남편에게 복종하고 의존해 살아갔던 노라의 지난 삶과는 달리, 자신은 내적 불안과 외적 위협이 난무할 세상을 향해 발걸음을 떼는 노라와 같은 선택을 할 것이라고 했습니다.

그 용기와 결단을 지지하면서 한 가지 덧붙이고자 합니다. 막상 자신이 그런 선택을 할 때, 자신의 선택이 스스로에게는 온전히 옳다고 하더라도 자신을 지지하거나 응원해 줄 사람이 거의 없을 수 있다는 점입니다. 사람은 누구나 다른 사람들과 어울려 사는 존재이므로 타인으로부터 인정을 받지 못하거나 다른 사람들의 무리에 속하지 못하게 되면 불안을 느끼게 마련입니다. 그런 불안은 자신의 생각과 결단에 대한 불신으로도 이어질 수 있습니다. 그럴 때 스스로를 다시 한 번 다잡으며 고민하고 흔들리는 것은 늘 사람이 겪는 일임을 기억하기 바랍니다.

껍질을 연하게 해 줄 책들

작품의 배경이지만 우리에게 거의 알려져 있지 않는 노르웨이의 개략적인 역사와 작가에 대해 더 알고 싶다면 『입센』(알도 켈)이 그나마 추천할 만한 책입니다. 또한 『인형의 집』의 후속편으로, 가출 이후 노라의 삶을 그린 작품으로 평가되는 『유령』(헨리크 입센)도 흥미로운 작품입니다. 본문에서 자주 이야기한 페미니즘에 대해 알고 싶거나 우리나라 여성의 인권에 대한 입문서 정도를 원한다면 『페미니즘의 도전』(정희진)을 추천합니다.

2

우리와 마주하기

『오만과 편견』, 『햄릿』, 『노인과 바다』

um fears, nor the prophet...

orld) dreaming on things

lease of my true love

s forfeit to a confined d...

moon hath her eclipse...

...augurs...their own p

...es now crow...mselves a...

proclaims olives of endless ag...

h the drops of this most balm

ooks fresh, and death to m...

...te of him I'll live in this po...

...insults o'er dull and speechl...

And thou in this shalt fi...

...rests and tomb

나 혼자만으로는 내가 살아있다는 것조차 증명할 수 없습니다.

그리고 나는 늘 나 이외의 사람들은 우선 보고 싶습니다.

나와 당신이 연대해 우리가 되는 것은 지극히 자연스럽고 아름다운 일입니다.

행복을 위해
우리는 행동할 것인가

제인 오스틴, 『오만과 편견』

세 가지 열정이 내 인생을 지배해 왔는데 하나는 사랑에 대한 열망이고, 둘은 지식에 대한 탐구이며, 셋은 인류의 고통에 대한 참을 수 없는 연민이다.
– 버트런드 러셀

제가 『오만과 편견』이라는 소설을 처음 안 것은, 부끄럽게도 대학원 시절 과외를 하는 학생을 통해서입니다. 스위스에서 살다 온 그 학생은 자신이 가장 감명 깊게 읽은 책이 『Pride and Prejudice』인데, 한국에서는 어떻게 번역되어 있느냐고 물었습니다. 이 작품을 읽지 않은 저의 대답은 궁색할 수밖에 없었습니다. '여러 번역본이 있으니 알아보고 나중에 알려주겠다고.' 문학을 전공한 대학원생이라고 해서, 그것도 자기 전공이 아닌 영문학의 고전을 읽지 않았다고 해서 부끄럽기까지 해야 할까 생각해 보았습니다. 그런 저의 자기합리화를 비웃기라도 하듯 이후에 확인한 『오만과 편견』은 제 예상을 훨씬 뛰어넘는 인기를 얻고 있었습니다. 이 작품의 여주인공이 윌리엄 셰익스피어의 햄릿에 비견되고 있었으니 말입니다.

『오만과 편견』의 작가 제인 오스틴이 작품을 쓴 18세기 후반은 우리가 현재 소설이라고 알고 있는 장르가 제대로 정립되지 않았을 때입니다. 그 당시 소설은 상류계급이 자신의 계급적 위신과 교양을 위해서 읽었던 예술장르가 아닙니다. 오히려 소설은 제인 오스틴이 살았고 작품의 배경으로 삼았던 영국의 남부보다는 산업혁명이 극적으로 전개되고 있던 북부의 산업도시에서 그 모양새를 갖추어가고 있었습니다. 또한 여성이라는 굴레도 당시 제인 오스틴이 소설을 쓰는데 큰 걸림돌이 되었습니다. 당시 농촌의 중소지주인 젠트리(gentry)는 딸을 제대로 교육시킬 수도, 재산을 물려줄 수도 없었습니다. 따라서 당시 미혼 여성들은 결혼을 통해 생활의 안정을 찾든가 아니면 하녀와 별반 다를 바 없는 가정교사로 평생을 살아가야 했습니다. 지금과는 달리 글을 쓰는 작가라는 직업으로는 생계를 이어갈 수가 없었던 것이죠.

제인 오스틴은 이처럼 소설 창작에 전념할 수 없는 상황에 있었습니다. 그런데 그녀의 이러한 현실적 상황이 『이성과 감성』이나 『오만과 편견』과 같은 이야기를 만들어 냈는지도 모릅니다. 이 두 작품은 당시로서는 낯선, 단단한 자의식을 갖춘 여성들이 관습이나 전통에 얽매이지 않고 주체적으로 결혼을 하는 이야기입니다. 따라서 이 소설은 자신에게 익숙지 않은 장르를 기꺼이 택해, 여성의 삶을 옭아매었던 당대를 치밀하게 묘사하고 새로운 전망을 제시하는 방법으로 시대와 대결하려 했던 작가의 의도를 분명히 드러냅니다.

소설의 미덕은 소소한 일상의 단면을 통해 삶의 보편에 잇닿는 데 있습니다. 그렇지 않다면 지극히 개인적인 글쟁이의 '뻥 치는' 이야기를 굳이 탐독할 필요는 없을 것입니다. 그래서 우리는 흔히 『오만과 편견』을 통해 전근대에서 근대로 이행되는 과정에서 보이는 가치관의 변동이나 개인의 자아 성취와 성장의 의미 등을 찾으려고 애씁니다. 그러한 작품 외적 의미 찾기도 중요합니다. 그러나 한편으론 소설의 미덕이 작품을 읽는 재미에도 있음을 잊지 말아야겠습니다. 엘리자베스와 다아시의 변화무쌍한 사랑, 제인과 빙리의 차분한 애정, 베넷 씨의 냉소와 베넷 부인의 허풍 등은 300여 년 전 먼 이국땅을 배경으로 한 이 소설을 우리의 일상으로 끌어옵니다. 그 이끌림에 덧붙여 작품에서 잘 보이지 않는 사람들을 떠올릴 수 있다면 더없이 즐겁고 의미있는 책읽기가 되리라 생각합니다.

엘리자베스와 다아시 부부를 만나다.

나: 『오만과 편견』의 두 주인공, '오만'의 다아시 씨와 '편견'의 엘리자베스 양을 만나 보기로 하죠. 두 분 안녕하세요? 이렇게 만나게 되어 반갑네요.

엘리자베스 · 다아시: 저희도 만나게 되어 반가워요.

나: 두 분이 만난 이야기를 하기 전에 『오만과 편견』은 엘리자베스 양 집안을 중심으로 이야기가 전개되고 있으니, 가족과 고향에 대해 잠깐 설명해주시죠.

엘리자베스: 제가 살고 있는 롱본은 영국의 중동부 지역에 있어요. 아버지는 생활하기에 불편하지 않을 정도의 재산을 갖고 있는 중소 지주이자

학식이 뛰어난 분이세요. 그래서 조금 냉소적인 면이 있어요. 어머니는 그 시대의 평범한 부인들처럼 계급의식으로부터 자유롭지 못하고 과장이 심하신 편이에요. 딸만 다섯인 집에서 저는 둘째로 태어났고요.

나: 네더필드에 빙리 씨가 이사오면서 이야기가 본격적으로 시작되죠?

엘리자베스: 그래요. 빙리 씨는 상당한 재산도 있고 귀족인데다 잘 생기고 매너도 좋은 남자라 제가 사는 곳에서 금방 관심의 대상이 되었죠.

다아시: 내 이야기는 없군요. 하긴 처음에 당신이 나를 오만하고 불편한 사람으로 생각했으니까요.

엘리자베스: 그건 당신이 가진 고유한 성격일 뿐이지 어떤 결함은 아니잖아요. 내가 '편견' 역을 맡은 것도 당신의 그 성격 때문이기도 했고요.

나: 빙리 씨 집에서 무도회가 열리면서 엘리자베스 당신의 언니인 제인과 빙리 씨가 처음 만나게 되고 이후에 급속도로 가까워졌죠. 그래서 주위 사람들은 둘이 좋은 관계로 발전할 것이라고 자연스럽게 예상했고요.

엘리자베스: 맞아요. 그런데 언니와 빙리 씨의 연애 사이에 다른 일이 한 가지 있었어요.

나: 위컴을 만난 사건 말인가요? 당신이 위컴에게 다아시 씨에 대해 이런저런 이야기를 듣고 다아시 씨를 더 오해하게 된 그 일 말이죠?

엘리자베스: 그래요. 지금 생각해보면 제가 성급했어요. 그런데 그 당시에는 다아시 씨의 오만해 보이는 성격과 위컴의 일방적인 이야기가 결합되어 제가 지독한 편견으로 다아시 씨를 바라본 것이 이상한 일만은 아니었어요.

다아시: 그럴 수 있어요. 사람은 누구나 자기중심적이니까. 위컴이 나와의 관계를 자기에게 유리한대로 이야기했겠죠. 그 일로 속을 끓인 것이

조금 억울하긴 하지만요.

엘리자베스: 제가 나중에 충분히 사과한 일이니 여기서 다시 용서를 구하지는 않을게요. 위컴과의 만남도 중요하지만, 제 먼 친척인 콜린스 씨 방문이 여러 가지로 의미가 있었어요.

나: 아, 당신 아버지의 재산을 한정상속하기로 돼 있는 그 젊은 목사말인가요?

엘리자베스: 네 맞아요. 아버지가 돌아가시면 아버지 재산을 자식이 상속해야 하는데, 딸은 상속인이 될 수 없어요. 그래서 가까운 남자 친척이 상속을 하게 되죠. 불합리하긴 하지만 그게 제가 살던 시대의 상식이었으니까요.

다아시: 반면 저처럼 장남인 경우는 부모님의 재산 거의 전부를 상속받죠.

엘리자베스: 콜린스 씨는 한정상속에 대한 자신의 책임을 다 하겠다고 우리 자매 중 한 사람과 결혼할 계획을 갖고 우리 집을 방문했어요. 언니는 임자가 있다는 어머니의 언질에 둘째인 저에게 청혼했죠. 아무런 애정도 없이 말이에요. 나는 당연히 거부했어요. 그는 결국 내 친구인 샬럿과 결혼하게 됩니다.

나: 당신에게 청혼을 하고 곧 이어 샬럿 양에게 또 청혼을 했다고요?

엘리자베스: 그래요. 콜린스 씨는 결혼을 자신의 행복한 삶의 한 조건 정도로만 생각했어요. 그래서 상대방에 대한 애정과 신뢰는 크게 문제삼지 않았던거죠. 샬럿 또한 그 시대 다른 미혼여성들처럼 낭만적인 사랑보다는 결혼을 통해 얻게 될 지위와 재산을 고려해 결혼을 했고요. 그러나 샬럿을 비난할 수만은 없어요. 시골 소지주의 딸로서는 선택의 폭이, 그것

이 설령 인생의 상당부분에 영향을 미치는 결혼이라고 할지라도, 넓지 않아요.

다아시: 콜린스 씨의 후견인인 캐서린 영부인은 제 이모입니다. 이것이 엘리자베스와 제가 인연을 맺는데 도움이 되었죠. 샬럿의 초대로 엘리자베스가 콜린스 씨 댁을 방문하게 되고 그때 제가 이모 댁을 찾게 되었으니까요.

엘리자베스: 그 전 이야기를 잠깐 해야겠어요. 빙리 씨와 제인 언니의 관계가 더 깊어가던 중, 어느 날 빙리 씨를 포함한 가족 모두와 다아시 씨가 런던으로 떠나버렸어요. 그 일은 우리에게 큰 충격을 주었죠. 어떠한 구체적 언질이 있었던 것은 아니지만, 언니도 주위 사람들도 빙리 씨의 언니에 대한 호의와 애정을 의심하지 않고 있었으니까요.

나: 그 충격에서 벗어나기 위해 제인 양이 외숙모를 따라 런던으로 가게 되었던가요?

엘리자베스: 그래요. 그런데 런던에서도 빙리 씨는 언니를 찾아보지 않았어요. 마지막 희망도 무너진거죠. 오빠를 대신해 한 번 언니를 방문한 빙리 양의 태도는 차갑기 그지없었고요. 그래서 언니도 찾아볼 겸 친구의 초대에도 응할 겸 해서 콜린스 씨 댁을 찾아가게 되었죠.

다아시: 그리고 그곳에서 내 청혼도 거절했고요, 하하.

엘리자베스: 너무 급작스럽고 당황스러운 일이었어요. 그리고 그때 나는 당신이 빙리 씨를 뒤에서 조종해 언니와의 결혼을 포기하게 한 것으로 알고 있었으니까요.

나: 두 분 사이의 오해는 어떻게 풀렸나요?

〈편지〉, 조지 G. 킬번. 18세기~19세기 초 인물과 풍속을 주로 그렸던 작가의 풍속화.

다아시: 제가 긴 편지를 썼어요. 엘리자베스가 나에 대해 오해하고 있는 두 가지에 대해서요.

엘리자베스: 그래요. 다아시 씨는 먼저 자신이 왜 빙리 씨가 제인 언니와 결혼해서는 안된다고 설득했는지를 설명했어요. 언니가 빙리 씨에게 자신의 마음을 제대로 표현하지 않아, 빙리 씨가 언니에게 가졌던 감정만큼 언니는 빙리 씨를 좋아하지 않는다고 판단했다고 했어요. 이건 맞는 말이에요. 언니는 누구한테나 친절하지만 동시에 자신의 감정을 적극적으로 드러내지도 않으니까요.

다아시: 그때 나는 제인 양이 빙리를 그렇게까지 좋아하는지 알지 못했죠. 그래서 친구로서 애정이 없는 결혼을 해서는 안된다고 말했던 것이고요.

엘리자베스: 편지에는 또 다아시 씨와 위컴과의 관계에 대해 자세하게 설명되어 있었어요. 편지를 통해 저는 허영심에 기반한 두 가지 편견을 가졌음을 깨닫게 되었어요. 저에게 친절하지 않았던 다아시 씨의 행동만 보고 그가 오만한 성격이라고 단정한 것과, 외모와 훌륭한 매너만 보고 위컴을 더할 나위 없는 젊은이로 생각한 것이죠. 내가 정말 어리석었어요.

다아시: 그렇지 않아요. 당신과 같은 상황이었다면 나도 그렇게 생각했을 거예요.

나: 다아시 씨에 대한 엘리자베스 양의 오해는 풀렸지만 다아시 씨가 곧 떠났기에 이 사실을 다아시 씨가 알지는 못했죠?

엘리자베스: 그래요. 다아시 씨는 저를 만나려고 했지만 못 만난 채 떠났고 저도 곧 콜린스 댁을 떠나 런던에 있는 언니와 함께 집으로 돌아왔죠.

나: 그 이후에 다아시 씨를 어떻게 다시 만났나요? 그리고 당신의 '편견'은 어떻게 사라지게 되었나요?

엘리자베스: 제 가족에게는 불행한 일이었지만 결과적으로 저에게는 더없는 행복을 준 일이 있었어요. 위컴이 속한 연대가 집 근처를 떠나 브라이턴으로 가게 되었는데, 막내동생인 리디아가 그곳에 가게 되었죠. 그리고 저 또한 외삼촌 부부와 함께 북부로 여행길에 올랐고요.

다아시: 그리고 펨벌리에서 기적처럼 당신을 만났죠. 우리가 부부가 될 인연이 있음을 이 우연이 웅변하는 듯 했어요. 저는 당신을 보고 정말 기뻤거든요.

엘리자베스: 사실 저는 너무 당황스러웠어요. 당신의 청혼을 거절하고 모진 말을 한 것에 대한 미안함이 남아 있었는데, 당신은 저에게 너무도 다정하게 대해 주셨죠. 그리고 장사를 하는 외삼촌을 경멸하지 않고 예

의 바르게 대해주셨어요. 그건 결코 그 시대에 상식적인 일이 아니었는데도 말이에요.

다아시: 저는 여동생을 당신에게 소개할 수 있어 더없이 기뻤습니다. 그런데 불행하게도 당신은 펨벌리를 급히 떠나야 했어요.

나: 무슨 일이 있었나요?

엘리자베스: 리디아가 위컴과 함께 도망갔다는 편지를 받았어요. 너무 경황이 없어 다아시 씨에게도 그 사실을 알리고 말았죠. 그런데 의도하지는 않았지만 그게 문제를 해결하는 중요한 계기가 되었어요.

나: 조금 더 자세히 설명해 주시겠어요?

엘리자베스: 이 자리를 빌어 다시 한 번 더 남편에게 감사드려요. 다아시 씨는 제 말을 듣고 곧 런던으로 가 위컴과 리디아의 소재를 파악했어요. 다아시 씨는 위컴을 만나는 것만으로도 엄청난 모욕을 느꼈을텐데 말이에요.

나: 다아시 씨 집안의 재산관리를 했던 위컴의 아버지가 성실해 다아시 씨의 선친이 위컴을 잘 대해주었다는 이야기는 들었어요. 그리고 위컴이 성직자로 임명되는 권리를 포기하는 대신 돈을 요구했고, 심지어 다아시 씨 여동생을 매수하려다 미수에 그쳤다는 이야기도 말이에요.

엘리자베스: 그래요. 그럼에도 불구하고 오직 저를 위해서 다아시 씨는 비열한 위컴과 철없는 리디아를 만나는 수고를 아끼지 않았고, 위컴의 빚을 탕감해주고 또 상당한 돈을 주겠다고 약속했으며 새로운 직장도 얻게 해 주었어요. 그래서 위컴은 리디아와 결혼하기로 한 것이죠. 애초에 그런 생각이 전혀 없었음에도 말이에요.

다아시: 그 일을 너무 과장되게 평가하지 마세요. 저는 단지 위컴이 그런 짓을 한 게 제 책임이라고 생각했습니다. 물론 엘리자베스 당신이 곤경에 처한 것이 저를 무척 괴롭히기도 했고요.

나: 다아시 씨 성격에 그 일을 떠벌리지는 않았을 것 같은데요.

엘리자베스: 맞아요. 결혼식을 마치고 집을 방문한 리디아의 말실수를 근거로 해 외숙모께 편지를 썼고 그간의 상황을 전해 들을 수 있었어요.

나: 두 분은 이후에 어떻게 만났나요?

엘리자베스: 빙리 씨가 다시 내려왔어요. 물론 다아시 씨도 같이요. 빙리 씨는 언니가 자기를 깊이 사랑했음을 뒤늦게 알고 청혼을 했지요. 그리고 둘은 약혼을 했어요. 그런데 저는 조금 불쾌한 방문을 받았어요. 다아시 씨의 이모인 캐서린 드 버그 영부인이 집으로 찾아와서 다짜고짜 다아시 씨와 약혼을 했느냐고 물었어요. 저는 그렇지 않다고 대답했죠. 그러자 영부인은 다아시 씨가 혹시라도 청혼을 해도 허락해서는 안된다고 주장하는 거예요. 저는 그럴 수는 없다고 했어요. 그리고 제가 행복해질 수 있도록 행동할 것이라고 대답했죠.

나: 케서린 영부인이 화가 나서 어쩔 줄 몰라 했겠네요.

다아시: 이모 성격에 그랬겠죠. 그런데 이 불쾌한 방문이 오히려 제가 다시 청혼할 수 있는 용기를 주었어요. 지금의 내 부인이 아직까지 저에게 호감이 남아 있다는 것을 확인할 수 있었으니까요.

나: 우리 말에 전화위복(轉禍爲福)이라는 말이 있는데, 위컴과 리디아 사건과 영부인의 방문이 다 그렇군요.

엘리자베스: 다아시 씨는 저에게 다시 청혼을 했어요. 이건 있을 수 없는 일이에요. 상류 귀족계급인 다아시 씨 가문은 결코 저희 집안과 대등하

지 않거든요. 하물며 모욕적인 말로 한 번 청혼을 거부한 여자에게 다시 청혼을 한다는 것은……

다아시: 저는 제 자신이 얼마나 오만했던지를 당신을 통해 깨닫게 되었어요. 그건 정말 놀라운 일이었어요. 당신에 대한 나의 사랑이 계급적 편견과 오만을 이겨내게 했어요. 내가 더 성숙해지게 된 것이죠.

나: 결혼 후 빙리 씨가 다아시 씨 영지 근처에 집을 구해 서로 자주 왕래하며 지낸다는 소식을 들었어요. 모두가 고대하던 삶을 살게 된 것을 축하합니다.

첫 번째 질문

엘리자베스는 있을 법한 인물인가?

소설 구성의 세 가지 요소는 인물과 사건, 그리고 배경입니다. 그런데 소설에서의 사건은 일상생활에서 흔히 쓰는 '사건 · 사고' 할 때의 '사건'과는 다릅니다. 소설에서는 등장인물이 맺는 관계를 일러 사건이라고 합니다. 그리고 그 사건이 일어나는 때와 장소를 배경이라고 하지요. 그래서 소설을 읽을 때 인물을 중심으로 읽는 것이 좋습니다. 이러한 소설의 등장인물은 작품이 씌여진 당대에 있을 법한 인물로 설정되기도 하고, 그 시대와는 어울리지 않는 독특한 성격의 소유자로 등장하기도 합니다. 그렇다면 『오만과 편견』의 주인공 엘리자베스는 어떨까요?

　엘리자베스가 실존했을 법한 인물인지 확인하기 위해 『오만과 편견』이 창작된 18세기 후반의 영국 상황에 대해 잠깐 살펴보도록 합시다. 당

BBC에서 제작한 미니시리즈와 키이라 나이틀리 주연의 영화 〈오만과 편견〉에서 다아시의 저택으로 사용된 Chatworth Castle 전경.

시 영국은 북부에서 시작된 산업혁명으로 근대적 의미의 자본주의가 발흥하던 때입니다. 이러한 사회 변화는 재력을 바탕으로 한 새로운 지주계급을 확장시켰고, 이는 동시에 기존 귀족 계급의 정체성을 흐리게 하는 결과를 낳았습니다. 제인 오스틴이 작품 활동을 할 당시 영국의 상류계층은 오랜 전통을 이어온 귀족과 중소지주에 해당하는 젠트리(gentry)로 나뉠 수 있습니다. 젠트리는 중세 후기에 군사적 역할을 잃은 기사가 지주화하거나, 자영농이나 상인이 토지를 구입해 지주가 됨으로써 형성된 소지주 계층을 이릅니다. 여기에 귀족이나 젠트리에 속하지는 않으나 성직자나 사업을 통해 재산을 모은 사람들 또한 상류계층을 통칭하는 젠틀맨(gentleman)으로 불렸습니다.

이런 상황을 『오만과 편견』의 등장인물에 대입해 보면 다음과 같습니다. 다아시는 조상들로부터 물려받은 영지를 소유한 대지주 귀족 계급에 속합니다. 그의 경제적 기반은 농업이지만 산업혁명이 진행되던 도시에 근거지를 둘 만큼 여전히 사회적 위신을 유지할 수 있는 계급에 속합니다. 반면 빙리는 전통적인 귀족 계급은 아닙니다. 그의 집안은 상업을 통해 재산을 축적한 후 젠트리로 성장했습니다. 그래서 빙리 양은 자기 가문의 이러한 성장 배경을 숨기려고 합니다. 당시에는 생계를 위해 일을 하는 것이 상류 계급 사람들에게 끔찍한 일로 여겨졌기 때문입니다. 빙리 집안은 시대의 변화에 따라 점점 더 사회의 지배적 세력으로 성장하기는 하나, 농업을 기반으로 한 남부 영국에서는 여전히 출신의 한계가 있는 계급에 속합니다. 엘리자베스의 아버지 베넷은 중소지주인 젠트리로서 사회적 위신도 재산도 변변치 못해 점점 사회적 지위가 약화되는 계급에 속합니다. 그는 다아시처럼 과거의 전통적 계급의 힘으로도, 빙리처럼 새로운 재력으로도 사회에서 주도적 위치를 얻을 수 없는 계급인 것입니다.

엘리자베스는 자신이 속한 사회적 계급에서뿐만 아니라 여성이라는 성별로도 불리한 위치에 있을 수밖에 없었습니다. 그녀는 생존과 자기 위엄을 지킬 정도의 재산을 갖지 못했습니다. 당시 여성에게 제공된 교육은 신분에 맞는 결혼을 하기 위한 신부 수업에 불과했기에 그것으로 자기의 삶을 갈무리할 수도 없었습니다. '레이디' – '젠틀맨'과 결혼한 여성에 대한 호칭 – 로서의 삶을 꾸려가는 방법은 결혼이 유일했습니다. 따라서 높은 계급과 재력을 가진 남성과 결혼하기 위해서는 당시 사회가 정한 '여성다움'에 충실할 수밖에 없었습니다. 제인과 같은 여성스러운 성격을 갖든가, 열정 대신 안락을 선택한 샬럿 같은 전략이 필요했던 것입니다. 그러나 엘리자베스는 그런 두 인물과는 무척 다른 캐릭터입니다. 그녀는 우아함을 꾸미기보다는 자기 감정 표현에 솔직했으며 사랑 없는 결혼보다는 독신을 선택했습니다. 감정의 과잉보다는 이성적 절제를 선호 했으며, 액세서리로서의 교양보다는 자기인식에 이를 수 있는 근대적 의미의 교양을 추구했습니다.

이런 엘리자베스가 계급적, 성적으로 부조리한 당시 사회에 대응하는 대표적인 방법이 냉소입니다. 냉소는 단순히 성격적 결함을 이르는 말이 아니라 체제 질서에 대한 개인적 저항의 의미로 해석될 수 있습니다. 엘리자베스의 냉소는 자신의 지적 능력에 대한 오만에 근거해 있고 이는 곧 타인에 대한 편견으로 이어집니다. 이 지점에서 엘리자베스는 다아시와 만납니다. 엘리자베스와 다아시 모두 부조리한 사회에 냉소로 응대하는 것입니다. 엘리자베스는 계급적 질서 혹은 속물적 욕망을 감추지 않으려는 가족에 대해, 그리고 전래적 전통과 관습의 힘을 빌어 개인의 자유와 감정까지도 간섭하려는 상층계급에 대해서 냉소적입니다. 다아시의 냉소 또한 엘리자베스의 냉소와 방향은 달리하지만 내용은 같습니다. 자신의 사회적 지위와 재산에만 관심이 있는 이들에 대해 그는 가혹하리만치 냉소적입니다.

그렇다면 『오만과 편견』의 주인공 엘리자베스는 당대의 전형적 인물은 아닌 듯합니다. 그녀는 작가 제인 오스틴이 다가올 새로운 시대에 적합한 인물로 구현해 낸, 혹은 두 번의 결혼 기회가 있었음에도 불구하고 애정 없는 결혼을 서부하고 평생을 독신으로 산 자신의 삶을 허구적으로나마 위로해 줄 수 있는 작가의 문학적 대리인으로 내세운 인물이라고 할 수 있습니다.

여러분의 결혼 조건은?

『오만과 편견』이 쓰인 시대에 재산이 없는 미혼여성에겐 오직 결혼만이 유일한 생활 대책이었습니다. 상대방과의 정서적 교감이나 애정이 충만하지 못해, 결혼을 통해 행복한 삶을 살 수 있을지 확신하지 못한다 하더라도 그것이 가장 좋은 '가난 예방책'이었기에 미혼 여성들에게 결혼은 불가피했습니다. 즉 당시 결혼적령기의 여성들은 낭만적인 사랑보다는 안락한 가정을 우선 선택할 수밖에 없었습니다. 독신은 선택 가능한 삶의 한 형태가 아니라 자신이 속한 계급의 사회적 위신을 유지할 수 없음을 의미했기 때문입니다. 따라서 다아시와의 인간적 교감에 바탕한 엘리자베스의 결혼보다는 애정이 없더라도 일정한 사회적 지위와 재산을 보장해주는 콜린스를 선택한 샬럿의 결혼이 당시로서는 상식적이었습니다.

또한 봉건적 계급 질서가 유지되고 있던 당시, 사회적 계급이나 재력에 큰 차이가 나는 사람들끼리 혼인하는 것은 흔한 일이 아니었습니다. 당시 결혼은 수직적 계층 이동의 수단이 아니라 자기가 속한 계급의 수평적 확대를 의미했기 때문입니다. 따라서 귀족인 다아시 집안 사람들에게 시골 중소지주의 딸인 엘리자베스는 '태생도 천하고 사회적 지위도 없고, 가문하고도 아무 관계가 없는 그런 젊은 여자'에 불과했습니다. 즉 다아시의 이모인 캐서린 영부인이 베넷 가를 불쑥 찾아와 엘리자베스에게 막 해대는 것이 당시로서는 결코 경우 없는 짓이 아니었다는 말입니다.

이런 점에서 다아시와 엘리자베스의 결혼은 두 가지 점에서 당시의

"사랑에 빠져 있었다 해도 이보다 너 미박히게 눈이 멸 수는 없었을 거야. 그렇지만 그건 사랑이 아니라 허영심이었어. 처음 만났을 때 한 사람은 나를 무시해서 기분이 나빴고, 다른 한 사람은 특별한 호감을 표시했기 때문에 기분이 좋아서. 난 두 사람에 관해서는 선입견과 무지를 따르고 이성을 쫓아낸 거야. 지금 이 순간까지 난 나 자신에 대해 모르고 있었던 거야."

상식을 벗어납니다. 그녀는 결혼의 조건으로 상대방의 계급이나 재력을 무시하지는 않습니다. 그러나 그런 조건들 때문에 애정 없는 결혼을 원하지도 않습니다. 또한 엘리자베스는 당시의 사회적 관습에 맞서기도 전에 백기를 드는 주변 여성들과는 달리 강요된 상식을 거부하고 자신의 지적인 힘으로 현실을 직시하고 판단합니다. 엘리자베스의 이러한 태도는 당대로서는 다분히 불온한 것이었습니다. 그녀는 조카인 다아시와 어떠한 관계도 맺지 말기를 강권하는 캐서린 영부인의 엄포에 기죽지 않고 이렇게 답합니다. "저하고는 관계없는 누구의 의견이건 상관하지 않고, 제가 행복해질 수 있도록 행동할 작정일 뿐입니다."

작가가 생각했던 이상적인 결혼은 엘리자베스와 다아시의 결합을 통해 제시되었다고 할 수 있습니다. 결혼의 가장 기본적인 전제인 상대방에 대한 애정에는, 사람을 근본적으로 변화시키는 힘이 있음을 제인 오스틴은 분명하게 인식하고 있었습니다. 다아시는 자신의 사회적 계급과 전통을 별 문제의식 없이 수용했기에 오만에 찬 인물로 오해받고 동시에 상대방에 대해 편견을 갖게 됩니다. 그러나 그는 엘리자베스와의 진정한 사랑에 기초한 결혼을 하기 위해서는 자신에게 익숙한 과거의 관습과 화석화된 전통에서 벗어나 새로운 인간이 되어야 한다는 것을 깨닫게 됩니다. 물론 작가가 결혼의 조건으로 당사자 간의 개인적 열정만을 앞세우는 것은 아닙니다. 이를 암시적으로 보여주는 것이 리디아와 위컴의 결혼입니다. 정략 결혼에 반대한다고 해서 개인적 충동에 따라 결혼하는 것이 옳은 것은 아님을 작가는 이 에피소드를 통해 드러내고 있습니다.

우리는 흔히 결혼의 조건으로 상대방의 사회적 지위나 재산을 고려하는 것을 천박하다고 비난하거나 최소한 겸연쩍어합니다. 그것도 아니면 있으면 좋은 요소라고 말하지만 사실은 꼭 필요한 조건으로 끼워 넣기도 합니다. 누구에게도 다른 이의 결혼관을 비난할 자격은 없습니다. 그러나 자신의 결혼관에 대해서는 한번쯤 생각해보아야 합니다. 결혼에 조건을 다는 것이 속물적인 게 아니라 운명처럼 다가오는 사랑을 기대한다고 하면서 끝도 없는 불만족의 리스트를 작성하는 게 더 자기기만적입니다. 여러분에게 결혼에 대한 생각의 폭을 넓혀줄 소설의 한 구절을 소개합니다. 김승옥은 「60년대식」에서 우리가 흔히 결혼의 기본요소라고 간주하는 사랑을 ''사기(詐欺)'와 사촌간'이라고 말합니다.

> 내 생각으로는 사랑 자체는 인간의 목적이 될 수 없다고 봅니다. 사랑은 하나의 수단으로서 인간에게 주어진 것일 겁니다. 자기를 보다 깨끗하고 보다 덜 불안하고 보다 보람 있는 위치로 끌어올리기 위한 수단으로서 사랑은 사용될 수 있는 것이 아닐까요? 물론 제가 얘기한 보다 깨끗하고 보다 덜 불안하고 보다 보람 있는 위치라는 건 정신적인 면을 강조한 것입니다만, 그러나 *그것들이* 물질적인 면에서의 그것들이라고 해도 상관없을 겁니다. 물질적인 면에서 그런 것을 필요로 하는 사람이 자기의 필요를 충족시키기 위해서 '사랑'이라는 자기의 능력을 사용했다고 해서 나무랄 수 있을까요?

결혼은 타인과의 정신적 교감을 바탕으로 하지만 둘의 사회적 지위와 물질적 재산을 공유하는 것을 의미하기도 합니다. 둘 중 전자만을 선택하고 나머지를 무시한다고 고상해지는 것은 아닙니다. 무엇이 우선시될 수는 있어도 어느 하나를 배제하는 것은 솔직한 태도가 아닙니다. 중요한 것은 무엇 때문에 상대방을 사랑하고 그래서 결혼하는 것이 아니라 상대방의 존재 자체를 있는 그대로 인정하는 것이겠지요.

세 번째 질문

보이지 않는 사람들

『오만과 편견』의 작가 제인 오스틴은 영국인들이 가장 사랑하는 여성 작가라고 합니다. 그 때문인지 그녀의 작품은 꾸준히 영화나 드라마로 제작되었습니다. BBC가 제작해 엘리자베스의 애인인 다아시 열풍을 일으켰던 미니 시리즈와 2005년에 개봉한 영화 〈오만과 편견〉이 대표적입니다. 또한 작가인 제인 오스틴의 사랑과 그녀가 작가가 되는 과정을 그린 영화 〈비커밍 제인〉이 2007년에 개봉되기도 했습니다. 제인 오스틴

의 작품을 원작으로 하지는 않았지만 『오만과 편견』의 내용을 상당부분 차용해 현대적으로 각색한 〈브릿지 존스의 일기〉 또한 많은 사람들의 사랑을 받았습니다. 그런데 소설 『오만과 편견』에서는 보이지 않던 사람들이 영화나 드라마에서는 또렷한 존재감을 부여받는 경우가 있습니다. 바로 하인들입니다.

　『오만과 편견』의 주인공들은 당대의 상류계층에 속한 사람들입니다. 그들은 생계를 위해 노동하는 것을 부끄럽게 생각했고, 심지어 '혁명'이라고 이름붙은 산업혁명의 진원지답지 않게 장사를 통해 부를 축적하는 것을 천하다고 생각했습니다. 그런 그들이 일상생활에 필요한 일들을 스스로 하는데서 삶의 소박한 즐거움을 느꼈을리 만무합니다. 그들의 일상은 하인들의 노동에 의지해서만 가능했습니다. 아침에 일어나 옷을 입고 식사를 하고 외출을 준비하고 어딘가로 이동하고 만찬을 즐기거나 파티에 가고 다시 잠자리에 들기까지 어느 것 하나 하인의 힘을 빌리지 않는 것이 없었습니다. 귀족과 젠트리가 사회적 위신과 교양을 지키는 것은 결국 하층민의 노동을 착취한 결과로 가능했던 것입니다.

　엘리자베스는 자기 가족이 다아시나 빙리 집안보다 낮은 계급인 것을 괴로워하고, 귀족 계급에 어울리는 교양과 예법을 갖추지 못한 가족들에게 심한 부끄러움을 느낍니다. 심지어 그녀는 가족들을 경멸하기까지 합니다. 그녀가 허식으로 가득 찬 상층계급의 예법을 조소하지만 그 시대의 계급적 차별을 부인한 것은 아닙니다. 젠트리로서의 고상한 생활을 영위하기 위한 예법과 교양은 그녀에게 꼭 필요한 것이었습니다. 그런데 이러한 생활이 어떻게 가능했을까요? 두말할 나위 없이 주인의 살아있는 그림자 노릇을 하는 하인들에 의해서였습니다.

『오만과 편견』에서 계급사회의 모순을 이야기하는 것은 어쩌면 핵심을 빗나간 논의라고 할 수도 있습니다. 그러나 문학이 현실을 반영한다고 할 때 철저한 계급사회의 구조적 모순을 간과하고 그 표피적 면만을 당대 현실의 전부인 것처럼 생각하는 것도 역시 그만큼의 오류를 범하고 있다고 할 것입니다. 『오만과 편견』에는 종이나 하인의 비참함이 거의 그려져 있지 않습니다. 그렇다고 해서 이 작품의 가치가 없다고 말하려는 것은 아닙니다. 다만 계급이라는 것이 얼마나 뿌리 깊게 우리의 의식을 지배하는지 한번 생각해 보자는 겁니다. 지금이 당시와 같은 계급사회라면 어쩌면 우리는 주인들이 식사하는 동안 두 손을 공손하게 모으고 그들이 식사를 끝낼 때까지 온갖 시중을 들며 그들 뒤에 서 있거나, 무도회에서 그들이 춤추는 동안 샴페인잔을 든 채 계속 시중을 들어야 할지도 모릅니다.

제인 오스틴보다 반 세기를 일찍 살았던 풍자작가 조나단 스위프트는 「하인에게 주는 지침」이라는 글을 통해 인간이 인간을 착취의 대상으로 삼는 시대를 다음과 같이 풍자했습니다.

> 서너 번씩 이름이 불리기 전까지는 절대로 나타나지 마라. 오직 개들만이 첫 번째 휘파람에 응답할 뿐이다. 그리고 "거기 누구 없나?"라는 물음에는 절대로 답해서는 안된다. '거기 누구'는 그 누구의 이름도 아니기 때문이다.

스위프트가 '세부적 지침'을 내린 하인들은 다음과 같습니다. '집사, 요리사, 종복, 마부, 말구종, 재산 및 토지 관리인, 문지기, 침실 담당 하녀, 몸종, 식모, 우유 짜는 하녀, 보모, 유모, 세탁부, 하녀 우두머리, 가정교사.' 이 많은 하인들이 모두 『오만과 편견』의 주인공들을 시중들었던 것은 아니겠지만, 주요 등장인물들이 '오만과 편견' 이라는 일종의 이성적, 정서적 놀음을 할 때, 하인들은 자신의 손발을 끊임없이 놀려 그들이 해야 할 일을 대신 했습니다. 보이지 않는다고 해서 없는 것은 아닙니다.

나는 발랄하고 분별력있는 인물로 그려진 엘리자베스가 사실은 가장 오만하고 편견에 사로잡힌 인물이 아닌지 의문이 생긴다. 책의 곳곳에서 엘리자베스는 가족들의 무식한 언행에 창피함을 느낀다. 자신은 무식한 가족들과는 다르다는 오만한 자존심이 드러나는 부분이다. 이러한 오만은 자신이 내린 판단에 스스로 신뢰를 더하고 다아시에 대한 편견을 강화하는 데도 일조했다고 생각한다. 또한 위컴과의 대화에서 '잘 생기고 친절한 남자의 말은 대체로 진실이다' 라는 말을 함으로써 대부분의 여자들이 갖는 편견을 그녀 자신도 가지고 있음을 드러낸다. 오만한 남자 다아시의 진실에 대해서 좀 더 알아보려고는 시도조차 하지 않고, 잘 생기고 친절한 위컴의 말에는 전적으로 동의하다니. 오히려 모든 것을 좋게만 보려는 제인이 엘리자베스보다 더 분별력 있는 인물일지도 모른다. 또한 엘리자베스는 자신의 미모에 대한 오만도 어느 정도 있는 것 같다. '어여쁜 얼굴의 아름다운 두 눈이 베푸는 즐거움' 에 매혹된 다아시로 보아 우리는 엘리자베스의 미모를 추측할 수 있는데, 그녀는 미모에 자신감이 있었고, 처음 만난 무도회에서 그걸 건드린 다아시에게 불쾌감을 느끼기 시작했다. 엘리자베스가 다아시에게 편견을 갖게 된 토대는 이 사건이라고 생각한다.

엘리자베스가 생각한 결혼의 조건도 나의 이상과는 거리가 있다. 이 작품의 배경이 되는 18세기의 영국은 결혼에 대한 조건으로 남성의 경제적인 능력이 가장 중요시되었다. '재산깨나 있는 독신 남자에게 아내가 필요하다는 것은 보편적으로 인정된 진리다.' 라는 문장을 보면, 여성에게 있어서 남성은 재산으로서의 의미가 크다는 뜻이 담겨있는 것 같다. 엘리자베스의 경우에도 그녀가 다아시를 받아들이게 되는 계기에는 다아시의 고백과 편지, 리디아에게 준 도움 외에도 그의 펨벌리 저택도 포함이 된다고 생각한다. 제인이 엘리자베스에게 언제부터 다아시를 사랑한다는 사실을 깨닫게 되었느냐고 묻자 엘리자베스는 "펨벌리에서 그의 아름다운 소유지를 처음 본 순간부터라고 생각해."라고 말한다. 펨벌리의 안을 둘러보면서 그녀가 펨벌리의 안주인이 되는 것은 의미있는 일일 것이라고 생각했을 때 엘리자베스는 부와 사회적 지위도 염두에 둔 것이 아니었을까? 물론 이 시기에 여성들은 경제적으로 열등한 위치에 있었을 뿐 아니라 공부를 할 기회조차 제대로 없었기 때문에 결혼을 경제적인 도구로 사용할 수밖에 없었다. 그러나 오늘날의 시각으로 바라보았을 때, 나는 경제적인 조건보다 진실된 마음과 믿음이 더 중요하다고 생각한다.

'내가 다른 사람을 사랑하지 못하는 것이 편견이고, 다른 사람이 나를 사랑할 수 없게 만드는 것이 오만이다.' 『오만과 편견』의 마지막 장을 덮은 이 시점에도 나의 기억에 깊이 새겨진 구절이다. '사랑'이라는 감정은 인간이 느낄 수 있는 모든 감정을 한데 엮어 놓은 실뭉치와도 같다. 우리는 사랑을 통해 행복한 웃음을 짓기도 하고, 사랑을 통해 슬픈 눈물을 흘려보기도 한다. 아가페, 플라토닉, 에로스, 필리아 등등 종류와 색깔도 다양한 이 실뭉치들을 하나씩 풀어가면서 인생을 배워나가는 것이라 생각한다. 그러니 사랑하지 못하고 사랑할 수 없게 만드는 것만큼 불행한 일이 또 있을까. 믿음과 사랑만 있다면 경제적인 문제는 결혼 후 두 사람이 함께 헤쳐나갈 수 있을거라 생각한다. 따라서 나에게 엘리자베스는 이상적인 인물이라고 볼 수 없다.

엘리자베스가 오만에 찬 인물이며 그녀 또한 동시대의 여성들처럼 상대방 남성의 사회적 지위와 부를 결혼의 조건으로 삼았다는 점을 시적한 것은 적절합니다. 분명 엘리자베스에게는 아버지와 언니를 제외한 가족 구성원을 경멸하는 태도가 엿보입니다. 더 가관인 것은 그 경멸의 근거가 바로 그녀 자신이 벗어나려고 그렇게도 발버둥치던 당대의 계급적 위신과 예법인 점입니다. 위 글을 쓴 친구는 우리가 사랑을 통해 인생을 배워가기에 여러 다른 이유로 사랑을 포기하는 것은 옳지 않다고 했습니다. 전적으로 동의합니다. 그리고 사랑은 기본적으로 상대방에 대한 앎이자 그의 고통에 대한 앓음임을 부연합니다. 이것이 곧 아름다움으로 이어지겠지요.

이 작품과 관련된 제인 오스틴의 작품을 더 읽고 싶다면 「이성과 감성」(제인 오스틴)을 추천합니다. 조금 어렵기는 하지만 우리가 대체로 합의된 사회적 욕망으로부터 자유롭게 살아간다는 것이 어떤 의미인지를 생각해 보고 싶은 친구들은 「자유와 인간적인 삶」(김우창)을 읽어보길 권합니다. 그리고 더 나아가서 '나'의 욕망이 사실은 온전히 '나'의 것이 아니라는 통찰을 보여준 「낭만적 거짓과 소설적 진실」(르네 지라르)도, 욕망의 문제와 문학에 관심 있는 학생들에게 일독을 권합니다.

햄릿의 모순,
내 삶에는 없는 것일까

윌리엄 셰익스피어, 「햄릿」

배타성을 없애 준다는 점에서 광기는 축복받아야 한다.
‒ 빈센트 반 고흐

‘부끄러움’의 시인 윤동주는 「참회록」에서 이렇게 고백했습니다.

> 내일이나 모레나 그 어느 즐거운 날에
> 나는 또 한 줄의 참회록(懺悔錄)을 써야 한다.
> ‒‒ 그 때 그 젊은 나이에
> 왜 그런 부끄런 고백을 했든가.

그는 무엇이 그렇게 부끄러워 참회의 시를 지었던 걸까요. 시인은 ‘만 이십사 년(滿二十四年) 일 개월(一個月)을 / 무슨 기쁨을 바라 살아 왔든 가.’라는 과거의 참회를 부끄러워한다고 말합니다. 과거에 대한 참회는,

윤동주가 살았던 시대의 수상함을 염두에 두면, 일본의 제국주의적 침략에 대한 저항에 잇닿습니다. 그런데 그 저항은 상대방에 대한 부정을 의미합니다. 그 정의를 위한 저항으로서의 '참회'가 왜 지금에 와서 다시 '참회'의 대상이 되어야 할까요? 그것은 시인이 평생 타협 없이 지켜왔던 기독교적 윤리 때문입니다. '원수를 사랑하라'는 기독교적 정언명령에 따르면 정의를 위한 타자의 부정 또한 참회의 대상이 될 수밖에 없습니다. 그러므로 윤동주의 부끄러움은 단순히 정서적 차원이 아니라 인간의 실존적 차원으로 이해되어야 합니다. 정의를 실현하기 위해서는 자기가 부정한 자가 되어야 하는 인간의 비극적 실존을 윤동주는 '어느 운석(隕石) 밑으로 홀로 걸어가는 / 슬픈 사람의 뒷모양'으로 그려냈습니다.

여기, 나라를 **빼앗긴** 시인과 비슷하게 왕권을 **빼앗긴** 한 인물이 있습니다. 왕이었던 아버지는 친동생에게 살해되고, 어머니는 그 동생과 결혼해 왕비의 자리를 유지합니다. 왕위 계승자였던 자신은 목숨마저 위태로운 상황입니다. 그런 상황에서 그는 부당한 권력을 조소하고 그것에 기생하는 이들을 빈정거립니다. 그들은 이런 왕자를 미쳤다고 공표함으로써 그를 제거하고자 합니다. 햄릿은 명백한 복수의 기회를 미루고 결국 또 다른 복수의 칼에 쓰러집니다. 그는 아버지의 원수를 죽임으로써 복수를 하겠다는 사실 자체를 반성적으로 성찰하지는 않지만, 그가 처한 현실과 자신의 내면과의 괴리를 분명히 인식합니다.

햄릿이 보인 광증은 무척 흥미롭습니다. 그는 극중 인물 누구보다 현재 벌어지고 있는 사태를 이성적으로 판단하지만, 그의 행동과 말은 그와 적대적인 사람들에게 미친 것으로 보입니다. 물론 여기에는 햄릿이 구사하는 음성적 동일성을 이용한 언어유희가 한몫합니다. 그러나 그것보다 더 중요한 것은 햄릿을 제거하고 싶은 사람들이 그가 진짜 미쳤는지에 대해서는 관심이 없다는 것입니다. 그는 그냥 미친 사람이 되면 그만입니다. 상황이 이렇다보니 햄릿이 비정상이고 왕과 왕비를 비롯한 주변인물들이 정상이라는 극 내부의 상황은, 독자이자 관객인 우리에게는 역전되어 보입니다. 미친 소리를 지껄이는 햄릿이야말로 사태의 본질을 명확히 이해하는 사람이고, 햄릿이 제정신이 아니라고 수군대는 이들은 햄릿이 꾸민 연극에 놀아나는 어리석은 사람들인 것입니다.

이러한 상황의 모순이야말로 『햄릿』에서 거듭 반복되는 요소입니다. 햄릿을 비롯한 등장인물들이 겪는 삶의 모순은 또한 바로 우리들의 것이기도 합니다. 『햄릿』을 읽는 것은 그런 점에서 여행과도 같습니다. 여행은 일상에서 잠깐 비껴나는 것입니다. 걸음을 멈추고 거울 앞에 서야 비로소 내가 보이는 것처럼 우리는 여행을 통해 내 삶을 바라볼 수 있습니다. 이것은 앞에서도 비유했던 것처럼 연극을 보는 것과도 같습니다. 연극에서 꾸며지는 이야기는 진짜 삶은 아닙니다. 그러나 그 가짜 삶을 통해 앞으로의 내 삶을 예측하고 구성할 수도 있습니다.

『햄릿』 등장인물과의 만남

나: 저기 햄릿 왕자의 부하이자 친구인 호레이쇼가 오는군요. 그에게 무슨 일이 있었는시 물어보기로 하죠. 호레이쇼, 당신은 유령을 봤다면서요?

호레이쇼: 네. 성 위의 망대에서 보초를 서는 두 친구들로부터 돌아가신

〈공동묘지의 햄릿과 호레이쇼〉, 외젠 들라크루아, 1839년.

선왕과 꼭 닮은 유령이 같은 시간, 같은 때에 나타난다는 이야기를 들었
죠. 물론 저는 처음엔 그 말을 믿지 않았어요. 그런데 내 눈으로 직접 확
인하곤 믿지 않을 수 없었죠. 우리는 이 사실을 햄릿 왕자에게 알려야 한
다고 생각했고, 즉시 햄릿 왕자를 접견했습니다.

나: 당시 햄릿 왕자는 딱한 처지에 있었죠. 아버지인 왕이 독사에 물려
죽는 변고를 당하고, 왕위계승자인 자신을 제치고 삼촌이 왕위를 물려받
았어요. 그런데 설상가상으로 어머니는 곧 시동생과 결혼해 아버지를 배

신하고 왕위 찬탈을 도와주었으니까요.

호레이쇼: 맞아요. 햄릿 왕자님은 아버지의 죽음으로 인한 슬픔과 어머니의 배신이 가져다 준 분노로 어쩔 줄을 몰라 하고 계셨어요. 그래서 선왕이 무장한 모습으로 나타난 유령에 대해 말하지 않을 수 없었죠.

나: 햄릿 왕자는 유령을 만나 무슨 이야기를 들었나요?

호레이쇼: 유령은 햄릿 왕자님만을 따로 만나 이야기하려고 했어요. 나중에 들은 이야기지만, 유령은 자신이 선왕의 혼령이라고 밝히고 자신이 독사에 물려 죽은 것이 아니라 동생인, 현재의 왕에게 독살되었다며 아들인 햄릿 왕자에게 복수를 부탁했다고 하더군요.

나: 그런 일이 있었군요.

나: 2막의 내용을 우리에게 전해줄 이는 폴로니어스입니다. 덴마크의 재상이죠. 폴로니어스, 당신은 햄릿 왕자를 어떻게 생각하나요?

폴로니어스: 신하로서 할 말은 아니지만 왕자님은 제정신이 아닌 게 틀림없어. 내 딸인 오필리아에게 현혹돼 성신을 못 차리고 있거든. 오필리아가 내게 전해준 이야기니까 믿어도 될 거야.

나: 사랑에 빠진 젊은이가 애인에게 좀 과하게 애정표현을 한다고 해서 미쳤다고 단정하는 건 무리가 있지 않나요?

폴로니어스: 그는 왕자야. 한 나라를 이끌어갈 사람이라고. 그런데도 전혀 이치에 닿지 않는 말만 하고 있어. 왕과 왕비는 햄릿 왕자의 옛 친구 둘을 불러 그의 상태를 알아보려고 하지만, 그건 쓸데없는 짓이야. 그는 내 딸 오필리아에게 푹 빠져 사랑의 열병을 앓고 있는게 틀림없어.

나: 햄릿이 무슨 허튼 소리를 했다는 거죠?

폴로니어스: 나를 보고 생선장수라고 하지를 않나, 바람 없는 곳으로 가자니까 '내 무덤 속으로?' 하고 반문을 하질 않나. 하긴 그 말이 맞긴 하지. 결국 햄릿 왕자가 갈 곳은 그곳밖에 없으니까, 흐흐. 그리고 또 햄릿 왕자는 떠돌이 배우들을 이유 없이 환대하고 있어. 배우들은 천한 자들이야. 그들은 좋지 않은 소문을 몰고 오기 마련이지.

나: 햄릿 왕자가 다른 뜻이 있는 건 아닐까요?

폴로니어스: 그건 알 수 없지. 햄릿은 배우들을 보고 '이 시대의 축소판이요 짧은 연대기'라고 했다는데, 그들을 통해 최근에 우리나라에서 벌어진 일을 재현하려고 하나? 그것까진 잘 모르겠군.

왕: 햄릿의 광기가 무엇 때문인지 가장 궁금하고도 두려운 사람이 내가 아닐까. 폴로니어스는 햄릿이 자기 딸의 배신으로 그런 행동을 한다는데, 내 생각에는 그렇지 않아. 무슨 다른 이유가 있을 것 같아.

나: 당신은 햄릿 왕자의 삼촌이자 아버지잖아요, 아니 이게 무슨 소리지. 당신의 부인이 햄릿의 어머니니까 당신이 햄릿의 아버지가 맞는데……. 어쨌든 당신은 햄릿과 가장 가까운 사람 중 한 명인데 그가 미친 이유를 모른다는 거예요?

왕: 오필리아를 대하는 햄릿의 거친 행동은, 단순히 이성에 대한 사랑의 좌절 때문만은 아닌 것 같아. 그는 어쩌면 나와 그의 아버지 사이의 일을 알고 있는지도 몰라.

나: 왜 그런 생각을 하죠?

왕: 햄릿이 불러들인 배우들이 벌인 연극을 봤어. 그건 바로 내 이야기야. 나는 더 이상 연극을 볼 수 없어 자리를 떴지. 과거의 내 행동이 눈앞

에서 그대로 재현되는 걸 지켜보는 건 끔찍한 일이야. 나는 햄릿을 영국으로 보내기로 결정했어.

나: 그럼 당신은 자신의 죄를 인정하는 건가요?

왕: 부정할 순 없지. 그러나 내가 이제 어떻게 해야 하지? 참회를 한다고 해서 내 죄가 씻어질 수 있을까? 내 죄를 용서받고 왕의 권력, 아름다운 왕비를 그대로 가질 수 있을까?

나: 당신의 탐욕이 무섭군요.

왕: 그럴 수도 있겠지. 내가 그런 기도를 하고 있을 때, 아마 햄릿이 왕비를 만나러 가다 내 곁을 지나간 것 같아. 그는 나를 죽일 수도 있었을 텐데 왜 그냥 갔을까. 결국 햄릿의 말을 엿듣던 폴로니어스가 내 대신 칼에 찔려 죽었어.

나: 햄릿이 어머니에게 쏟아놓은 말은 정말 칼같이 날카로웠어요. 그런데 그가 실제 칼을 쓴 것은 폴로니어스였죠. 하긴 햄릿은 그가 당신 대신 죽었다고 생각했어요. 아마 다음은 당신 차례가 아닐까요?

나: 아버지의 부음을 듣고 레어티즈가 프랑스에서 돌아왔군요. 레어티즈, 당신은 왕이 아버지 폴로니어스를 죽인 줄로 알고 있었나 봐요. 거의 반란을 일으킬 듯하군요.

레어티즈: 처음에는 그랬죠. 그런데 왕의 설명을 듣곤 사태의 실상을 알게 되었어요. 햄릿은 아버지를 죽인 후 시신을 아무데나 방치했다고 해요. 나는 반드시 그에게 복수할 거예요.

나: 제가 알기론 햄릿 왕자는 영국으로 떠났다고 하던데요.

레어티즈: 그랬죠. 그런데 무슨 이유인지 모르지만 그는 돌아온다는 편

지를 왕에게 보냈어요. 그리고 불쌍한 오필리아는 아버지를 잃은 슬픔과 사랑하던 사람을 떠나보낸 아픔이 뒤죽박죽 섞여 실성을 하고 말았어요. 여동생의 노래가 얼마나 슬프던지……. 이 모든 게 햄릿 때문이에요.

나: 어떻게 복수를 하려고요?

레어티즈: 왕께서 내 무례함에도 불구하고 은혜를 베풀어 햄릿에게 복수할 수 있도록 도와주었어요. 햄릿은 이전부터 내 빼어난 칼솜씨를 시샘했다고 해요. 그래서 왕이 나와 그의 대결을 주선하겠다고 했죠. 그럼 나는 칼끝에 독을 묻혀 햄릿을 죽이기로 했어요. 왕은 더 주도면밀하게 준비했어요. 햄릿이 마실 술잔에 독을 넣어둔 것이죠.

나: 엎친 데 덮친 격이라고, 여동생이 죽었다는 소식 곧이어 들었죠?

레어티즈: 그래요. 왕비님께서 그 슬픈 소식을 전해주셨어요. 저는 결코 울지 않았어요. 내 마음속 분노의 불길을 꺼버리지 않으려고요.

나: 이제 비극의 주인공인 햄릿 왕자를 만나 사건의 종말에 대해 들어보죠.

햄릿: 그렇게 침울할 필요 없소. 삶은 슬프나 즐거우나 흘러가게 마련이고 죽음은 삶을 완성하는 것이오.

나: 왕자님은 어떻게 덴마크로 다시 돌아오게 되었죠?

햄릿: 영국으로 가는 배 안에서 내 원수인 덴마크 왕이 영국 왕에게 보내는 친서를 뜯어보게 되었소. 거기에는 놀랍게도 내가 영국에 도착하자마자 죽이라는 부탁이 써 있었지. 나는 그 편지를 위조했소. 이 편지를 가지고 가는 사신들을 즉시 죽이라고. 그리곤 해적과 해전이 벌어졌고, 그들의 후대로 돌아오게 되었소.

나: 당신이 덴마크로 돌아와서 처음 목격한 것은 무엇인가요?

햄릿: 웬 장례 행렬을 보았는데, 그건 내가 사랑하던 오필리아의 장례식이었소. 나는 너무 큰 슬픔에 내 모습을 드러냈소. 그런데 그녀의 오빠인 레어티즈가 무례하게 대드는 게 아니겠소. 아마 자기 아버지를 내가 죽였다는 사실을 안 것 같았소.

나: 그래서요?

햄릿: 나는 곧 레어티즈와 대결을 하라는 왕의 권고를 받았소. 거절할 이유가 없었지. 3회전이 끝난 직후 그는 비겁하게도 나를 공격해 상처를 입혔는데, 혼전 중에 칼을 바꿔 쥐게 되었고 나도 그를 찔렀소. 그 칼에 독이 묻어 있다는 사실은 잠시 후 레어티즈를 통해 알게 되었소.

나: 독에 쓰러진 게 당신과 레어티즈만은 아니죠?

햄릿: 그렇소. 나를 응원하던 어머니가 내가 마실 술을 드시고 쓰러졌소. 나중에 안 사실이지만 왕이 나를 죽이려고 술잔에 독을 타 놓았던 거지. 그러자 레어티즈가 왕의 흉계를 깨닫고 내게 이번 대결에 숨겨진 간계를 말해주었소. 나는 분노에 떨며 왕을 찔렀소. 그리고 어머니가 마셨던 술, 나를 죽이려고 그가 독을 탔던 술을 왕에게 마시게 했소.

나: 순식간에 너무도 많은 사람들이 죽었군요.

햄릿: 충실한 나의 부하인 호레이쇼도 자살을 하려고 했지. 그런데 나는 그를 말렸소. 그만이라도 살아남아 이 비극적인 사건의 전말을 알려달라고 말이오.

나: 그러고보니 이 자리에서 만난 이들 중 호레이쇼만 살아남았군요. 당신에 대한 이야기는 세상에서 가장 유명한 이야기 중 하나가 되었으니 이제 편히 잘 쉬어요.

햄릿은 사백년 전 덴마크의 왕자일 뿐인가?

셰익스피어가 『햄릿』을 집필한 17세기 초는 이탈리아에서 시작된 르네상스가 섬나라인 영국을 포함해 전 유럽으로 퍼진 시기입니다. 르네상스 이전 시기까지 문학을 포함한 예술작품은 그리스어나 라틴어로만 쓰여졌기에 상층 지배계층의 전유물로만 여겨졌습니다. 그런데 고전의 부흥기인 이때에 과거의 저작들을 단순히 읽는 데 그치지 않고 이에 도전하는 사람들이 생겨났습니다. 이러한 경향을 대표하는 이로는 자연과학의 진보를 이룩한 갈릴레오 같은 과학자들을 먼저 떠올릴 수 있지만, 한편으로는 지배층의 언어 대신 대중의 언어로 작품을 쓰기 시작한 셰익스피어와 세르반테스 같은 작가들 또한 빼놓을 수 없습니다.

고대의 이상적 무인으로 묘사되는 햄릿의 혈통적 아버지와는 달리 햄릿의 문학적 아버지인 셰익스피어는 분명 새로운 시대를 보여준 인물이었습니다. 그는 갈릴레오와 같은 해에 태어나 세르반테스와 같은 해에 죽었는데, 그 생몰연대 모두가 새로운 시대를 상징하고 있습니다. 현재 '세계 책의 날'로 기념되고 있는 4월 23일은 세르반테스와 셰익스피어가 사망한 날입니다. 이는 셰익스피어가 당대를 대표하는 작가일 뿐만 아니라 그 이후의 시대 또한 영도한 작가로 평가되는 것을 우연히도 웅변합니다.

서양 근대문학의 총아로 불리는 셰익스피어의 대표작으로 흔히 평가되는 작품이 『햄릿』입니다. 우리에겐 낯설지만 이 작품은 기본적으로 작가가 살았던 시대를 일정 정도 반영합니다. 셰익스피어는 엘리자베스 여왕 시기에 활동한 작가입니다. 그런데 여왕은 결혼을 하지 않았기에 왕위를 계승할 자식이 없었습니다. 그래서 스코틀랜드의 제임스 1세가 여왕의 뒤를 잇습니다. 『햄릿』에서 햄릿 왕자의 어머니인 거트루드 왕비는 남편을 살해한 시동생과 결혼하는데, 제임스의 어머니 또한 남편을 죽인 사람과 결혼합니다. 이러한 상황은 엘리자베스 여왕의 아버지인 헨리 8세의 경우와도 유사합니

윌리엄 셰익스피어 William Shakespeare, 1564~1616.

다. 헨리 8세는 형 아서의 미망인 캐서린 오브 아라곤을 아내를 맞았던 것입니다. 일반 민중을 대상으로 한 셰익스피어의 연극이 이런 내용을 담고 있다고 할 때, 당대의 관객이 현실과 극의 유사성을 눈치채지 못했을 리 없었을 것입니다.

또한 『햄릿』이 작가의 전적인 창작물이 아니라는 점도 지적할 필요가 있습니다. 셰익스피어는 새로운 이야기를 만들어내기보다는 기존의 이야기를 재구성하는데 천재적인 면을 보인 작가로 평가 받습니다. 그가 『햄릿』을 쓰면서 참고했을 것으로 추정되는 작품은 1570년에 나온 드 벨르포레의 『비극 이야기』입니다. 그런데 여기에는 삭소 그라마티쿠스의 『덴마크 사기』(1514)에 실려 있는 덴마크 왕자 '아물레스의 복수 이야기'가 포함되어 있습니다. 이 이야기는 햄릿의 아버지가 동생에게 살해당하고, 그가 형의 부인과 결혼하며, 아들 햄릿이 미치광이 행세를 하

다 결국 복수를 한다는 『햄릿』의 내용과 거의 일치합니다. 그런데 더 중요한 사실은 셰익스피어의 『햄릿』이 나오기 한참 전에 햄릿 이야기가 – 현전(現傳)하지 않는 이 작품을 '원 햄릿(Ur-Hamlet)이라고 합니다 – 극화되어 적지 않은 인기를 끌었다는 사실입니다. 셰익스피어는 온전한 창작을 통해서가 아니라 당시 유행하던 레퍼토리를 자신만의 독특한 시각으로 개작하는 방식으로 『햄릿』을 썼던 것입니다.

『햄릿』이 작가가 살았던 당대의 특수한 상황을 문학적으로 형상화했다는 점과 작가가 활동하기 수백 년 전부터 사람들에게 회자되며 인기를 얻었던 이야기를 바탕으로 이 작품을 창작했다는 사실은 이 작품이 갖는 위상을 단편적으로나마 설명해 줍니다. 아무리 천재적 재능을 가진 작가라 하더라도 자신이 살았던 시대의 물리적 시간을 뛰어넘을 수는 없습니다. 그러나 작가의 민감한 감수성은 자신의 시대뿐만 아니라 인간의 삶에 일관되게 드러나는 문제점을 포착해냅니다. 그것이 시대적 한계라는 불가피함을 뛰어넘는 작가의 천재성입니다. 이러한 과업을 수행하는 과정에서 셰익스피어는 자기 시대의 역사적 사실과 과거의 이야기를 적극적으로 활용한 것입니다. 결국 『햄릿』은 셰익스피어가 활동하던 당대의 삶을 재현함과 동시에 인간 삶의 보편적 면모를 극화한 작품이라고 할 수 있습니다.

그렇다면 셰익스피어가 주목한 인간의 보편성은 어떤 것일까요? 이는 햄릿 아버지의 혼령이 암시합니다. 돌아가신 아버지를 닮은 유령이 출몰한다는 소식을 충실한 신하인 호레이쇼로부터 들은 햄릿 왕자는 두려움과 그리움이 섞인 질문을 던집니다. 얼굴 표정이 어떠했냐고. 그러자 호레이쇼는 "분노라기보다는 슬픈 얼굴이었습니다."라고 답합니다. 왜 선

왕은 분노로 들끓는 모습을 보이지 않고 슬픈 표정을 지었을까요? 자신의 비열한 정치적 야망과 파렴치한 육욕을 위해 친형을 살해한 동생과 불멸의 사랑에 대한 맹세를 가차 없이 내버린 아내에 대한 반응이 어째서 분노가 아니라 슬픔이었을까요? 이는 『햄릿』의 등장인물뿐만 아니라 우리들 모두에게도 존재하는 공적 차원의 도덕과 사적 욕망의 모순, 이성적 사고와 비합리적 행동 사이의 불일치, 사려 깊은 성찰과 단호한 행동 사이의 괴리 등을 본질로 하는 인간 삶의 본질적 모순 때문인지도 모릅니다. 인간에게 죽음은, 모든 이들의 것이면서 동시에 자신의 것은 아닌 것입니다. 죽을 수밖에 없는 인간이 불멸을 꿈꾼다는 점에서 삶의 모순은 불가피합니다. 또한 사람들은 안정되고 질서 잡힌 세계를 갈망하면서도 동시에 자신의 내적 욕망에 충실한 혼돈스럽고 불가해한 일탈을 추구합니다. 학생들이 모범생이라는 사회적 인정을 받고 싶으면서도 개성적인 외모를 꾸미는 것을 통해 또래로부터 다른 차원의 인정을 받으려고 하는 것처럼 말입니다. 그래서 햄릿을 포함한 이 작품의 등장인물은 바로 우리들일 수 있습니다. 그 무대 배경과 맡은 배역, 대사가 조금 다를 뿐.

연극은 꾸민 이야기에 불과할까?

『햄릿』에는 타인의 행동을 엿보거나 말을 엿듣는 장면이 자주 등장합니다. 등장인물들이 그렇게 하는 이유는 겉으로 드러나는 상대방의 행동과는 다른 그의 본의를 파악하기 위해서입니다. 휘장에 가려진 훔쳐보는 이를 우리의 내면이라고 하고, 무대에서 연기를 하는 이를 실재의 '나'라고 할 때, 훔쳐보는 장면은 다른 누군가가 아니라 자기 자신을 들여다보는 것을 극화한 것으로 이해할 수 있습니다. 현실에서 구체적으로 행동하고 말하는 것은 '나'지만, 그런 '나'의 모습을 살피는 것은 다른 시선입니다. 그 다른 시선을 자기 안으로 끌어오는 것을 우리는 흔히 '자기성찰'이라고 합니다. 그런 점에서 연극은, 혹은 연극을 보는 것은 단순히 유흥거리나 놀이를 즐기는 것에 그치지 않습니다. 그것은 꾸며진 이야기를 통해 자신의 삶을 엿보는 것일 수 있습니다.

연극이 이러한 의미가 있다는 사실은 햄릿의 마지막 대사를 통해서도 확인할 수 있습니다. 햄릿은 독 묻은 칼에 찔려 죽어가면서, 연극을 벗어나 관객에게 말을 겁니다. 왜 그렇게 방관하며 구경만 하느냐고. 그리고 그는 호레이쇼에게 마지막 부탁을 합니다. '궁금한 이들에게 나와 내 명분을 올바로 전해' 달라고. '이 험한 세상에서 고통 속에 숨을 쉬며' 자신의 사연을 말해 달라고 부탁하는 것입니다. 선왕의 억울한 죽음, 클로디어스의 비열함, 햄릿 왕자의 죽음까지 파고드는 분노와 슬픔 등은, 독자이자

외젠 들라크루아, 1843년. 햄릿 석판화 연작으로 제작된 작품 중 아버지 유령을 만나는 햄릿을 묘사한 작품.

"자네는 사나이니 그 잔을 내게 주게. 놓으라고, 빼앗고 말테야. 오 하느님, 사태를 미궁 속에 남겨두면, 호레이쇼, 난 크나큰 오명을 남길 거야. 자네가 나를 마음속에 품은 적이 있다면, 천상의 열락 일랑 잠시 동안 미뤄두고, 이 험한 세상에서 고통 속에 숨을 쉬며 내 사연을 말해 주게."

관객인 우리에게 이미 전해졌지만, 주인공은 다시 한 번 진실의 증언을 부탁하고 있는 것입니다. 그의 부탁은 묻혀버릴 위험에 처한 자신과 관련된 진실을 밝혀달라는 것이지만, 이는 우리들 각자의 삶의 진실을 외면하지 말라는 간절한 부탁으로도 들립니다.

『햄릿』에는 극과 현실의 겹침이 유독 두드러집니다. 우선 햄릿 왕자가 주변 사람들을 대하는 행동과 말이 그렇습니다. 햄릿은 가식과 기만으로 가득 찬 그들의 태도에 '광증'으로 대응합니다. 햄릿의 미친 행위는 그 자체로 연기인 것입니다. 그런데 극중에서 햄릿은 자신의 의지를 관철시키기 위한 수단으로써 현실을 재현하는 연극을 활용하기도 합니다. '연극 속의 연극'으로 불리는 〈쥐덫〉이 그것입니다.

햄릿은 아버지의 혼령으로부터 복수를 부탁받습니다. 그러나 신교도인 그로서는 그 유령의 존재를 무작정 긍정할 수는 없었습니다. 유령을 억울한 일이 있어 연옥에서 찾아온 존재로 보고 살아있는 사람들은 유령을 도와주어야 한다고 믿었던 가톨릭교도들과는 달리, 신교도들은 대체로 유령을 환영과 기만을 통해 사람들을 혼란스럽게 만드는 악마와도 같은 존재로 여겼기 때문입니다. 그래서 그에게는 삼촌이 아버지를 살해했다는 확실한 증거가 필요했습니다. 이 증거를 확보하는 방법으로 그는 연극을 활용합니다. 아버지가 살해되는 장면과 유사한 내용을 극으로 재현하고 이를 삼촌이 보게 함으로써 그가 이 사건과 관계있는지를 살피겠다는 계획입니다. 햄릿의 의도는 적중합니다. 그런데 햄릿은 연극에 과거의 사건만 재구성하지 않고 자신의 미래의 계획을 겹쳐 넣는 시도를 합니다.

햄릿이 속한 현실에서 그의 아버지를 죽인 것은 아버지의 동생인 삼촌입니다. 그러나 그 현실을 재현한 연극에서 왕을 죽이는 것은 그의 조카입니다. 이러한 연극적 설정은 이 작품이 현실에서의 클로디어스의 악행을 기계적으로 재현만 하는 것이 아님을 보여줍니다. 이러한 겹침을 통해 햄릿은 자신이 삼촌에게 복수할 것임을 간접적으로 암시합니다. 따라서 이 연극을 지켜본 클로디어스와 신하들의 반응은 전혀 달랐을 것입니다. 클로디어스는 자신의 범행을 햄릿이 모두 알고 있음을 깨닫고 두려움에 떨었겠지만, 클로디어스가 왕을 죽인 사실을 모르는 신하들은 아버지가 죽고 자신이 왕위를 계승하지 못한 왕자 햄릿이 현재의 왕에게 복수할 것임을 암시한 것으로 이 작품을 이해했을 것입니다.

앞에서도 지적했던 것처럼 햄릿에게 연극은 아버지를 죽인 삼촌의 혐의를 명백하게 밝힐 수 있는 증거를 잡기 위한 수단입니다. 이것은 현실에서 일어났던 일을 극을 통해 당사자의 눈앞에서 허구적으로 재현하는 것을 통해 달성됩니다. 그러나 햄릿은 단순히 과거에 있었을 것이라고 짐작되는 일만을 재현하는 것이 아니라 자신의 의도를 분명히 극에 반영합니다. 연극이 '농담'을 넘어서는 지점이 바로 여기입니다. 그런 점에서 햄릿이 연극을 관람하며 이 작품에 무슨 악의가 있느냐고 묻는 왕에게 이것은 '농담'일 뿐이라고 답했다가 곧 말을 바꿔 '농담 속의 독'이라고 답한 것은 적절합니다. 클로디어스가 햄릿의 아버지를 죽일 때 사용했던 것도, 앞으로 그가 조카 햄릿을 죽일 때 사용하려는 것도 바로 '독'이기 때문입니다.

햄릿은 연극이라는 현실의 재현장치를 통해 진실을 알아내고자 했습니다. 연극에서 재현된 장면은 현실 그 자체는 아니지만 현실 이상의 힘을 갖습니다. 그것은 일종의 감시카메라나 '다시보기'와 같습니다. 연극은 분명 '가짜' 입니다. 그러나 그 가짜 현실은 실제 현실이 종종 가리려는 진실을 밝힐 수 있다는 점에서 '진짜' 보다 더 진실될 수 있습니다. 그리고 꾸며진 현실에 실제 현실을 바꾸려는 의지가 담길 때 이러한 효과는 더 극대화될 수 있습니다.

세 번째 질문

'햄릿' 의 우유부단함과 광증은 그만의 것인가?

『햄릿』 이해의 첫걸음으로 가장 많이 논의되는 것은 주인공 햄릿의 광증과 성격입니다. 셰익스피어의 『햄릿』이 당대에 널리 알려져 있던 다른 햄릿 이야기나 배경설화로 지목된 '아믈레스의 복수 이야기' 와 근본적으로 다른 점 또한 햄릿의 다면적 성격입니다. 햄릿에 대한 전형적인 평가는 투르게네프가 인간의 성격을 햄릿형과 돈키호테형으로 나누는 것에서 시작되었다고 할 수 있습니다. 이때의 햄릿형 인간은 '우유부단한 인간의 전형' 인 것입니다. 그러나 햄릿에 대한 최근의 평가는 많이 달라지고 있다고 합니다. 햄릿을 '변화하고, 성장하고, 깨닫는' 입체적이고 역동적인 인간으로 파악하려는 노력이 바로 그것입니다.

　햄릿의 성격을 이해하기 위해 먼저 해야 할 일은 그의 '광증' 의 실체를 살펴보는 것입니다. 만약 햄릿이 제정신이 아니라면 그의 성격을 논하는 것 자체가 무의미하기 때문입니다. 햄릿 주변의 사람들과는 달리 일반 백성들은 햄릿 왕자가 미치지 않았다는 사실을 압니다. 5장 1막에서 무덤을 파는 광대는 자신과 대화하는 이가 햄릿 왕자라는 사실을 모르고, 그가 미쳤기 때문에 영국으로 쫓겨났다고 말합니다. 그런데 그곳에선 햄릿 왕자의 광증이 문제되지 않을 것이라고 말합니다. 왜냐하면 '그곳 사람들은 모두 그분만큼 미쳤으니까.' 이 말은 이웃나라에 대한 혐오라기보다는 햄릿을 미친 사람으로 몰아 그의 정당한 권리를 박탈하려는 자국의 왕을 비롯한 지배계급에 대한 비아냥으로 이해할 수 있습니다.

그렇다면 왜 왕을 비롯한 왕비, 그리고 재상 폴로니어스는 그를 미쳤다고 생각할까요? 우선 왕은 겉으로는 햄릿이 미쳤다고 공표하지만, 실제로는 그가 분명한 의도를 갖고 행동한다고 생각합니다. 왕위계승자인 왕자가 제정신이 아니라는 왕의 판단은 햄릿을 영국으로 쫓아낼 명분을 제공하고, 왕이 햄릿을 암암리에 죽일 수 있게 해줍니다. 반면 왕비는 처음에 햄릿이 미친 이유를 아버지의 죽음과 어머니인 자신의 갑작스런 재혼 때문이라고 옳게 추측했다가, 폴로니어스의 설명을 듣고는 오필리아에 대한 사랑과 절망 때문에 햄릿이 미친 것으로 편리하게 단정합니다. 그녀는 이후에 냉철하게 자신의 죄상을 밝히는 아들 햄릿이 광증에 사로잡혔다고 왕에게 고합니다. 이를 통해 확인할 수 있는 것은 햄릿의 광증이 객관적인 사실에 대한 판단이 아니라 왕과 왕비의 추악한 욕망과 그 실상을 가리는 수단이라는 사실입니다. 그 둘에게 미친 햄릿은 구원입니다. 상대방을 미쳤다고 간주하는 것이 자신들의 제 정신이 아닌 행위와 의도를 가려주는 셈입니다.

햄릿이 재상 폴로니어스를 증오하고 조롱하며 결국, 의도하지는 않았다 하더라도, 그를 살해하게 되는 과정을 추적하는 것 또한 햄릿의 광증을 이해하는데 중요한 단서를 제공합니다. 『햄릿』이 창작된 당시에는 왕위 계승을 위해 세 가지 조건이 갖추어져야 했습니다. 당사자가 왕위계승권을 가진 가장 가까운 왕가의 일원이어야 하고, 왕위를 물려주겠다는 국왕의 공언이 있어야 하며, 마지막으로 중신들로 이루어진 각의(閣議)가 이에 대한 지지를 표명해야 합니다. 왕인 아버지가 살해된 상황에서 왕위계승자는 당연히 아들인 햄릿이어야 합니다. 그러나 왕의 동생이자 햄릿의 삼촌인 클로디어스가 왕위를 계승하고, 이에 재상인 폴로니어스가 적극적으로 협조함으로써 부당한 왕위계승이 이루어집니다. 폴로니어스는 그 대가로 새 왕의 전폭적인 신뢰를 받습니다. 햄릿이 그를 증오할 수밖에 없는 이유입니다.

그런데 햄릿을 더 화나게 하는 일이 또 있습니다. 폴로니어스는 햄릿이 사랑하는 그의 딸 오필리아를 이용해 그의 사랑을 시험하며, 심지어 햄릿을 미친 사람으로 몰아가려 합니다. 2장의 햄릿과 폴로니어스의 대화는 햄릿 광기의 본질을 잘 보여줍니다. 이 장면에서 햄릿은 자신이 연극을 하고 있다는 사실을 명백히 인식하고 있고 이를 청중에게도 전달합니다. 반면 제정신이라고 자처하는 폴로니어스는 그 사실을 모릅니다. 광기 연기를 담당한 햄릿과 교묘한 술책을 연기하는 폴로니어스는, 그래서 겉모습과는 달리 정상, 비정상의 위치가 역전됩니다. 예를 들어 폴로니어스는 햄릿에게 이렇게 비열한 첫 질문을 던집니다. "제가 누군지 알아보시겠습니까?" 이는 미친 사람에게 흔히 묻는 방식입니다. 그러자 햄릿은 대답합니다. "알다마다. 그대는 생선장수지." 전혀 이치에 닿지 않는 대답을 들은 폴로니어스는 햄릿이 미쳤다고 단정합니다. 그러나 '생선장수'가 당시 영어로는 '포주'를 뜻하는 비속어로도 쓰였다는 사실을 알게 되면, 딸인 오필리아를 자신의 재산으로 여기고 그녀를 이용해 정적(政敵)을 제거하려는 폴로니어스의 의도를 햄릿이 정확히 파악하고 있음을 우리는 알게 됩니다. 이러한 폴로니어스의 저의는 '바람 없는 곳'으로 가자고 하자 햄릿이 '내 무덤 속으로?' 라고 반문한 상황에서 폴로니어스가 내뱉은 방백을 통해서도 확인할 수 있습니다. '이런 재치 있는 응답은 광기에 빠진 사람이 종종 하는 거라고. 이성이나 맑은 정신 가지고는 이렇게 꼭 들어맞는 말을 할 순 없지.'

결국 자신의 악행을 가리려는 이들이나 햄릿을 정치적으로 제거하고자 하는 사람들은 일관되게 햄릿을 미쳤다고 치부하지만, 그런 이해관계에 얽히지 않는 사람들은 햄릿이 미치지 않았다고, 심지어 그의 광중이 어쩌면 당연한 것이라고 이해한다는 사실을 알 수 있습니다.

이번에는 햄릿의 우유부단한 성격에 대해 생각해 보기로 합시다. 햄릿은 아버지의 혼령으로부터 복수를 부탁받고 기지를 발휘해 자신의 심중을 뒷받침할 물증도 확보합니다. 그리고 복수할 절호의 기회를 잡습니다. 그런데 햄릿은 자신의 원수인 클로디어스가 기도하는 곁을 그냥 지나쳐버립니다.

상식적으로 이해할 수 없는 햄릿의 행동을 설명하려는 여러 시도가 있었습니다. 괴테와 영국의 비평가들은 지나치게 자신과 현실을 성찰하다 행동에 옮기지 못하는 햄릿의 우유부단한 성격을 그 이유로 제시했습니다. 또한 대표적인 셰익스피어 연구자인 브래들리는 햄릿이 당시 상층 계급에 유행하던 우울증을 갖고 있었으며, 그의 이상 행동은 바로 여기에서 기인하는 것이라고 설명합니다. 한편 정신분석학자인 프로이트와 그의 제자인 어니스트 존은 오이디푸스 콤플렉스를 통해 햄릿의 행동을 설명하려고 합니다. 오이디푸스 콤플렉스에 따르면 아들은 어머니의 애

〈오필리아〉. 존 에버렛 밀레이, 1851년. 자신의 아버지가 연인 햄릿에게 살해되자 강물에 몸을 던져 스스로 목숨을 끊는 장면을 그린 작품.

정을 사이에 두고 경쟁하는 아버지를 증오하고 어머니에게는 무의식적인 성적 애착을 갖게 된다고 합니다. 즉 햄릿이 클로디어스를 죽이지 않은 이유는 아버지를 죽이고 어머니를 차지한 클로디어스의 욕망이 사실은 무의식적인 자신의 욕망이기도 하기 때문이라는 설명입니다.

그런데 극의 상황은 이러한 해석 이전에 햄릿의 행동에 대한 명쾌한 이유를 제시하고 있습니다. 햄릿에게 나타난 아버지의 혼령은 자신이 잠자는 동안에, 즉 자신이 죄를 고백하고 그 죄를 사함 받을 기회가 전혀 없는 동안에 살해되었음을 통탄합니다. 이 작품이 창작된 시기의 사람들은 죽기 전에 자신의 죄를 충분히 고백해야 천국에 갈 수 있다고 믿었던 것입니다. 복수의 기회는 클로디어스가 기도를 하고 있는 때에 옵니다. 만약 햄릿이 회개하고 있는 클로디어스를 죽인다면 오히려 그를 천국으로 인도하는 꼴이 됩니다. 그래서 그는 다음 기회를 노리는 것입니다.

햄릿은 행동에 나서기를 주저하는 인물이 아닙니다. 그러나 그의 행동과 사고는 명백히 분열되어 있는 것 같습니다. 그는 타인과의 관계에서는 희극배우처럼 과장되게 행동합니다. 그러나 독백 장면에서는 현실을 직시하는 사색가로서의 면모를 보입니다. 그는 '타인에 대한 사회적 역할놀이와 본래적 자아의 고독 사이에 존재하는 괴리를 명확하게 인식'하는 인물입니다. 이것은 당시로서는 새로운 인간상이었습니다. 이전 시대 문학작품의 주인공은 거부할 수 없는 신의 명령이나 운명에 순응해 한 치의 주저함도 없이 단호하게 행동하는 인물이었기 때문입니다.

그렇기에 햄릿은 고대 그리스의 영웅 서사시나 서양 중세의 로망에 등장하는 영웅보다 우리와 닮았습니다. 햄릿이 처한 모순은 한두 가지가 아닙니다. 가장 가까운 인척인 삼촌에게는 복수해야 합니다. 어머니이자 새 숙모는 증오할 수밖에 없습니다. 복수를 위해서는 냉철해야 하나 당장의 생존을 위해서는 미치광이 짓을 해야 합니다. 사랑하는 연인의 배신에 본심과는 달리 폭언을 할 수밖에 없는 것입니다. 따라서 그는 위선과 기만을 택할 수밖에 없습니다. 그러나 이 존재의 모순을 느끼는 것이, 물론 정도의 차이야 있겠지만, 비단 햄릿뿐일까요? 우리가 '사느냐 죽느냐 그것이 문제로다.' 혹은 '있음이냐 없음이냐 그것이 문제로다.' 라고 통탄하지는 않는다 하더라도, 삶의 모순으로 인한 갈등은 우리에게도 낯설지 않은 것입니다. 햄릿의 말처럼 인간의 이성은 신처럼 고귀하고 인간의 능력은 무한하며, 용모는 준수하고 행동은 천사처럼 아름답습니다. 또한 동시에, 역시 햄릿의 말처럼, 인간은 '흙 중의 흙' 과도 같은 보잘것 없는 존재이기도 합니다. 그 존재의 불확정성만큼 우리의 삶 또한 모순투성이입니다.

『햄릿』을 읽다보면 햄릿의 행동을 이해하기 힘들 때가 있다. 바로 그가 클로디어스에게 복수할 완벽한 기회를 잡았음에도 불구하고 복수를 하지 않을 때이다. 이러한 햄릿의 행동을 보고 몇몇 사람들은 그가 우유부단한 성격을 가진 것이 아닐까 하는 의문을 제기한다. 또 다른 사람들은 그가 우울증을 앓고 있었기 때문이라고 하기도 하고, 오이디푸스 콤플렉스에서 비롯된 행동이라고 주장하기도 한다. 사실 그의 행동의 원인을 규명할 수 있는 최선의 방법은 이 책이 창작된 당시의 사회적 인식을 살피는 것이라고 한다. 이 당시 사람들은 죽기 전에 자신의 죄를 충분히 고백해야 천국에 갈 수 있다고 믿었었다. 햄릿이 클로디어스를 발견했을 때 클로디어스는 기도를 하고 있었고, 햄릿은 만일 자신이 클로디어스를 죽인다면 이미 클로디어스가 죄를 고백한 후기 때문에 클로디어스를 천국으로 보내주는 역할을 할 뿐이라고 생각한 것이다.

하지만 이러한 사회적 인식에 햄릿이 영향을 받아 클로디어스를 죽이지 않았다는 것 역시 받아들이기 쉬운 것은 아니다. 햄릿은 그에게 복수를 하기 위해 자신의 심증을 뒷받침할 완벽한 물증까지 확보한 상태였다. 복수의 성공이 확실시 된 상황에서 그가 과연 클로디어스가 천국에 가는 것을 원치 않아 복수를 하지 않은 것일까? 어쩌면 햄릿이 그를 죽이는 것이 과연 가장 확실한 복수의 방법인가 하는 회의감에 빠졌을지도 모르겠다. 물론 나의 추측에 불과하지만 말이다.

이 책의 클로디어스와 거트루드, 폴로니어스의 대화를 보면 종종 햄릿이 미쳤다고 말하는 것을 알 수 있다. 물론 그가 갑자기 자신이 사랑하는 오필리아에게 반말을 하는 등 이상 행동을 보인 것은 사실이다. 하지만 그의 몇몇 행동들을 보고 그에게 광증이 있다고 단정 짓는 것은 나에게 불쾌감을 느끼게 하였다. 왜냐하면 햄릿 스스로가 자신을 미쳤다고 표현하는 것도 아니고 그의 주변사람들이 계속해서 그가 미쳤다고 표현하는 것은 마치 다른 사람들에게 그에 대한 나쁜 인상을 심어주려는 행동처럼 보였기 때문이다. 실제로 그들은 햄릿을 경계하기 위해, 제거하기 위해 이렇게 말한 것이라고 한다. 하지만 햄릿은 자신의 광승의 본질이 무엇인지 청중들에게 잘 표현했고 청중들 역시 이것을 이해했다. 이러한 이유로 자신의 악행을 감추고 햄릿을 제거하려고 했던 사람들은 계속해서 햄릿이 미쳤다고 치부하지만, 그런 이해관계에 얽히지 않은 사람들은 햄릿이 미치지 않았음을 알 수 있는 것이다.

여기서 햄릿과 이해관계에 얽히지 않은 사람들이 그의 광증의 본질이 무엇인지 이해하고 그가 미치지 않았음을 인정했다는 것이 매우 놀라웠다. 거짓말도 여러 사람이 하면 참말로 받아들이게 된다는 뜻인 삼인성호(三人成虎)라는 말이 있다. 그런데 이들은 클로디어스와 거트루드, 폴로니어스가 계속해서 햄릿이 미쳤다고 했지만 여기에 넘어가지 않고 햄릿을 믿었다. 이들이 햄릿을 믿어주고, 그가 알리고자 한 그의 광증의 본질을 이해해 주었기에 햄릿이 클로디어스와 거트루드, 폴로니어스의 계략에 넘어가지 않을 수 있었던 것 같다. 또 갈등의 중심인물들에 의해 가려진 이들이 있었기에 『햄릿』이 오늘날까지 전 세계의 많은 독자들로부터 사랑을 받을 수 있는 것이 아닐까 하는 생각이 든다.

『햄릿』을 읽는 우리는 과연 이 연극이라는 '농담' 속에서 어떤 '독'을 건져 올려야 할까요? '아직 아무도 해(害)한 일 없는 새로 뽑은 독'이어야 할 것입니다. 김영랑은 '허무한듸!'라는 한 마디의 자조로 절망할 수밖에 없는 현실에서, 올곧게 살고자 하는 마음과 의지를 노리고 할퀴려는 '이리 승냥이'가 앞뒤로 덤비는 상황에서, '내 외로운 혼(魂)'을 건져내기 위해 '독'을 차고 살겠다고 했습니다. 우리에게 연극을 포함한 예술이 주는 최고의 미덕은, 삶이 결코 무균실이 아니며, 설사 그것이 진창일지라도 기꺼이 수용해야 하며, 그것을 특별한 과장 없이 수용하는 의지를 발견하게 하는 것입니다. 햄릿은 영웅으로서가 아니라 바로 우리 자신의 모습으로서 지금도, 연극으로 영화로, 드라마로 새롭게 태어나고 있습니다.

껍질을 연하게 해 줄 책들

4대 비극을 비롯한 셰익스피어의 다른 작품은 따로 추천하지 않아도 될 듯 합니다. 다만 이 작품을 조금 더 깊이 이해하길 원하는 학생에게는 『슈바니츠의 햄릿』(디트리히 슈바니츠)을 추천합니다. 본문 중에 잠깐 언급된 '오이디푸스 콤플렉스'와 관련된 이야기를 읽고 싶다면 『오이디푸스 왕』(소포클레스)을 권합니다. 또한 근대사회가 인간의 광기를 어떻게 통제하고 억압해 왔는지에 대해 깊이 있는 이해를 원한다면, 다소 주저하며 『광기의 역사』(미셸 푸코) 일독을 권합니다.

'나'를 과장하기 않기와
'세계'를 긍정하기

어니스트 헤밍웨이, 『노인과 바다』

이성으로 비관하되 의지로 낙관하라.
– 안토니오 그람시

한 범상치 않은 인간의 삶을 기록한 글을 전기 혹은 평전이라고 합니다. 진기나 평진은 무척 흥미롭습니다. 그들의 생리적 죽음이 결코 그들의 삶을 화석화하지 않음을 확인할 수 있기 때문입니다. 그들의 활자화된 삶은 눅진한 우리들 삶의 페이지를 들뜨게 합니다. 그러나 위대한 이들의 삶과 내 삶을 일대일로 대응시키려는 시도는 좌절이 세팅된 예약석과도 같습니다. 그것은 결코 평전이나 전기 읽기의 미덕이 될 수 없습니다. 반면 그들의 삶이 내 삶에 어떤 식으로든 영향력을 행사할 수 있다는 유연함을 받아들인다면, 그것으로 평전과 전기 읽기는 충분한 의미를 갖습니다.

여기 한 실패한 인간이 있습니다. 김산이라는 이름으로 널리 알려져 있고 본명은 장지락입니다.
그는 16세 때 일본으로 건
너가 고학으로 유학생활을
하고 다시 중국으로 건너가
어렵게 공부한 후 조국의
독립을 위해 싸웁니다. 여
러 번의 옥고를 치르면서도
조국의 해방을 위해 분투하
던 그는 1938년 중국공산
당에 의해 '일본스파이' 등
의 죄목으로 억울하게 처형

님 웨일즈 『아리랑』의 주인공 김산.

당합니다. 김산의 삶은 그
의 말대로 '패배의 연속'이었습니다. 그러나 그는 결국 승리했습니다.
그는 "나는 나 자신에게 승리했다"고 했지만, 바로 그렇기에 역사에서도
승리해 지금까지 우리 곁에 머물고 있습니다. 김산의 삶을 『아리랑』으로
기록한 님 웨일즈는 이렇게 말한 바 있습니다.

> 육체는 빵으로 살찌지만 정신은 기아와 고통으로 살찐다. 구체적
> 인 현실 속에서 생각하는 것이 아니라 상징에 의해 생각하는 것을
> 그만두어야만 비로소 지식인은 행동하고 결정할 수 있게 된다.

바로 이 지점에서 김산은 어니스트 헤밍웨이 혹은 『노인과 바다』의 산티
아고 노인과 만납니다. 관념적 사상이나 철학보다 인간의 구체적 행동을

쿠바 아바나에 위치한 〈헤밍웨이 박물관〉.

중시했던 작가 헤밍웨이가 김산의 삶과 겹치듯, '고통과 손해를 견딜 수 있는 인내, 스스로 자기 능력껏 최선을 다했다는 자긍심, 패배했다고 낙심하지 않고 또 승리했다고 자만하지 않겠다는 의지'를 갖춘 인물로 그가 탄생시킨 산티아고 노인 또한 김산의 당당함을 떠올리게 합니다.

『노인과 바다』가 전기나 평전일리 없습니다. 그러나 산티아고 노인에 대한 단 삼일간의 기록은 인간 존재의 실존적 한계와 가능성을 동시에 보여주고 있다는 점에서 어떤 전기나 평전보다 감동적입니다. 고기를 잡지 못한 80여 일은 바로 산티아고 노인의 삶 자체였고, 그가 거대한 물고기를 잡기 위해 사투를 벌였던 사흘은 그의 삶에서 가장 빛나는 순간이었을 것입니다. 그가 감내하고 견뎌냈을 삶의 질곡은 수차례에 걸쳐 그의 '재산'을 강탈해가는 상어떼의 습격으로 그려졌습니다. 그가 너무 먼 바다로 나간 것도, 그래서 뼈만 앙상한 수확을 거두어 기진맥진해 집으로 돌아온 것도, 다시 어구를 손질하는 것도, 그의 삶을 한갓 구경거리로 삼는 여행객들의 시선도, 그의 삶입니다. 인간의 삶은 삶 외부의 어떤 것으로 재구성되지 않는 법입니다. 그것은, 폭풍이 오기 직전 단 며칠의 맑은 날씨에 조각배를 타고 먼 바다로 나가는 용기와, 자신의 삶을 둥실 떠 있게 해 준 바다를 어머니로 이해하는 지혜와, 거대한 물고기를 잡기 위해 다른 낚시 줄을 끊어버리는 결단과, 자신보다 위엄 있는 것을 죽일 수도 있는 단호한 슬픔이 겹쳐진 어떤 것입니다. 그래서 산티아고 노인에게 패배는 절망이나 좌절과 동의어가 아닙니다. 그는 결코 패배할 수 없기 때문입니다. 그저 살아갈 뿐입니다.

헤밍웨이는 『노인과 바다』의 소설적 배경이 되기도 하는, 멕시코 만류가 흘러가는 것이 보이는 쿠바의 수도 아바나 근교의 농장에서 오랫동안 살았습니다. 지금은 〈헤밍웨이 박물관〉이 된 이곳에서 그는 『노인과 바다』를 집필했습니다. 이 작품에 대한 구상은 1936년에 발표한 「푸른 물결 위에서: 멕시코만 편지」라는 글에 이미 보입니다. 이 글은 쿠바의 늙은 어부가 거대한 청새치를 잡지만 상어들의 습격으로 살을 전부 뜯기고 실신 상태로 돌아온다는 내용입니다. 『노인과 바다』의 요약본과 다름이 없습니다. 그는 16년이 지난 후에 이를 소설로 다듬어 발표했고, 이 작품이 그에게 퓰리쳐상과 노벨문학상을 안겼습니다. 더 이상 유명해질 필요가 없을 만큼 이미 유명한 그였지만 말입니다.

산티아고 할아버지와의 만남

나: 산티아고 할아버지, 당신은 제가 상상했던 것처럼 그렇게 멋진 분은 아니시군요. 저는 당신이 쿠바 해변에 살고 있다고 해서 그곳의 이국적인 해안과 낭만적인 재즈 등에 어울리는 노신사 정도를 생각했거든요.

산티아고: 해안선이 아름답다는 걸 아는 어부가 몇 명이나 될까. 바다는 목숨을 걸어야 하는 일터일 뿐이고 나 또한 그저 그런 어부일 뿐이니까. 자네의 상상과는 한참 거리가 멀겠지.

나: 그래도 할아버지를 최고의 어부라고 인정해주는 소년이 있잖아요?

산티아고: 마놀린 말이군. 그 애야 나를 무척 따르긴 하지만 그 부모들은 나를 신뢰하지 않아. 오랫동안 고기를 잡지 못했거든.

나: 84일째 고기를 잡지 못하셨죠?

산티아고: 그렇지. 마놀린도 그걸 무척 안타까워하더군. 그래서 미끼도 챙겨주고 저녁거리도 가져다 주었어. 어리지만 아주 사려 깊은 아이야.

나: 할아버지는 다음 날도 고기를 잡으러 가셨죠?

산티아고: 어부인 나에게 고기를 잡으러 가는 것 이외에 다른 할 일이 뭐 있나. 그리고 바다는 나에게 어머니 같은 존재거든. 설사 오랫동안 나에게 아무런 것도 주지 않았다고 해도 말이야. 사실 84일보다 훨씬 긴 세월을 바다에 기대어 먹고 살았는데, 잠깐 동안의 고난 때문에 바다를 비난할 수는 없지.

나: 그렇지만 어떤 사람들은 바다를 싸워야 할 적이나 극복해야 할 대상으로 생각하던데요.

산티아고: 그들은 바다의 겉만 보기 때문에 그래. 어부들을 괴롭히는 높

은 파도나 풍랑은 바다의 극히 일부에 지나지 않아. 바다는 사람들이 상상할 수 없을 정도로 깊고 넓고 풍요롭단 말이지.

나: 그래서 그날은 느낌이 괜찮았나요?

산티아고: 마놀린이 준 싱싱한 다랑어는 가장 깊은 곳에 미끼로 드리워 놓고, 내가 갖고 있던 전갱이와 연어도 미끼로 매달아 낚시를 던졌지. 돌고래 떼가 내 배 옆을 지나가기도 했고 날치가 뛰어오르기도 했어. 그것들이 보이면 근처에 큰 고기가 있을 가능성이 높긴 하지만 알 수 없는 일이지.

나: 그럼 캄캄한 새벽에 출항해서 그때까지 한 마리도 못 잡으셨어요?

산티아고: 다랑어를 한 마리 잡기는 했지. 큰 고기를 낚을 미끼로 아주 좋은 녀석이었어. 그리고 드디어 그 놈이 입질을 해왔어. 이놈은 아주 조심스럽게 미끼를 건드려보더니 덥석 물더군. 그리고 북서쪽을 향해 가는데, 내 작은 배가 그냥 끌려가더라고. 그 놈이 엄청난 놈인 걸 그것으로 알 수 있지.

나: 물고기가 할아버지 배를 끌고 갔다고요?

산티아고: 그럼. 나중에 잡고 보니 그 놈은 1,500파운드(681kg) 정도 되는 큰 놈이었으니까. 육지에서 점점 멀어져갔지만 나는 걱정하지 않았어. 아바나의 불빛만 있으면 집으로 되돌아가는 일은 어렵지 않으니까 말이야.

나: 그럼 물고기에 끌려 가면서 밤을 새웠단 말인가요?

산티아고: 어쩔 도리가 없지 않아. 그 놈을 물 밖으로 끌어낼 힘이 내겐 없고, 그런 장비도 없었으니까. 그래서 마놀린이 무척 그립고 아쉬웠지.

그 애가 있었더라면 더 쉽게 물고기를 끌어 올릴 수 있었을 텐데. 어쨌든 나는 다른 낚싯줄은 다 끊어버리고 만반의 준비를 했지.

나: 할아버지도 대단하지만 꼬박 하루를 끌고 다닌 그 고기도 대단하군요. 그 고기를 보진 못했나요?

산티아고: 둘째 날 날이 밝자 이 녀석이 수면 위로 떠올랐어. 내 배보다 60cm가 더 긴 놈이었지. 지금까지 내가 직접 잡거나 본 물고기 중에서 가장 큰 놈이었어. 나는 밤새 왼손에 쥐가 나 힘들었는데 날씨가 따뜻해지고 어제 잡은 다랑어로 요기를 하자 곧 풀어졌지. 긴 싸움이 될 것 같았어.

나: 그럼 이튿날도 고기를 잡아 올리지 못했단 말이에요?

산티아고: 그럼. 그 녀석은 조금도 지치지 않은 듯 했어. 여전히 비슷한 속도로 배를 끌고 있었거든. 나는 다른 낚시 줄을 바다에 던져 돌고래를 한 마리 낚아 올렸지. 끼니를 할 것이 없었거든.

나: 그럼 그렇게 하루 종일 고기에 끌려가며 또 하루를 지새운 건가요?

산티아고: 더 좋은 방법이라도 알고 있나? 밤에 한 번 녀석이 높이 뛰어 올랐지. 그때 조금 손을 다쳤고. 하지만 그 정도의 고통이야 이겨내야지. 녀석은 힘이 빠졌는지 조류를 따라 동쪽으로 향했어. 조만간 배 주위를 돌 것이고 그때에는 작살로 녀석과 한 판 승부를 벌일 생각을 했지.

나: 그래 곧 물고기를 잡으셨어요?

산티아고: 녀석이 서서히 배 주위를 돌기 시작했어. 나는 최대한 낚싯줄을 끌어당긴 후에 녀석의 심장에 작살을 꽂아 넣었지. 녀석은 곧 흰 배를 하늘로 향하고 죽었지. 그런데 문제가 생겼어. 이 녀석을 배 위로 끌어올릴 수 없는 거야. 그래서 밧줄로 배 옆에 붙들어 매었지. 얼마나 컸던지

배 한 척을 옆에 붙인 것 같더군.

나: 이제 항구로 돌아갈 수 있겠군요.

산티아고: 그래. 그런데 내 고난은 거기서 끝이 아니었어. 녀석의 피 냄새를 맡고 상어들이 몰려든 거야. 네 번의 습격이 있었고 고기의 절반을 잃었지. 날이 저물었지만 항구의 불빛은 그때까지도 보이지 않았어. 나는 너무도 지쳤어. 물고기를 잡느라 꼬박 이틀 동안 잠을 자지 못했으니까.

나: 휴, 제가 다 한숨이 나오네요.

산티아고: 그럴 것 없어. 내가 너무 멀리 나왔기 때문일 뿐이니. 밤에 두 번 더 상어떼의 습격을 받고 고기의 거의 전부를 잃었어. 그제서야 항구의 불빛이 보이더군. 내 노쇠한 모습처럼 고기도 다 허물어져버렸지 뭐야. 참 미안했어. 그 당당한 모습을 이렇게 엉망으로 망치고 말았으니까.

나: 무사히 항구에 도착하기는 하셨어요? 며칠 동안 잠도 주무시지 못하고 청새치, 상어 떼와 사투를 벌여 체력은 고갈되었고 그렇게 얻은 고기도 다 잃고 말았으니 허탈했을 것 같은데요.

산티아고: 그랬지. 그래서 배에 내려 집으로 가는 길에 다섯 번이나 쉬어야 했어. 너무 지쳤거든. 마놀린이 집으로 찾아와 나를 잘 간호해 주었어. 앞으로 같이 배를 타겠다고 해서 무척 기뻤지.

나: 그곳을 여행하던 관광객들이 할아버지가 잡은 물고기를 보고 무슨 고기의 뼈냐고 물었더니 카페 종업원이 상어라고 대답했다고 하더군요.

산티아고: 그 사람들에게 그게 상어든 청새치든 날치든 무슨 상관이겠어. 잘 가거라. 나 같은 노인에게 무슨 특별한 것이 있다고 찾아왔는지 모르겠다만.

노인에게 바다는 무엇인가?

'노인과 바다'는 대등하게 연결된 말이라기보다는 종속적으로 연결된 단어입니다. 이 말은 『노인과 바다』의 주인공이 '노인'이 아니라 '바다'일 수도 있다는 뜻입니다. 산티아고 노인은 평생을 어부로 살아온 사람입니다. 그에게 바다는 풍경이 아니라 삶입니다. 이는 작품의 마지막에 노인이 잡은 거대한 물고기의 뼈를 상어의 뼈라고 성의 없이 말해버리는 종업원이나 그의 설명을 듣는 관광객과는 다른 태도입니다. 그들에게 바다는 '보는' 것이지만 산티아고 노인에게 바다는 '떠 있는' 것입니다. 그에게 바다는 삶 자체입니다. 그의 삶이 바다에 의지해 이어집니다. 이 소설이 84일 동안 고기를 낚지 못한 한 노인의 지난날과 거대한 청새치를 잡기 위해 사투를 벌였던 3일 동안의 현재를 그린 소설이라면, 그 87일은 그 노인의 일생 전체를 함축한다고 할 수 있습니다. 그 모든 일이 바다에서 일어난다는 점에서 『노인과 바다』의 주인공이 '바다'일 수도 있다는 것입니다.

산티아고 노인은 돈을 들여 최신 장비를 사 바다와 대결하려는 다른 어부들과 달리 바다를 여성으로서 이해하고 그것에 의지합니다. 그에게 바다는 생명으로서의 어머니입니다. 그를 지금껏 먹이고 살아내게 한 것이 바다입니다. 이는 바다에 사는 생명에 대한 그의 태도에서도 그대로 드러납니다. 그는 바다새와 돌고래에게 마치 친구인 것처럼 말을 건넵니다. 심지어 사흘 동안 자신과 사투를 벌인 거대한 물고기에는 경외감마저 갖습니다. 그는 그 물고기가 인간보다 더 기품 있고 더 큰 능력을 갖고 있다고 말합니다. 이런 산티아고 노인의 바다와 생명에 대한 자세를 가장 인상적으로 보여주는 에피소드가 있습니다.

산티아고 노인은 거대한 물고기가 자신의 배를 끌고 가는 중에 한 쌍의 청새치 중 한 마리를 낚았던 때의 일을 회상합니다. 청새치 암컷이 낚시에 걸려 배 위로 잡혀 올라왔는데도 수컷은 배 주위를 떠날 줄 모릅니다. 노인은 '내가 당한 일 중에서도 제일 슬픈 사건'이었다고 그때 일을 회상합니다. 자신과 다른 사람의 생존을 위해 물고기를 죽일 수밖에 없지만, 그것들에 대한 일종의 우주적 연민을 간직하고 있는 산티아고 노인은, 집을 짓는 대들보를 구하기 위해 수령이 오래된 나무를 베기 전에 그 나무에 큰 절을 했다는 우리 옛 조상들의 겸허함을 생각나게 합니다. 그들은 이 우주의 모든 것을 총체적으로 파악합니다. 모든 존재는 서로 유기적으로 연결되어 있다는 이들의 거의 무의식적인 통찰은, 이기심으로 분열되고 자기연민으로 단절된 현대인에게 경이 그 자체입니다.

물론 산티아고 노인이 바다의 모든 것을 긍정하는 것은 아닙니다. 그는 고깔해파리를 '갈보년'이라고 부르며 터무니없이 비하하기도 하고, 크기만 하고 우둔한 붉은 거북에 대해서는 친밀감 섞인 경멸을 표합니다. 그리고 자신이 잡은 물고기를 약탈하려는 상어떼들을 무자비하게 공격하기도 합니다. 그런데 우리네 삶도 그렇습니다. 타인을 배려하는 것은 상대방의 모든 것을 수용하는 것이 아닙니다. 다른 것을 인정하면서도 틀린 것을 거부하는 것이야말로 관용의 본질입니다. 산티아고 노인이 해파리나 상어를 인간중심적으로 대했다는 비판은 다소 지나칩니다. 노인의 삶, 더 나아가 우리 모두의 삶의 비유로서 바다를 형상화하려는 것이 '노인과 바다'라는 다소 건조한 제목에 깃든 작가의 의도일 것입니다.

노인은 잠시 멈추고 뒤를 돌아보았다. 가로등 불빛이 반사하는 가운데 배의 고물 뒤쪽에 있는 고기의 큰 꼬리가 보였다. 그리고 하얗게 드러난 고기의 등뼈와 뾰족한 주둥이, 그리고 검은 덩어리같이 보이는 대가리와 그 사이가 텅 비어 있는 모습도 눈에 들어왔다. (…) 겨우 꼭대기 언저리에 이르렀을 때 노인은 힘없이 쓰러져 돛대를 어깨에 짊어진 채 잠시 동안 그대로 있었다. (…) 노인은 오두막에 도달하기까지 다섯 번이나 주저앉아야 했다.

헤밍웨이적 인물이란 무엇인가?

헤밍웨이의 작품에는 '헤밍웨이 규약'이라는 것이 있다고 합니다. '인간은 육체, 성적 능력, 혹은 재산 정도에 의해 판단되지 않고 오히려 고통과 손해를 견딜 수 있는 인내, 스스로 자기 능력껏 최선을 다했다는 자긍심, 패배했다고 낙심하지 않고 또 승리했다고 자만하지 않겠다는 의지 등을 얼마나 소유하고 있는가에 따라 그의 가치가 결정된다.'는 것이 그 핵심입니다.

헤밍웨이는 진실된 글을 쓸 수 있으려면 고통을 체험해야 한다고 주장했습니다. 이는 그의 전쟁 경험에서 기인한 것일 수 있습니다. 헤밍웨이는 제1차 세계대전에 참전해 양쪽 다리에 27개의 '잡스러운 금속'이 박히는 부상을 당했고, 이 일로 훈장을 받게 됩니다. 그는 이탈리아 전투에서 부상당한 첫 미국인으로 귀국했고 영웅 대접을 받습니다. 그때 그의 나이 열아홉이었습니다. 청년기의 전쟁 경험은 헤밍웨이적 인간을 창조하는데 가장 기초적인 바탕이 되었을 것입니다

그런데 『노인과 바다』의 산티아고 노인은 현실에는 존재할 것 같지 않은, 이 소설이 영화로 만들어졌을 때만 존재감을 부여받을 것 같은 박제화 된 인물처럼 보입니다. 그는 분명 헤밍웨이가 내세운 '헤밍웨이 규약'에는 부합하는 인물이지만 살아있는 사람으로 느껴지지는 않습니다. 그 이유가 무엇일까요?

헤밍웨이는 작가로서의 명성을 충분히 쌓은 후인 1937년, 다시 스페인 내전을 취재하려고 특파원 자격으로 전쟁을 '경험'합니다. 그러나 그

어니스트 밀러 헤밍웨이 Ernest Miller Hemingway.
1899~1961.

는 일반적인 종군기자와 같지 않았습니다. 그는 프랑코 왕당파에게는 운
전기사와 연료를 제공받아 어디를 가든 안전을 보장받았고, 이에 대항한
인민선선 측에서는 왕당파를 향해 총을 몇 번 쏘아볼 수 있는 '체험'을
제공받습니다. 그는 스페인 수도 마드리드에 있는 특급호텔에 머물며 기
사를 작성했고, 그곳에서 미모의 여기자와 연애를 하기도 합니다. 같은
전쟁에 국제의용군으로 참전해 목을 관통당하는 치명상을 입고 천신만
고 끝에 탈출한 후, 자신이 경험한 것을 르포로 작성한 한 소설가와는 무
척 다른 모습입니다. 그 소설가는 스페인 바르셀로나에서 공화 진영 의
용군을 모집하는 포스터에 적힌, '당신은 민주주의를 위해 무엇을 했습
니까?'라는 도발적 질문에 다음과 같이 답할 수밖에 없었다고 고백합니
다. '식량만 축냈습니다.' 그 작가의 이름은 조지 오웰입니다.

스페인 내전이 헤밍웨이에게는 진기한 '체험'일 수 있었겠지만 조지 오웰을 비롯한 수많은 사람들에게는 목숨을 건 현실이었습니다. 이러한 대비를 통해 헤밍웨이가 창조한 인물이 인간의 존엄을 충분히 드러내면서도 실제 살아있는 인물로 느껴지지 않는 이유를 대략 짐작해 볼 수 있습니다. 제2차 세계대전 때도 전쟁을 '놀이'로 삼았던 헤밍웨이는 1952년에 『노인과 바다』를 출간합니다.

『노인과 바다』의 주인공이 현실에 존재하지 않는 인물일 것 같다는 말이, 그 인물의 삶이 형편없다는 뜻은 결코 아닙니다. 때로 현실은 허구인 소설보다 더 거짓말 같을 때가 있고, 현실적이지 않은 일이 오히려 삶의 진실을 잘 드러내 보일 때도 있습니다. 산티아고 노인은 세속적인 위대함과는 거리가 먼, 인간에 대한 혹은 삶의 패배에 굴복하지 않는, 그러면서도 자신의 삶을 과장하지 않는 전형적인 헤밍웨이적 인물입니다. 그가 실제 존재하느냐 그렇지 않느냐는 질문은 어리석습니다. '모든 것은 다 늙었으나, 다만 바다와 같은 빛깔인 두 눈만은 명랑하고 패배를 모르는' 한 인간을 통해 우리는 작가가 생각하고 창조한 인간 본질의 한 가능태를 볼 수 있으면 충분한 것입니다.

세 번째 질문

산티아고 노인의 패배는 위대한가?

산티아고 노인에게 거대한 물고기는 다시, 바다의 환유입니다. 그것은 불가피하게 대결해야 할 대상이지만 자신을 해칠 의도를 갖고 있지는 않습니다. 그리고 바다가 그랬던 것처럼 거대한 청새치도 산티아고 노인의 삶을 가능하게 합니다. 동시에 노인이 잡은 거대한 물고기는 산티아고 노인 자신을 비유한 것으로도 이해할 수 있습니다. 그래서 그는 상어에게 '고기가 물어뜯길 때는 꼭 자신의 살이 물어뜯기는 것 같았다.'고 말합니다. 반면 상어는 산티아고 노인이 대결해야 할 삶의 고난입니다. 그것은 생명으로서의 바다가 베푼 것을 강탈하려는 존재이고 자연의 존엄과 생명의 위엄과도 거리가 멉니다. 그러나 이 싸움에서 산티아고 노인은 패배합니다.

상어에게 생명이자 자기 자신이기도 한 고기를 다 빼앗긴 것은 우리 기준으로 볼 때 분명 패배입니다. 그런데 산티아고 노인은 이것을 인정하지 않습니다. 그를 패배하게 한 것은 없다는 것입니다. 다만 '너무 멀리 나갔을 뿐'이라고 그는 말합니다. 삶에는 패배도 승리도 없는 것인지도 모릅니다. 그리고 내세울 만한 특별한 목적이 있는 것도 아닙니다. 다만 매순간의 선택이 현재의 내 삶을 만들어갑니다. 그렇다면 후회라는 이름으로 가장된 불성실이나 삶의 목적이라는 말로 꾸민 허영은 지금-여기에서의 삶에 대한 무책임일 뿐입니다. 산티아고 노인은 어쩌면 이러한 사실을 온전히 자신의 몸을 놀리는 노동을 통해 깨달은 것인지도 모릅니다.

배에서 내려 아무 도움도 없이 어구를 정리하고 언덕 위에 있는 집을 오르는 산티아고 노인의 모습에는 자신의 몸보다 큰 바위를 굴리는 시지프의 모습이 겹칩니다. 시지프가 절망하는 이유는 바위를 밀어올리기 힘들어서가 아닙니다. 바위를 산꼭대기에 올려놓아도 곧바로 굴러 떨어지는 상황이 영원히 반복되기 때문입니다. 반복되는 패배는, 영원히 연기

〈노인과 바다〉. 알렉산더 페트로프. 1999년.
손으로 유리에다 그린 그림을 일일이 카메라로 찍어서 만든 애니메이션.

되는 승리는, 결코 그의 삶을 절망으로 떨어뜨리지 못합니다. 여기에 패배의 위대함이 있습니다. 삼일간의 사투 끝에 얻은 것이라곤 아무 것도 없고, 그럼에도 또 다시 삶을 이어가야 하는 산티아고 노인의 경우도 시지프와 마찬가지입니다. 그는 희망의 숫자인 85번째 되는 날에도 '결정적으로 패배' 했습니다. 그가 건져 올린 것은 '큰 꼬리가 달린 거대한 고기의 백골' 일 뿐입니다. 심지어 그는 그의 수확물을 마지막까지 약탈하는 상어 떼를 무심하게 바라봅니다. 그러나 그때의 무심은 결코 패배자의 낙담이나 자포자기, 혹은 육체의 극단적 피로 때문만은 아닐 것입니다. 오늘의 패배가 삶 전체의 실패는 아니라는 인식과 최선을 다한 후의 결과에 순응하는 자부심, 삶의 고통에 쉽게 굴복하지 않는 인내와 의지 등이 그 '무관심' 에는 포함되어 있습니다. 그래서 '노인은 아무런 생각도 아무런 감정도 떠오르지 않았'고 '노인에겐 모든 것이 지나간 과거'일 수 있습니다.

　우리가 『노인과 바다』에 감동한다면 그 이유는 무엇일까요? 그것은 거의 일생을 자신의 일에 묵묵히 전념한 사람들이 보여주는 우직함입니다. 그의 삶이 결코 낭만적이지 않음에도 불구하고 우리가 그를 근사하게 기억하는 이유는 자신의 노동으로 자신의 삶을 꾸리면서도 그 삶을 결코 과장하지 않는 태도에 있습니다. 이것이 그가 가혹한 노동 끝에 아무런 실질적 이득을 얻지 못해도 그의 삶이 초라해 보이지 않는 이유입니다. 오히려 산티아고 노인은 '용기는 가능한 결과들을 무시하는 능력이다'는 자신의 창조주의 말을 삶으로 증명한 인물입니다.

　또한 그는 자신의 삶을 긍정할 줄 압니다. 산티아고 노인은 고기를 죽이는 것이 죄가 된다고 생각합니다. 설사 그것이 자신을 포함해 많은 사람들을 먹여 살릴 수 있다고 하더라도 말입니다. 그러나 그의 생각은 여기에서 더 나아갑니다.

　'고기를 죽인 것은 단지 살기 위해서도 식량으로 팔기 위해서도 아니다. 긍지 때문에 그리고 어부이기 때문에 죽인 것이다.' 이는 자신의 존재에 대한 무한한 긍정이 아닐 수 없습니다. 자기긍정이야말로 키 대신 마우스로 인터넷을 떠다니는 현대인들이 잊어서, 잃어버린 가장 중요한 것 중 하나입니다.

나는 『노인과 바다』의 네 장면 정도를 인상 깊게 읽었다.

첫 번째 부분은 노인이 고기가 상어들에게 상처 입는 것에 대해 안타까워하는 부분이다. 노인은 고기를 죽인 후에도 고기에 대해 감탄하고, 고기에게 말을 걸고 고기가 공격당하는 모습에 자신이 그렇게 당한 것처럼 느끼는 등 고기를 자신의 분신처럼 생각한다. 하지만 이는 한편으로 고기를 재산으로 여기는 그의 모습과 대조되어 그의 행동이 위선적으로 느껴지기도 했다.

이러한 모순된 감정과 태도는 노인의 고기에 대한 복잡 미묘한 감정 때문인 것 같다. 내가 어부는 아니라서 잘 모르겠으나, 그의 바다에 대한 태도는 애증인 것 같다. 바다는 어부인 그에게 고기를 주었다가도 가져가 버리기도 하고, 그가 살육을 하게 함으로써 자신의 행동의 정당성에 대해 계속 의문을 갖게 만든다. 그런 감정 때문에 고기를 사랑하면서도 노인은 고기를 죽이게 됐고 또 그래서 고기를 죽인 것을 계속 후회하는지도 모른다.

내가 이 작품에서 주목한 두 번째 부분은, 노인이 낚은 고기를 처음으로 공격한 상어를 죽이고 난 후 '모든 것은 다른 것을 죽이며 살아가는 것이 아닌가'라는 생각을 한 부분이다. 내가 이 장면을 꼼꼼히 읽은 이유는 평소 내가 고민하던 것과 노인의 생각이 비슷했기 때문이다. 자연계의 먹이사슬도 그렇고, 인간들의 무한 경쟁구조도 그렇고 모든 존재는 다른 대상을 짓밟고 올라가야, 심지어 죽여서 먹어야 살 수 있다. 노인의 위 말을 통해 나는 내 가치관의 토대가 흔들리는 진귀한 경험을 하게 되었다.

내가 교육을 통해 옳지 않다고 배웠던 행동들을 사회에서는 오히려 권장하는 경우가 많다. 나는 이런 모순 때문에 배신감을 느낀다. 왜 사회에서 그렇게 가르쳐 놓고 나에게 그걸 배반하는 행동을 하게 하는 것인가? 산타 할아버지가 있다고 믿는 동심을 지켜주자는 것과 같은 하찮은 이유 때문인가? 하지만 그 산타 할아버지가 존재한다는 것도 사회가 주입시킨 생각이 아닌가? 그래서 사회개혁을 꿈꾸지만 그것의 현실가능성이 매우 적게 느껴질 때는, '도덕적'이라고 말할 때 쓰는 그런 도덕은 배우지 않았으면 좋겠다는 생각도 든다. 오히려 세상은 양육강식의 세계라고 가르치는 쪽이 사회질서를 유지하는 건 좀 힘들겠지만 이런 위선을 집어치울 수 있는 방법이라고 생각한다.

세 번째로 인상 깊었던 점은 노인의 항해가 딱 우리의 삶을 바다라는 공간을 통해서 압축, 표현한 것 같다는 것이다. 풍족하지는 않을지 모르겠으나 안식처가 있으며, 바다(직장)에서 때로는 기쁨을 때로는 성취감을 느끼고, 또 때로는 타인에 의해 피해를 입고, 또 때로는 패배도 하게 된다. 하지만 나의 편이 돼 주는 사람이 있고, 안식처에서 휴식을 취한 후 다시 바다로 나가는 노인의 모습은 현대인들의 모습과 많이 닮은 것 같다. 이런 생활은 아마도 우리가 죽을 때까지 멈추지 않을 다람쥐의 쳇바퀴 같은 것일 듯하다. 하지만, 그런 쳇바퀴 인생일지라도, 내가 사랑하는 사람과 안식처가 있다면 그 또한 의미 있는 것일지도 모른다는 생각이 들었다.

　마지막으로 인상 깊었던 점은 노인의 패배에 관한 점이다. 이에 대한 내 생각은 본문의 견해와는 좀 다르다. 노인의 패배는 위대했는가라고 묻는다면 난 아니라고 생각한다. 왜냐하면 나는 노인이 패배한 것이 노인이 고기의 대부분을 상어에게 빼앗긴 때가 아닌 노인이 패배했다고 인식한 그 순간이라고 생각하기 때문이다. 노인이 자신은 패배했다고 인식하지 않았더라면, 노인이 상어에게 고기를 다 빼앗겼더라도, 노인은 패배한 것이 아니다. 다만 살아가면서 겪는 시련을 겪었을 뿐일 것이다. 하지만 노인이 패배했다고 인식했다면, 그것은 단순히 상어에게 고기를 빼앗긴 것뿐만 아니라, 그가 가지고 있던 자신의 자긍심과 신념 등이 무너졌다는 뜻이다. 그런 점에서 노인의 패배는 위대하다고는 생각하지 않는다. 하지만 그런 패배를 겪고도 무너지지 않고, 다시 자신의 바다를 향해 나아가는 노인의 삶은 위대한 것일지도 모르겠다는 생각이 든다.

한 권의 책을 읽고 자신이 갖고 있던 사고의 토대 전체를 돌이켜보았다면 큰 수확입니다. 물론 그것이 조금 어설플 수도 있고 사회적 용인을 받지 못할 수도 있습니다. 그러나 상관없습니다.

　우리는 흔히 논쟁을 하는 중에 '그건 네 생각이고.' 하는 말을 듣습니다. 이 말은 종종 상당한 위력을 발휘하는데, 어처구니없는 일입니다. 모든 생각은 '나'의 생각입니다. 어떤 이야기를 했을 때 상대방에게 '네 생각'이 아닌 것은 하나도 없습니다. '네 생각'이라는 말에 객관적이지 못하고 편협하다는 뜻이 있다는 걸 모르지 않습니다. 그러나 그 자체로 '객관적'인 생각이나 진술은 없습니다. 내 생각이 주위 사람들의 동의를 얻어갈수록 주관적 편견을 벗어나 점점 객관적 보편에 접근할 뿐입니다.

껍질을 연하게 해 줄 책들

작가인 어니스트 헤밍웨이에 대해 요약된 정보를 얻고 싶은 친구는 「헤밍웨이」(재롬 카린)를 읽으면 됩니다. 그리고 본문에서 소개한, 김산의 삶을 사실과 허구로 엮은 「아리랑」(님 웨일즈)의 일독을 적극 권합니다. 헤밍웨이가 '체험'한 스페인 내전에서의 정의의 허둥거림과 그 패배의 참담함을 꼼꼼히 알고 싶다면 「스페인 내전」(앤터니 비버)을 추천합니다.

3

세상과 함께하기

『걸리버 여행기』,『오뒷세이아』,『이반 데니소비치 수용소의 하루』

나와 당신은 우리가 사는 세상을 만들어 갑니다.
동시에 세상이 우리를 제 구미에 맞게 조몰락거리기도 합니다.
그래서 우리는 때로 세상과 어깨를 겯기도 하고
성찰의 거리를 두기도 해야 합니다.

동화적 상상력과
비판적 풍자 사이의 긴장

조나단 스위프트, 『걸리버 여행기』

> 세계에 대한 비판은 결국 세계를 긍정하기 위한 하나의 전제 같은 것이다.
> – 이주헌

대학 시절, 중간고사가 끝나던 어느 날 곤두선 신경을 늦추려고 만만한 애니메이션을 빌렸습니다. 미야자키 하야오도 지브리 스튜디오도 낯설기만 한 때였습니다. 작품의 제목은 〈천공의 성 라퓨타〉. 그 제목을 보고도 『걸리버 여행기』를 떠올리지 못했습니다. 왜냐하면 대학생이었던 그때까지도 저에게 『걸리버 여행기』는 동화, '소인국 이야기'로만 존재했으니까요. 대학원생이 되어 글자 읽기가 곤혹스러워질 때면 도서관의 '참고정간물실'로 갔습니다. 글자보다 그림이 많은 책을 보았고, 그때 르네 마그리트의 화보집을 들추게 되었습니다. 역시 낯선 이름이었지만 〈피레네의 성〉이라는 작품을 오랫동안 들여다보았습니다. 완역된 『걸리버 여행기』를 읽기까지는 다시 몇 년의 시간이 더 걸렸지만, 그 후 조나

애니메이션 〈천공의 성 라퓨타〉, 미야자키 하야오 감독, 1986년.

단 스위프트에서 르네 마그리트로, 그리고 다시 미야자키 하야오로 이어지는 하나의 고리를 얻었습니다. 문학과 미술과 영화라는 다채로운 색동옷을 입은 고리를.

조나단 스위프트의 『걸리버 여행기』는 만물의 영장을 자처하는 인간의 허위와 위선, 무지와 폭력을 고발한 풍자 소설입니다. 우리가 흔히 알고 있는, 소인국과 거인국 이야기만 실려 있는 아동용 동화 『걸리버 여행기』는 원작의 통쾌한 풍자와 웅장한 상상력을 청교도적 근엄함으로만 추출한, 환상과 교훈이 적당히 버무려진 이야기에 불과합니다. 『걸리버 여행기』에서 동화적 상상력은 유치한 낭만을 위해서가 아니라 작가가 살았던 당대에 대한 신랄한 풍자를 위해 의도적으로 차용되었다는 점을 기억할 필요가 있습니다.

그렇다면 스위프트가 그렇게 비판하고 싶어 했던 인간의 속성은 무엇일까요? 그것은 인간의 오만입니다. 『걸리버 여행기』에서 후이님과 대비되는 야후로 형상화된 인간은 악한 본성에 따라 살아갑니다. 그런데 야후가 '몸과 마음이 모두 기형이고 병든 주제'에 오만한 것처럼, 인간도 모든 생명을 지배하는 존재로 자처합니다. 작가인 스위프트는 식민모국 영국 정치계의 비열함과 식민지 아일랜드 민중의 참담함을 직접 겪은 후 이러한 인간들의 태도를 결코 용납할 수 없었을 것입니다. 그러나 작가의 대리인인 걸리버는 자신이 인간을 선한 존재로 바꿀 수 있다고 생각했던 것이 터무니없었

〈피레네의 성〉, 르네 마그리트, 1959년.

고, 그래서 그 계획을 완전히 포기하겠다고 작품의 끝에 말합니다. 그 말을 곧이곧대로 믿을 필요는 없을 듯합니다. 그토록 보기 싫은 인간을 위해 스위프트는 왜 이렇게 긴 소설을 썼을까요? 그는 진정 인간을 혐오했을까요? 원래 미운 놈 떡 하나 더 주고 고운 자식 매 한 대 더 주는 법입니다.

파블로 네루다는 체 게바라가 시에라 마에스트라에서 게릴라들에게 자신의 시집 『모두의 노래』를 매일 밤 읽어 주었던 일과, 그가 죽을 때 가지고 있던 두 권의 책 중 한 권이 역시 자신의 시집이었던 점을 자서전에서 자랑스럽게 회고한 바 있습니다. 혁명가로 살았던 시인은 이렇게 말했습니다. '리얼리스트가 아닌 시인은 죽은 시인이다. 그러나 리얼리

스트에 불과한 시인도 죽은 시인이다.' 그 시인을 읽었던, 시적 감수성이 풍부했던 혁명가는 이렇게 받았습니다. '우리 모두 리얼리스트가 되자. 그러나 가슴 속에 불가능한 꿈을 갖자.'

작가가 살았던 당대의 부조리를 정면으로 겨누는 신랄함과, 현실과 환상의 세계를 자유롭게 오가는 발랄함을 갖춘 『걸리버 여행기』는 그래서 당대의 정치권력뿐만 아니라 당대의 상식도 전복합니다. 따라서 『걸리버 여행기』는 환상적인 모험 이야기에 그치는 것이 아니라 이루어질 수는 없지만 결코 포기되지 않는 꿈에 대한 설화가 되기도 합니다.

걸리버와 함께한 여행

나: 오늘은 걸리버 씨와 함께 그가 여행기에 기록한 곳을 둘러보도록 합시다. 그게 어떻게 가능할지는 자세히 묻지 마세요. 걸리버 씨 반갑습니다.

걸리버: 반가워요. 제가 꽤나 험난한 여행을 했는데, 괜찮겠어요?

나: 그럼요. 위험할 것 같으면 이 글을 읽지 않으면 그만이니까요. 당신은 앤틸로프 호의 의사로 여행을 시작했죠?

걸리버: 맞아요. 우리는 남쪽으로 가고 있었는데 남위 30도 부근에서 배가 암초에 걸렸어요. 나와 몇몇 선원이 보트로 탈출을 했지만 보트도 곧 뒤집혔죠. 나는 죽을 힘을 다해 헤엄쳐 육지에 도착한 후 쓰러져 잠이 들었어요. 바로 이곳이에요.

나: 아, 바로 여기가 그 유명한 장소군요. 당신이 수많은 밧줄로 땅바닥에 묶여 있는 장면을 그린 동화책 그림은 어린 내게 큰 즐거움을 주었죠.

걸리버: 그래요? 나는 옴짝달싹 할 수 없어 괴로웠는데. 나는 곧 수도로 옮겨졌고 그곳 신전에 거처를 정했죠. 나는 여러 번의 탄원을 통해 자유를 얻었어요. 그리고 왕궁을 비롯한 수도 곳곳을 구경했어요.

나: 당신 나라와 비교해 특이한 점은 없었나요?

걸리버: 당신도 보다시피 이곳 사람들은 보통 영국 사람들의 1/12 정도 크기예요. 그리고 그들이 사는 모든 곳이 같은 비율로 작죠. 가장 놀라운 점은 이곳 사람들이 고위직에 오르기 위해서는 줄타기를 잘 해야 한다는 것이었어요.

나: 괴상한 방식이긴 하지만, 우리 사회에서 권력을 얻는 방법보다는 야만적이지 않네요. 그 이후에 어떻게 지냈나요?

걸리버: 사실 릴리퍼트는 내부 분열이 심했어요. 자신들이 신는 구두 뒤축의 높낮이로 당파가 갈려 있었거든요. 그리고 이웃 섬나라인 블레푸스쿠 제국과도 전쟁 중이었고요.

나: 당신이 그 전쟁에서 결정적인 공을 세웠다고 들었는데요. 블레푸스쿠 제국의 거의 모든 함대를 릴리퍼트로 끌고 왔다면서요. 저기 건너편에 보이는 곳이 블레푸스쿠 제국인가요?

걸리버: 맞아요. 그 일을 통해 저는 릴리퍼트에서 최고 칭호를 받았어요. 그런데 내 높아진 인기와 명망은 해군제독을 화나게 했고 그의 모함으로 나는 그 나라를 탈출할 수밖에 없었죠. 물론 왕궁에 화재가 났을 때 소변으로 불을 끈 일이 추방의 표면적인 이유로 제시되긴 했지만요.

나: 블레푸스쿠 황제의 도움으로 탈출했다고 하던데요?

걸리버: 네. 나는 우연히 보트를 한 척 구했는데 블레푸스쿠 황제의 호의로 배를 수리하고 식량을 준비한 후 그곳을 탈출했어요. 그곳 황제도 내

게 호의를 베풀며 머물기를 간청했지만 나는 더이상 군주나 각료를 신뢰하지 않기로 결심을 했기에 미련 없이 떠났어요.

나: 영국으로 돌아와서는 어떻게 지냈나요?

걸리버: 블레푸스쿠에서 가지고 온 작은 가축을 사람들에게 구경시켜 돈을 좀 벌었어요. 가족들에게 집과 안정된 수입을 마련해 준 다음 '어드벤처' 호를 타고 다시 항해에 나섰죠.

나: 두 번째 항해에서 당신이 폭풍우에 시달린 후 도착한 브롭딩나그는 우리보다 12배 이상 큰 세계이니만큼 공중에서 살펴보는 것이 어떨까요?

걸리버: 그게 좋겠네요. 이곳에서 땅을 걷는 것은 무척 위험해요. 나도 이곳 사람들에게 밟히거나 쥐에게 해를 당할 뻔한 일이 종종 있었거든요.

나: 당신은 처음 한 농부에게 발견되었죠. 그리고 그 농부는 당신을 구경거리로 삼아 돈을 벌었고요. 당신이 릴리퍼트에서 가져간 가축으로 돈을 번 것 처럼요. 그리고 농부는 왕비에게 많은 돈을 받고 당신을 팔았습니다.

걸리버: 맞아요. 이곳이 왕궁인데 저도 제대로 된 모습을 보는 건 처음이네요. 왕궁은 둘레가 11킬로미터에 달하고 중요한 방들은 높이가 72미터가 넘지요.

나: 당신은 그곳에서 어떤 대접을 받았나요?

걸리버: 그곳 학자들은 나를 '대자연의 장난' 이라고 결론지었어요. 이렇게 왜소한 체격의 볼품없는 존재가 그들과 동일한 지적 능력과 양식을 갖고 있다고 노저히 믿을 수 없었던 거죠. 사실 그들의 말이 꼭 틀린 것은 아니에요. 왜냐하면 내가 왕에게 화약제조법을 알려주어 적들을 궤멸시키는데 활용하라고 권하자, 어떻게 그런 끔찍한 생각을 할 수 있느냐

며 노발대발했거든요.

나: 그들의 삶은 단순하지만 명쾌하고 상식적이었단 말인가요?

걸리버: 맞아요. 그들이 보기에 우리 영국인들은 이유 없는 적의로 상대방을 해치고 쓸데없이 복잡한 제도와 절차를 이용해 남의 것을 빼앗는 존재에 불과하죠. 그 나라 왕은 영국인에 대한 내 설명을 듣고 이렇게 답했어요. "네 조국에 사는 원주민들이란 대자연이 지상에 기어 다니도록 만든, 지겹고도 작은 벌레들로 구성된 가장 해로운 인종이라고 결론을 내리지 않을 수 없다."

나: 그렇군요. 당신은 이번에도 그곳에 계속 머무를 생각이 없었겠죠. 어떻게 그 나라에서 탈출할 셈이었나요?

걸리버: 여기가 내가 우연히 탈출한 거인국의 남쪽 해안인데요, 그 나라에서 생활한지 3년째 되던 해 왕은 이곳으로 여행을 떠나면서 나를 데리고 갔어요. 나를 위해 폭이 3.6m 정도 되는 상자를 만들었고 나는 그 안에서 생활했죠. 이 상자가 '탈출선'이 될 줄 그때는 꿈에도 몰랐어요.

나: 무슨 일이 있었는데요?

걸리버: 글쎄 거대한 독수리가 내가 쉬고 있던 상자를 물더니 하늘 높이 솟아오르는 거예요. 나는 소리를 질렀지만 이미 상자는 공중을 날고 있었어요. 그러다가 어느 순간 상자가 수직으로 하강하더니 바다에 떨어지더군요.

나: 망망대해에 떨어졌다면, 독수리에게 물려간 것만큼이나 막막했겠네요.

걸리버: 그렇죠. 그런데 마침 그곳을 지나던 배가 있어 구출되었어요. 그 배의 선장에게 거인족 이야기를 해 주었는데 믿지 않는 눈치였어요. 그래서 국왕의 수염으로 만든 빗과 왕관만한 여왕의 반지를 보여주었죠.

그제서야 선장은 내 이야기를 믿었어요.

나: 가족들은 무사하던가요?

걸리버: 가족들은 무사했지만 그들에게 가는 도중 내가 무사하지 못할 뻔 했어요. 왜냐하면 거인국에서 오래 생활했던 습속이 남아 내 자신의 왜소함은 망각한 채 영국 사람들의 보잘것없는 체구를 보고 비웃지 않을 수 없었거든요. 그들이 너무 작게 보였기에 그들을 밟아 죽일 수도 있겠다는 생각이 들었어요. 그래서 나도 모르게 길을 비키라고 고함을 내질렀죠. 하마터면 큰 봉변을 당할 뻔 했어요.

나: 그렇게 고생을 했으니 이제 더 이상 여행을 떠날 생각이 들지 않았겠네요.

걸리버: 웬걸요. 집에 돌아온 지 열흘 정도 지나 예전에 함께 일했던 윌리엄 로빈슨 선장이 나를 찾아왔고 결국 그들 따라 다시 항해에 나섰죠. 아내를 설득하는 일이 무척 힘들었지만 말이에요.

나: 당신도 정말 못 말리는 사람이군요.

걸리버: 조건이 너무 좋았거든요. 그리고 세상에 대한 호기심은 결코 늙지 않더라고요. 그런데 그 호기심이 지나쳤을까요. 이번 항해에서는 곧바로 봉변을 당했어요. 내가 탄 배가 해적의 습격을 받았고 나는 겨우 목숨만 건져 통나무배로 표류하게 되었죠. 그리고 이상한 섬에 상륙했습니다.

나: 이번에는 뭐가 이상했나요?

걸리버: 그 섬은 거의 바위투성이였고 동굴이 많았어요. 풀과 약초들은 지천으로 자라고 있었고요. 그런데 갑자기 하늘에서 거대한 물체가 내려

와 태양을 가리는 거예요. 그건 하늘을 떠다니는 도시였어요. 나는 소리를 질러 그곳으로 가고 싶다는 의사를 밝혔죠.

나: 하늘을 나는 성, 라퓨타 말인가요?

걸리버: 당신이 그걸 어떻게 알죠?

나: 당신 작품을 본 후대 사람들이 그 도시를 환상적인 그림과 영화의 소재로 삼았으니까요.

걸리버: 어쨌든 나는 그곳에 올라갔고, 앞선 경우와 마찬가지로 그곳 사람들의 호기심 덕분에 융숭한 대접을 받았어요. 우리도 같이 가보죠.

나: 저기 도리깨 비슷한 걸로 옆 사람을 때리는 이들은 누구죠?

걸리버: 그들은 하인이에요. 멍한 표정으로 걸어가는 사람들은 이 나라에서 높은 신분에 속해요. 그런데 그들은 너무나 사색에 몰두하기에 그들을 규칙적으로 일깨워 줄 필요가 있어요. 그렇지 않으면 그들은 밥 먹는 것도 잊어버리고 온갖 것에 부딪치며 생각에만 빠져 있거든요.

나: 저기 식사하는 사람들이 보이네요. 음식 모양이 특이하군요. 모든 음식이 입체 도형 모양이에요.

걸리버: 맞아요. 이곳 사람들은 수학과 음악에 천재적인 능력이 있고 또 뛰어난 업적을 이루었어요. 그래서 음식도 그런 모양을 하고 있죠. 하지만 그들은 일상생활에 필요한 모든 것에는 너무나도 서툴러요. 나는 이곳 생활이 지겨워져 지상으로 내려갔어요. 라퓨타의 지배를 받는 곳을 통칭해서 발니바르비라고 하는데 그곳 수도인 라가도를 구경했죠.

나: 이곳은 도시도 사람들도 엉망이네요.

걸리버: 나를 안내해 준 사람 말에 따르면 이게 모두 라퓨타 때문이라고 하더군요. 이곳에 사는 몇몇 사람들이 수십 년 전에 휴가를 즐기러 라퓨

타에 갔다가 수박 겉핥기식으로 수학을 배워와 이곳을 새로운 기술로 재건하기 시작했대요. 그런데 그들의 계획이 너무도 터무니없었기에 어떤 것도 이루어지지 않았던 거죠. 그래서 모든 도시 계획은 미완성인 채로 방치되었다고 했요.

나: 여기 아카데미는 바로 그런 사람들 중에서도 중증 환자들이 모여 있는 곳 같군요.

걸리버: 아카데미 교수들에게는 미안하지만, 그런 점을 부정할 수 없어요. 그들의 계획이라는 게 너무 황당하니까요. 이제 이 교수들보다 더 이상한 사람들을 보러 가죠.

나: 죽지 않고 영원히 사는 사람들 말이군요.

걸리버: 맞아요. 마법사들의 섬이라고 불리는 곳인데요. 이곳에서는 죽은 사람들을 불러낼 수 있어요. 나는 여기에서 내가 만나보고 싶었던 과거의 영웅들과 철학자들을 불러내 많은 대화를 나누었어요. 그리고 이곳 사람들 중에서도 아주 특이한 존재들인 스트룰드브루그도 만났어요.

나: 저기 이마에 검은 점이 있는 사람들이 그들인가요?

걸리버: 맞아요. 나는 처음에는 죽지 않는 그들이 축복받은 사람들이라고 생각했어요. 왜냐하면 내가 만약 영원히 살 수 있다면 온갖 지식과 지혜를 통해 개인적으로는 자기완성에 이르고 사회에도 큰 기여를 할 수 있다고 생각했기 때문이지요.

나: 그런데 당신의 그런 생각은 나이가 듦에 따라 육체와 정신이 쇠약해진다는 너무나도 당연한 대자연의 원리를 무시한 발상이잖아요.

걸리버: 그렇죠. 바로 그 점을 깨닫고 나니 영원히 죽지 않는 것은 더할 수 없는 형벌로 생각되더군요. 실제로 불멸하는 그들은 끊임없이 추해지

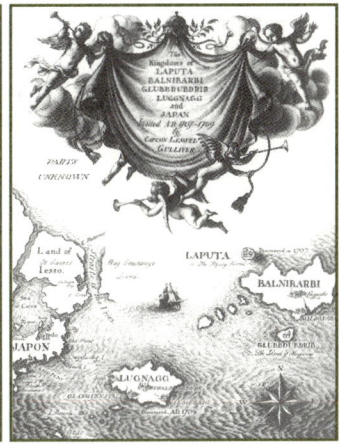

1726년 간행된 『걸리버 여행기』에 실린 삽화.

고 수많은 질병으로 고통받는다고 해요. 그들은 보통 사람들에게 존경을 받기는커녕 그들에게 구걸해 근근이 살아가요.

나: 일본을 거쳐 집으로 돌아왔다면서요? 일본 바로 옆이 내가 사는 곳인데요.

걸리버: 알아요. 내가 여행한 곳을 그린 삽화가 책에 실려 있는데, 일본과 한반도 사이의 바다가 'Sea of Corea' 라고 표기되어 있죠. 그래서 일본 옆나라가 '꼬레아' 인 줄 알았어요.

걸리버: 지금까지 십여 년이 넘는 세월동안 여행을 한 셈이에요. 그런데 나는 잠깐 쉰 후에 선장 신분으로 다시 항해에 나섰어요. 미리 말하지만 이번 여행이 내 방황의 끝이에요. 왜냐하면 이번 여행을 통해 나는 인간이 얼마나 구역질나는 존재인지 깨닫게 되었고, 그들이 사는 곳을 여행한다는 것은 참을 수 없는 일로 생각했기 때문이에요.

나: 당신도 인간이면서 그렇게 심하게 인간을 폄하할 수 있나요?

걸리버: 당신이 야후를 보지 못해서 그래요. 이제 야후와는 정반대로 세상에서 가장 우아한 존재가 사는 곳으로 가 봅시다. 혹 당신이 그들의 외양만을 보고 가축인 말[馬]로 생각해 결례를 범할 수 있기에 미리 말할게요. 그들은 '대자연의 완성' 입니다. '대자연의 장난' 에 불과한 우리가 그들을 경멸하거나 무시해서는 절대 안 된다는 사실을 잊지 마세요.

나: 저기 저 말들 말씀하시는 거예요?

걸리버: 단순한 말이 아니라고 했잖아요. 그들은 저 들판에서 지저분하게 고기를 뜯고 있는 야후의 주인이며 이 세상에서 가장 고귀한 종족입니다. 그들의 언어에는 부정적인 뜻의 단어가 없어요. 왜냐하면 그러한 상황을 설명할 필요가 없을 만큼 그들은 평화롭고 고상하게 살아가기 때문이죠.

나: 그럼 저 인간하고 비슷하게 생긴 동물은요?

걸리버: 그들이 바로 야후예요. 저것들만큼 구역질나고 끔찍한 존재는 없죠. 나누어 먹기에 충분한 음식을 줘도 싸우고, 아무런 실용성이 없는 빛나는 돌을 차지하기 위해 목숨을 걸고 으르렁대요. 그들은 도무지 교육을 통해 길들일 수 없고, 단순한 노동을 위한 훈련만 시킬 수 있어요.

나: 그럼 당신은 이곳에서 인간의 사악하고 추잡한 본성을 발견하고 인간 세상으로 돌아가길 단념한 건가요?

걸리버: 맞아요. 그런데 나는 그곳에서 쫓겨났어요. 왜냐하면 후이님의 총회에서 야후와 다를 바 없는 나를 더 이상 이곳에 머물게 할 수 없다는 의견이 있었대요. 그러나 그들은 마지막까지 호의를 베풀었어요. 내가 카누를 만들 수 있도록 도와주었던 거죠.

나: 후이님의 나라에서 추방당했다고 해도 어디 무인도 같은 곳에서 혼자 살 수 있었잖아요? 인간이 그렇게 끔찍했다면요.

걸리버: 나도 그러고 싶었어요. 그런데 포르투갈 선원들에게 거의 납치되다시피 해 영국으로 돌아왔어요. 그래서 어쩔 수 없이 집에 가게 되었고요. 집으로 돌아온 후 나는 다른 사람들과 결코 함께 식사를 하지 않았어요. 그들은 야후와 너무나도 똑같거든요. 그래서 나는 말을 두 필 사기르면서 여생을 보내고 있어요. 당신이 지금 보는 것처럼요.

나: 당신의 16년 7개월에 걸친 여행을 짧게나마 함께 할 수 있어 즐거웠어요. 잘 지내요, 걸리버.

첫 번째 질문

스위프트가 커지거나 작아지는 이유는?

팝아트의 대표작가로 알려진 클래스 올덴버그는 우리 현대인을 난장이로 만드는 걸리버와 같은 예술가입니다. 그는 14미터 높이의 〈빨래핀〉을 만들거나 30미터에 달하는 〈야구방망이〉를 미국 시카고의 중심가에 세워두기도 합니다. 그가 만든 〈수도 호스〉는 독일 한 도시의 잔디밭에 125미터 길이로 늘어져 있습니다. 또 〈스프링〉이라는 작품은 많은 논란을 일으키며 청계천 들머리에 거대한 다슬기 모양으로 서 있기도 합니다.

길을 가다 사람 키의 8배 가까운 빨래핀을 보거나 10층 건물 높이의 야구방망이를 본다면 여러분은 어떤 느낌이 들겠습니까? 그 물건들은 사실 일상생활에서 낯익은 것들입니다. 그러나 그것의 크기 때문에 우리

〈수도 호스〉, 클래스 올덴버그. 독일 프라이부르크에 설치된 작품.

는 생소함을 느낍니다. 그러면서 우리는 거인국에 온 듯한 즐거운 착각에 빠질 수도 있습니다. 이러한 착각은 곧 당연하게 여겼던 현실을 새롭게 바라보게 합니다. 익숙함이 낯섦으로 바뀌는 그 지점에 비판적 의식과 성찰의 계기는 존재하기 마련입니다.

『걸리버 여행기』의 저자 스위프트는 주인공 걸리버의 목소리를 통해 자신이 여행한 낯선 곳을 자세히 묘사하는 이유를 다음과 같이 밝히고 있습니다.

> 비굴하고 천박한 사람들에게는 이러한 일들이 아무리 무의미하게 보일지라도, 철학자에게는 분명히 그의 사상과 상상력을 확대시키고, 그들은 그 사상과 상상력을 개인 생활뿐만 아니라 공공이익을 위해서도 적용시킬 것이다. 이것은 내가 이 여행기와 다른 여행기들을 세상에 공개하는 유일한 목적이다.

걸리버가 1,724명 분의 음식을 먹는 거인이 되는 소인국이나 유럽의 우박보다 1,800배나 큰 우박을 피해 달아나는 난장이가 되는 거인국으로 은유된 인간의 삶은, 그 생소함 때문에 우리들이 얼마나 일상에 매몰되어 기계적으로 살아가고 있는지 깨닫게 해 줍니다.

상상력은 없는 것을 생각해내는 것이 아니라 있는 것을 새롭게 보는 것입니다. 『걸리버 여행기』는 이러한 사실을 동화적 상상력을 통해 전달하고 있습니다. 릴리퍼트에서 걸리버는 '산더미같이 거대한 사람'의 시선으로 그 나라 사람들이 생사를 걸고 싸우는 일의 무용함을 말하는가 하면, 브롭딩나그에서는 생쥐만큼 작은 존재가 되어 화려하고 웅장한 것의 추악한 이면을 들추기도 합니다. 『걸리버 여행기』의 풍자 방식은 환상적이고 낯섭니다. 그러나 그것이 풍자하려는 것은 너무나도 익숙한 바로 우리네 삶입니다.

풍자는 개그나 코미디와는 다릅니다. 후자가 사적이고 정서적 차원의 문제라면 전자는 공적이고 이성적입니다. 물론 개그나 코미디가 풍자보다 저급한 표현양식이라는 말은 아닙니다. 다만 풍자는 대상을 비꼬면서도 그 대상의 개선을 포기하지 않는다는 점에도 차이가 있다는 것입니다. 이런 점에서 풍자는 또한 냉소와도 다릅니다. 냉소는 자신이 속한 사회체제나 이념을 온전히 부정하는 것입니다. 그것은 분명 극단적인 사회 비판적 태도일 수 있습니다. 그러나 대상에 대한 비판은 그 자체로 자기충족적일 수 없습니다. 비판은 상황을 변화시키려는 강력한 열정이 뒷받침될 때 그 본래의 기능을 다할 수 있습니다. 따라서 풍자는 작가가 속한 현실을 대상으로 하는 동시에 존재하지 않는 세계를 상정하기 마련입니다. 이것이 세계를 긍정하지 않는 냉소가 풍자와 다른 점입니다.

스위프트는 무엇을 풍자하려고 했는가?

풍자는 비판 대상을 당대에서 찾기에 작품이 발표된 때의 독자들은 이를 분명히 알 수 있습니다. 즉 『걸리버 여행기』가 발표된 1726년 당시의 영국인들과 아일랜드인들은 스위프트가 이 책에서 비판하고자 하는 대상을 쉽게 떠올릴 수 있었을 것이라는 말입니다. 그러나 『걸리버 여행기』가 출간된 곳의 지구 반대편에서 대략 300년 후에 이 글을 읽는 우리들은 스위프트가 풍자하려는 내용을 구체적으로 이해하기 어렵습니다. 따라서 스위프트가 살았던 시대와 그가 처해 있던 상황을 이해하는 것이 작품 이해의 첫걸음이 될 수 있습니다.

『걸리버 여행기』가 대표적인 영문학 작품으로 꼽히기에 우리는 흔히 작가 스위프트가 영국에서 태어났다고 짐작합니다. 그러나 그가 태어난 곳은 아일랜드이고 생애의 대부분을 그곳에서 보냈으며 죽음도 역시 그곳에서 맞았습니다. 그렇다고 스위프트가 아일랜드인이었던 것은 아닙니다. 스위프트가 태어날 당시 아일랜드는 영국의 식민지였는데 그의 부모는 스위프트가 태어난 그 해에 아일랜드로 이주했던 것입니다. 스위프트는 부모 대신 숙부의 도움으로 아일랜드 수도 더블린에서 대학을 졸업했고 이후 영국으로 건너가 윌리엄 템플이라는 정치인의 비서와 작가로서 활동하게 됩니다.

스위프트는 런던에서 작가로서의 명성을 조금씩 쌓아가지만 정직 자신이 원했던 성직자로서의 길은 평탄하게 밟지 못했습니다. 이 과정에서 그가 경험한 부패한 영국의 정치상황은 이후 『걸리버 여행기』에서 통렬하게 풍자됩니다. 당시 영국 정계는 토리당과 휘그당 양당 체제로 양분되었는데, 스위프트는 집권당인 토리당의 대변인 노릇을 오랫동안 합니다. 그러다 1714년 앤 여왕이 죽고 휘그당 정부가 들어서자 스위프트는 아일랜드로 돌아와 사제직에만 몰두하고, 그 후 두 번의 짧은 영국 여행을 제외하고는 죽을 때까지 아일랜드에서 생활합니다.

스위프트는 성공회를 믿는 영국인으로서, 그 자신이 더블린 성 패트릭 성당의 수석 사제로 봉직하면서 한편으론 영국의 이익을 대변하고, 다른 한편으로는 식민지 아일랜드의 자유를 위해 글을 썼습니다. 그는 영국 정부가 성직자의 정치적 입장 표명을 금지했음에도 불구하고 정치적인 글을, 그것도 식민 모국 영국의 이익에 정면으로 반하는 글을 지속적으로 발표했습니다. 따라서 그의 삶은 종교인으로서의 공적 입장과 작가로서의 사적 입장이 모순될 수밖에 없었습니다. 스위프트에게 이러한 모순을 해결하는 문학적 해결책이 바로 풍자였고 『걸리버 여행기』는 그 원숙한 성과물이었던 것입니다.

『걸리버 여행기』에서 걸리버가 처음 여행한 곳은 소인국입니다. 소인국에서는 걸리버와 비교해 난장이인 릴리퍼트 사람들이 풍자의 대상이 됩니다. 이는 거인국에서 상대적으로 왜소한 걸리버 자신이 풍자의 대상이 되는 것과 대비됩니다. 소인국의 물리적 왜소함이 영국인의 정신적 발육 부진을 상징한다면, 거인국에서의 걸리버의 궁색한 처지는 인간 오만의 터무니없음을 조소한다고 할 수 있습니다. 구체적인 역사적 맥락을 대입시키면 소인국은 작가 스위프트가 반대하는 휘그당이 지배하는 스위프트 당대의 영국이고, 소인국과 전쟁을 하는 이웃 나라 블레푸스쿠는 영국과 오랜 전쟁 끝에 1731년 유트레히트 조약으로 평화적 관계를 유이성의 지배를 받으면서 생활하는 후이님들은, 내가 다리나 팔이 하나가 없는 사람이 아니라는 사실에 대해 오만한 마음을 품지 않는 것과 마찬가지로, 자기들이 지닌 훌륭한 덕성에 대해 오만한 마음을 품지 않는다. 다리나 팔이 하나라도 없다면 누구든지 비참해지겠지만, 사지가 멀쩡하다는 사실을 자랑하고 돌아다닌다면 제정신이 아닐 것이다. 내가 오만이라는 이 문제에 관해서 더욱더 곰곰 생각해보는 이유는 야후들이 사는 영국 사회가 더 이상 퇴보하는 것을 무슨 수를 써서라도 막아야만 한다고 생각하기 때문이다.

지하고 있던 프랑스입니다. 그리고 거인국은 스위프트가 지지하는 토리당이 집권한 미래의 영국을, 그 나라의 왕은 그가 젊은 시절 비서로서 모신 템플 경을 각각 모델로 삼았다고 할 수 있습니다.

소인국이 영국을 가리키는 것임을 『걸리버 여행기』 곳곳에서 확인할 수 있는데 나라와 왕에 대한 지칭을 통해서도 이러한 사실이 드러납니다. 걸리버는 소인국을 작은 크기에도 불구하고 '제국'이라고 하고 그 나라의 지배자를 '황제'라고 부릅니다. 이는 당시 영국인들이 자신의 나라는 제국이라고 부르면서 다른 유럽 국가의 지배자는 '왕'이라고 지칭했던 사실과 연관이 있습니다. 그렇다고 소인국에 대한 묘사 전체가 영국 사회에 대한 비판 자체는 아닙니다. 특히 소인국에서의 교육제도와 노약자에 대한 부양 제도 등은 당시 영국에서 실시되지 않고 있던 것으로, 스위프트가 간략하게 제시한 복지 정책 정도로 이해할 수 있습니다.

걸리버의 거인국 여행기는 소인국 여행기와 동일한 맥락에 있습니다. 소인국 여행기는 인간이 자랑하는 문명과 제도라는 것도, 거인이 된 걸리버가 보기에 소인국 황제가 초라하고 우스꽝스러운 것처럼, 별 것이 아니라는 이야기를 하고 있습니다. 또한 그곳에서의 정치적 분쟁과 이웃 나라와도 전쟁 원인은 사소하기 이를 데 없습니다. 그런데 거인국에서는 걸리버와 그가 속해 있던 유럽 문명이 초라해집니다. 걸리버보다 12배나 큰 거인국의 황제에게 걸리버가 자랑하는 유럽 문명이란 가소롭기 그지없는 것입니다.

거인국이 소인국으로 상징된 현재의 영국이 극복된 사회라는 사실은 그곳이 소인국과는 달리 농업국이라는 설정에서 암시됩니다. 이는 당시 해상무역을 통해 활발히 경제활동을 하고 또 한편으로 식민지를 개척하고 있던 영국과는 다른 국가 형태입니다. 스위프트가 생각했던 유토피아는 농업을 기반으로 한 소박한 공동체였음을 이를 통해 추측해 볼 수 있습니다. 이곳에서 인간에 대한 풍자는 인간 문명에 대한 거인국 왕의 태도를 통해 드러납니다. 걸리버가 보기에 엄청난 힘과 위력을 가진 이 나라 사람들은 걸리버가 설명하는 화약에 대해서는 기겁을 합니다. 그러면서 걸리버를, 아니 바로 우리 자신을 '기어 다니는 벌레', '대자연의 장난'이라고 힐난합니다. 인간의 이기심과 어리석음으로 벌어진 유럽 대륙의 끊임없는 전쟁 또한 거인국 사람들에게는 도무지 이해할 수 없는 일로 여겨집니다.

스위프트의 풍자는 자신이 태어나고 죽었던 아일랜드를 식민지로 착취하고 억압했던 영국으로 다시 향합니다. 라퓨타는 지상에 광대한 식민지를 거느리고 있습니다. 걸리버는 이곳을 '거의 바위투성이였고, 동굴이 많았으며, 군데군데 풀과 향기로운 약초들이 무리 지어 솟아 있었다.'고 묘사합니다. 이는 척박한 아일랜드를 자연스럽게 연상시킵니다. 라퓨타 왕은 지상의 식민지에 반란이 일어날 경우 라퓨타로 태양을 가려 그들을 굴복하게 합니다. 그리고 최후의 수단으로는 라퓨타섬을 반란지역에 내려앉게 함으로써 식민지인을 말살시킬 수도 있습니다. 그러나 그렇게 되면 식민지로부터 식량과 자원을 약탈할 수 없기에 실제로 이런 방법을 사용하지는 않습니다. 이러한 설명은 당시 영국이 아일랜드를 어떻게 착취하고 있었는지를 탁월하게 비유하고 있습니다.

라퓨타에 사는 귀족과 왕은 지나칠 정도로 사색에 잠겨 있습니다. 그래서 하인들이 옆에서 방광을 부풀린 도구로 때려주지 않으면 길도 제대로 가지 못합니다. 현실적인 변화와 개혁은 모른 체하고 탁상공론만 일

삼는 정치가들을 비판한 대목이라 할 수 있습니다. 또한 수학과 음악에만 정통한 그곳 사람들을 스위프트는 비아냥거리고 있는데, 이는 뉴턴을 비롯한 과학자들에 대한 비판이었다고 합니다. 뉴턴의 과학적 업적에 열광하는 우리에겐 다소 불편한 일이지만, 당시 수학자로 유명했던 뉴턴은 지구가 태양에 낙하한다는 등의 견해를 발표했는데, 스위프트는 그를 공상에만 몰두하는 과학자의 전형으로 생각했던 것입니다. 그런데 라퓨타의 이러한 실상은 식민지인 발니바르비의 상황과 연동됩니다. 라퓨타에서 어설프게 수학을 배운 발니바르비의 정책 입안자들 때문에 그곳은 폐허로 변하고 맙니다. 아카데미에 속한 과학자들은 비현실적인 계획만을 기획하기 일쑤입니다. 그런 가운데 대다수 백성들의 삶은 피폐해집니다. 라퓨타 여행기를 통해 걸리버는 '사색'이라는 허울과 '근본적 해결방안'이라는 허구로 포장된 식민 지배자들의 무능을 통렬히 비판하고 있습니다.

세 번째 여행에서 또한 주목되는 것은 걸리버가 마법사들의 섬에 가서 만난 영원히 죽지 않는 사람들에 대한 이야기입니다. 불멸하는 존재에 대해 듣게 된 걸리버는 그들에게 호감을 가집니다. 그리고 자신이 죽지 않게 된다면 개인적으로도 사회적으로도 의미있는 일을 할 수 있을 것이라고 생각합니다. 그래서 그는 영원히 살 수 있다면, 오랜 시간동안 축적한 지식과 지혜를 통해 인류 문명에 기여할 것이라고 포부를 밝힙니다. 그러나 이러한 걸리버의 구상은 젊음과 건강, 체력은 영속한다는 잘못된 전제를 깔고 있습니다. '문제가 되는 것은 번영과 건강이 따르는 영원한 젊음을 선택할 것인지의 여부가 아니라, 노년기에 흔히 수반되는 모든 불이익을 감당하면서 어떻게 영원히 살 것인가 하는 것'입니다. 영원히 죽지 않으면서 육체적으로 쇠약해지고, 독선과 허영심만을 키우는 이들의 모습이 인간 욕망의 어리석음의 극단을 상징하는 것이라면, 다음 장에 등장하는 야후는 탐욕이라는 인간의 보편적 저급성을 형상화한 것이라고 할 수 있습니다.

마지막 여행지에서 스위프트는 일종의 유토피아를 제시합니다. 걸리버는 이곳에서 인간 세상에서는 가축인 말[馬]과 인간의 전복된 관계를 제시함으로써 인간의 사악한 본성을 비판하는 동시에 그가 생각하는 이상적 존재의 구체적 상을 제시합니다. 인간세상에서는 부림을 받는 말이 이곳에서는 '후이님'으로 불리는 고귀한 존재이고, 인간은 '야후'로서 지극히 비열하고 보잘것없는 존재입니다. 이 역전된 관계를 통해 글쓴이는 독자들에게 인간 본성에 대한 성찰을 촉구합니다. '야후'를 관찰하고 난 후 걸리버는 '야후'의 특징이 인간과 너무나도 비슷하다는 사실을 인정하게 되는데, 이는 만물의 영장이라고 자부하는 인간의 오만에 대한 더할 수 없는 조소라 하겠습니다.

조금 다른 시각으로 보면 '야후'는 아일랜드를 부당하게 지배-착취하는 영국인을, 후이님은 그들의 지배를 받고 있던 아일랜드 민중을 의미한다고 과감하게 해석할 수도 있습니다. 인간 세상에서 말이 받는 대접에 대한 설명, 즉 말이 인간의 필요에 맞게 훈련받고, 성질이 고약한 말은 짐마차를 끌게 되고, 장난을 치면 혹독하게 얻어맞고, 숫말을 유순하게 하기 위해 생후 약 2년에 거세를 한다는 내용은 곧바로 아일랜드 민중에 대한 영국인의 억압과 폭력을 연상시키기 때문입니다. 피억압자가 고귀한 존재가 되고 억압자가 역겨운 존재가 되는 이러한 가치의 전복이야말로 유토피아적 상상력 그 자체라고 할 수 있습니다. 그러나 스위프트가 이상적인 존재로 형상화한 후이님의 나라는, 엄격한 신분제 사회였습니다. 그 나라에서는 자기 신분을 벗어나는 행동은 자연의 질서를 파괴하는 행동으로 간주됩니다. 스위프트가 분명 당시 사람들의 평균적 지성보다 더 비판적인 시선으로 억압받고 고통받는 민중을 옹호하긴 했지만 자신의 시대로부터 완전히 자유롭지는 못했음을 또한 확인할 수 있습니다.

세 번째 질문

스위프트에게 인간은 어떤 존재인가?

인간에 대한 스위프트의 풍자의 날은 오래 벼린만큼 날카롭기 그지 없습니다. 그가 어린시절에 겪었던 식민지의 처참한 실상, 영국 정치에 관여하면서 경험했던 온갖 추악한 행태, 성직자로서 자신의 신앙에 거스르는 모국 영국의 부당한 요구 등은 그 칼을 갈 좋은 숫돌이 되었을 것입니다. 그는 인간 본성에서부터 시작하여 인간이 이룩한 문명, 그 문명의 구체적 실현체인 국가, 국가를 운영하는 기본적인 체계인 법률, 인간의 삶을 실질적으로 개선하지 못하는 각종 학문, 예술, 교육 등에 대해 끊임없이 비판합니다. 후이님의 나라에서 집으로 돌아온 후 아내의 키스를 받고 혐오감 때문에 한 시간 동안 기절하는 장면에서는 스위프트의 비판과 조소의 한 끝을 보는 듯합니다.

　그런데 『걸리버 여행기』의 각 여행기에는 인간에 대한 작가의 혐오만이 가득 차 있을까요? 그렇지는 않습니다. 소인국의 몇 가지 제도에 걸리버는 호감을 갖습니다. 소인국의 왜소함이 극복된 공간으로 상정된 거인국에 사는 사람들은 인간이 오랫동안 유지해 왔던 소박하고 정직한 농경사회의 모습을 유지하고 있습니다. 라퓨타의 식민지에 사는 한 관리는 어리석은 계획에 동참하지 않고 예전부터 내려오던 삶의 지혜를 유지한 덕택에 다른 사람들과는 달리 평온한 삶을 살기도 합니다. 말의 모습을 하고 있는 후이넘들의 생활방식은 경쟁하기보다는 생존을 위해 상호부조했던 원시 부족들을 생각나게 합니다. 인간의 본성은 흔히 말해지는 것처럼 경쟁과 탐욕과 거리가 멉니다. 인류가 지구에 출현한 이후 거의 95%의 기간을 자연에 의존하며 인간들끼리는 서로 돕고 살았던 것입니다. 거인국과 후이넘의 나라는 바로 그러한 삶의 형태를 신화 속 잃어버린 낙원처럼 보여줍니다.

소설의 마지막에 사족처럼 붙인 〈걸리버 선장이 조카 심슨에게 보낸 편지〉에서 걸리버는 자신이 인간을 개량하겠다는 애초의 계획이 얼토당토 않은 것이며 이런 계획들을 영영 포기하겠다고 짐짓 너스레를 떱니다. 인간에 대한 혐오가 이 정도면 걸리버 자신이 인간이라는 사실을 망각했거나, 혹은 자신이 인간이라는 사실을 최악의 운명으로 인정해야 할 듯합니다. 그런데 이것이 스위프트의 진심일까요? 걸리버의 입을 빌린 이 말은, 그것도 작품의 마지막에 별도의 글로 작성된 이 성토는 오히려 인간에 대한 연민과 포기할 수 없는 애정을 보여준 것이라고 할 수 있습니다. 스위프트가 『걸리버 여행기』라는 방대한 풍자소설을 집필하고 출판했다는 사실이 이를 증명합니다. 앞에서도 언급했듯 진성한 의미의 비판은 대상에 대한 긍정을 전제하는 것입니다. 풍자는 비판하려는 대상이 현재의 상황을 극복하고 나아지리라는 전망을 포기하지 않는 법입니다.

누구나 한 번쯤은 『걸리버 여행기』를 읽어보았을 것이다. 그러나 대부분은 이 작품을 재미있는 동화쯤으로 여겼을 것이다. 물론 나도 고등학교 입학 전까지는 그랬다. 때문에 처음으로 『걸리버 여행기』를 처음부터 끝까지 읽고 그 의미들을 배웠을 땐 놀라지 않을 수 없었다. 작가인 조나단 스위프트는 자신의 반대파가 정권을 잡게 된 당시의 영국 사회가 마음에 들지 않았다. 그래서 사회를 풍자하는 소설을 썼고 그것이 바로 『걸리버 여행기』였다. 그러나 그런 그의 소설은 곧 금서(禁書)가 되었다. 금서로 지정될 정도로 그는 사회를 풍자했던 것이다. 한 가지 흥미로운 것은 스위프트는 영국인이었으나 성장하고 살았던 곳은 영국의 식민지였던 아일랜드였다는 점이다. 게다가 그는 성직자인 동시에 작가였다. 평소에 그의 여러 입장들은 서로 모순되게 나타났기 때문에 그는 함부로 입장표명을 할 수 없었다. 그는 이 문제를 해결하기 위한 방법으로 소설을 택했다.

소인국 이야기의 릴리퍼트는 영국을 나타낸다고 할 수 있다. 관직을 뽑는 기준이나 당파싸움과 전쟁 원인, 걸리버를 실명시키고 추방하려는 음모 등이 모두 영국사회를 풍자하고 있는 내용이다. 여기서 가장 인상 깊었던 풍자는 걸리버가 궁전에 난 불을 오줌으로 끄는 장면이었다. 이 일이 원인이 돼 릴리퍼트의 왕비가 걸리버를 미워하게 되는데, 이것은 마치 실제의 스위프트와 영국의 여왕 사이의 관계 같아 보였다. 걸리버는 왕비의 목숨을 구하기 위한 방책으로 소변을 보았지만 오히려 왕비는 걸리버에게 악의를 품었다. 아마도 스위프트는 자신이 영국을 위해 했던 일에 대한 영국 여왕의 태도를 풍자하고 싶었던 듯하다.

거인국에서는 반대로 걸리버가 거인들에게 비웃음을 산다. 걸리버가 자랑하는 영국의 문명이 거인들에겐 하찮은 것이었으며 거인들의 생각으로는 남을 무너뜨리고 지배하려는 것은 이기적이고 어리석은 짓이었다. 심지어는 거인들이 걸리버를 보고 '기어 다니는 벌레'라 하지 않았던가. 그러나 이것은 영국만을 비판한 것이 아니다. 전쟁으로 식민지를 늘리려 했던 그 시대의 제국주의와 그 사상을 옹호했던 인류 전체에 대한 비판이자 풍자였던 것이다. 그렇게 거인국에서 살다온 걸리버는 결국 고국으로 돌아와 적응하지 못하고 만나는 사람들을 우습게 여긴다. 인간 문명에 대한 비웃음인 것이다.

하늘을 나는 섬 이야기는 걸리버의 여행기 중 가장 재미있게 읽었던 부분이다. 이 부분에서 가장 먼저 떠오르는 장면은 귀족과 왕이 지나칠 정도로 사색에 잠겨있는 모습이었다. 이것은 따로 설명이 없어도, 대중과의 소통을 거부한 채 자신들의 이익에만 초점을 맞추려는 지도층의 모습을 떠올리게 했다. 그들이 너무나도 깊이 사색에 잠겨있는 탓에 하인들은 그들의 머리를 두드려 사색에서 깨워주어야 했다. 그렇게 하지 않으면 그들은 평범한 일상생활조차 할 수 없었던 것이다. 게다가 아카데미의 과학자들은 현실엔 전혀 쓸모없는 것만을 연구한다. 백성들의 삶엔 무관심한 비계획적이고 비현실적인 당대의 과학자들을 풍자하는 내용이다.

걸리버 여행기 중 인간에 대한 혐오와 비판이 짙게 나타난 부분인 말들의 나라에선, 말과 인간의 위치가 뒤바뀐 채로 나타난다. 현실에서 인간이 말을 훈련시키고 길들이는 것처럼 '후이님'이라 불리는 말들은 인간과 그 형태가 매우 유사한 '야후'를 키운다. 그런데 이 야후라는 종족은 인간의 악한 본성만이 나타난 존재이다. 그들은 매우 탐욕스럽고 이기적이고 무식하다 못해 서로를 미워하기까지 한다. 이런 야후들의 모습과 대조되게 후이님은 이성적이고 배려심이 깊은 존재로 그려진다.

걸리버 여행기는 작가의 풍부한 상상력 덕에 부담 없이 그저 재미있는 이야기로 읽을 수도 있다. 그러나 작가는 순전히 우리의 재미를 위해서만 이 글을 쓰지 않았다. 그가 하고 싶었던 말들이 이 글에 고스란히 담겨있다. 그렇기 때문에 우리는 그의 글을 읽을 때 그의 의도를 떠올려가며 읽어야 한다. 그것이 바로 작가에 대한 예의이자, 우리가 책을 읽는 최종 목표이기 때문이다.

떠돌이 개처럼 행색이 초라하다 해 '견유학파'라는 이름이 붙은 철학자들 중 대표적인 이가 디오게네스입니다. 세상의 모든 가치를 부정하고 버리려고 했던 그와, 끊임없이 뭔가를 얻으려고 했던 정복자 알렉산더 사이에 재미있는 일화가 있습니다. 어느 날 알렉산더 대왕이 이 유명짜한 철학자를 찾아와 원하는 것은 무엇이든 주겠노라고 합니다. 그러자 사막 나무통에서 잠을 자다 깬 디오게네스가 이렇게 답합니다. "대왕이여, 옆으로 좀 비켜주세요. 내가 해바라기를 하고 있었거든요."

견유학파(犬儒學派)를 영어로는 시니시즘(cynicism)이라고 합니다. 냉소적이란 뜻의 '시니컬'이 여기에서 나옵니다. 냉소도 이 정도면 어떤 미학을 갖고 있기는 한 것 같습니다. 그러나 일반적으로 냉소는 무책임한 투정에 불과할 때가 많습니다. 풍자가 냉소가 되어서는 안되는 이유입니다.

껍질을 연하게 해 줄 책들

작가의 날카로우면서도 포복절도할 풍자를 조금 더 즐기고 싶다면 그의 소설 세 편을 모은 『책들의 전쟁』(조나단 스위프트)을 추천합니다. 그리고 작가와 작품에 대한 이해를 더 구하고 싶다면 『걸리버, 세상을 비웃다』(박홍규)를 권합니다. 풍자와는 다른 방식으로 현실에 대한 비판과 미래적 지향을 보여준 『유토피아』(토머스 모어)도 이 작품과 좋은 대비를 이룰 것입니다.

신과의 동행에서
인간과의 동거로

호메로스, 『오뒷세이아』

> 고향을 감미롭게 생각하는 사람은 아직 허약한 미숙아다.
> 모든 곳을 고향이라고 느끼는 사람은 상당한 힘을 갖춘 사람이다.
> 그러나 전세계를 낯설게 느끼는 사람이야말로 완벽한 인간이다.
> – 고미숙

흔히 서양 문학의 원류로 이야기되는 호메로스의 두 영웅서사시 『일리아스』와 『오뒷세이아』는 늘 학생들의 추천도서목록 첫 자리를 차지하지만, 정작 학생들은 거의 읽어보지 않는 대표적인 작품일 것입니다. 특히 『오뒷세이아』는 그 제목이 일반명사화 되면서 다른 많은 작품의 제목으로 쓰이고 일상에서도 차용되며, 그 작품에 나오는 신이나 영웅의 이야기를 단편적으로 알고 있기도 해 우리들이 상당히 친숙하게 느끼고 있음에도 말입니다.

　『오뒷세이아』를 비롯한 그리스의 영웅서사시가 우리에게 낯선 것은 어쩌면 당연한 일일지도 모릅니다. 이 작품들은 대체로 기원전 750~700년 사이에 작성된 것으로 추측되는데, 이 시기는 서양에서 어떤 문학작품도 아직 탄생하지 않았을 때입니다. 그리고 작품의 배경이 되는 때는 작가인 호메로스가 두 작품을 창작한 혹은 편집한 시기보다 500년 전입니다. 그러니까 지금으로부터 대략 3,200년 전 시기가 이 작품의 시대적 배경인 것입니다. 그리고 최신의 지리정보를 갖추고 있는 우리들이 보기에도, 아시아의 동쪽 끝에 있는 우리와 유럽의 서쪽 끝에 있는 『오뒷세이아』의 공간적 배경은 얼마나 멀기만 합니까.

또한 그리스의 영웅서사시는 그 명칭에서 알 수 있듯이 평범한 사람들의 이야기가 아닙니다. 저승도 갔다 올 수 있는 영웅이나 그들을 비호하거나 방해하는 신들의 이야기인 것입니다. 많은 고고학자들의 노력으로 이 두 작품이 신화적 허구가 아니라 실재 존재했던 미케네 문명 시기의 역사적 사건을 문학적으로 형상화했다는 연구 결과가 있기는 합니다. 이 '주장'을 위해 수많은 고고학자들은 땅을 팠고 역사학자들은 문헌을 뒤졌으며 문학연구자들은 상상력을 발휘했을 것입니다. 그러나 그럴 열정도 여유도 능력도 없는 우리에게 호메로스의 작품은 여전히 낯설게 느껴집니다. 다만 선설과 민담은 흔히 역사를 단순화하고 낭만화 시키는 경향이 있으므로, 전승된 이야기를 바탕으로 한 『오뒷세이아』의 역사적 엄밀성을 따지는 것은 작품 이해의 본질에서 벗어난다는 원칙론으로 우리의 상황을 변호할 수밖에 없을 듯합니다.

사실 『오뒷세이아』를 읽는 것이 일종의 '오뒷세이'입니다. 그런데 그 여행은 낯설긴 하지만 대단히 흥미롭습니다. 이 작품은 오뒷세우스가 트로이아 전쟁이 끝난 후 10여 년간 신의 세계, 원시적 공간, 그리고 인간의 문명 세계를 모험한 이야기와 귀향 후 복수한 이야기를 두 축으로 합니다. 내 고행담이 아닌 이상에야 다른 사람들의 고통을 훔쳐보며 즐거

〈안개낀 항구의 전경(율리시스의 출항)〉, 클로드 로랭, 1646년.

워하는 인간의 묘한 심리와 구경 중에 싸움 구경이 가장 재미있다는 옛
말을 통해 추측해보자면 이 작품은 분명 흥미로운 이야기일 것 같습니다.

　『오뒷세이아』에는 또한 우리가 이 작품을 읽지 않고도 알고 있는 흥미
로운 이야기가 많습니다. 10년간의 전쟁을 그리스의 승리로 종결짓게
한 '트로이 목마'는 외부에서 들어온 원인에 의해 내부가 무너지는 것을
가리키는 용어로 사용되고 있으며, 컴퓨터 사용자의 정보를 빼가는 악성
프로그램 이름으로 쓰이기도 합니다. 소포클레스의 비극작품으로 널리
알려졌으며 정신분석학의 창시자 프로이드에 의해, 인간의 무의식적이
고 근본적인 성적 충동을 일컫는 용어로도 활용된 오이디푸스 이야기의
초기 형태도 이 작품에 등장합니다. 카뮈는 『시지프 신화』에서 시지프의
부조리함이 현대인들의 삶에도 그대로 나타난다고 설명하면서 '부조리'

의 실례로서 시지프를 언급하고 있는데, 그 시지프(시쉬포스)가 『오뒷세이아』에서도 바위를 굴리고 있습니다. 경보(警報)를 뜻하는 영어의 '사이렌(siren)'이 고향으로 돌아가는 오뒷세우스를 유혹하는 세이렌에서 유래했다는 사실은 널리 알려져 있습니다.

마지막으로 지적해 두고 싶은 것은 '영웅서사시'의 내용이 결코 영웅적이지만은 않다는 사실입니다. 고대 그리스의 영웅서사시는 크게 트로이아 서사시권과 테바이 서사시권으로 양분됩니다. 트로이아 서사시권은 총 8편으로 구성되는데 두 번째가 『일리아스』이고 일곱 번째가 『오뒷세이아』입니다. 이 두 이야기를 잇는 네 번째와 다섯 번째 이야기의 핵심은 아킬레우스가 죽은 후 그의 무구(武具)를 놓고 오뒷세우스와 아이아스가 싸운 이야기라고 하니, 영웅서사시의 내용으로는 쩨쩨하기 그지없습니다.

또 이 작품들에 등장하는 신들의 행태와 생각은 상당히 비윤리적이고 무원칙적이기도 합니다. 그러나 이 작품에 등장하는 신들이 윤리적이지 않다는 점에 당혹해할 필요는 없습니다. 왜냐하면 『오뒷세우스』는 당대 남성 지배자들의 문학이었기 때문입니다. 당시 이 작품을 향유했을 귀족들을 만족시키기 위해서는 어떠한 제약도 받지 않는 존재를 작품 속에 등장시킬 필요가 있었습니다. '고객'인 귀족들이 자신과 동일시할 수 있는 등장인물은 어떤 도덕과 윤리에도 저어하지 않고 자유롭게 행동하는 신들이었습니다. 남성 귀족들의 기득권이 서서히 무너지기 시작하던 때에 창작된 『오뒷세우스』에는 따라서 더 이상화된 신과 영웅을 등장시킬 수밖에 없습니다. 현실의 궁색을 문학으로나마 위로받으려는 것이 인간들의 오랜 어리석음이자 안쓰러움이기 때문입니다.

『오뒷세이아』에는 주인공 오뒷세우스를 돕는 멘토르(Mentor)라는 인물이 있습니다. 오뒷세우스를 시종일관 편드는 아테네 여신도 그래서 그의 모습으로 변신해 자주 등장합니다. 최근 우리 일상생활에서도 자주 사용하고 있는, 신뢰할 수 있는 조언자를 의미하는 '멘토(mantor)'가 바로 이 사람 이름에서 유래했습니다. 이 글이 『오뒷세이아』를 읽는데 부족하나마 여러분의 '멘토르'가 되었으면 합니다.

오뒷세우스의 오뒷세이 동행

나: 트로이아 전쟁이 끝나고 고향인 이타케로 돌아오기까지 10여년이 걸린 오뒷세우스의 여행에 몇몇 인물들과 함께 동행해 보기로 합시다. 먼저 아버지를 애타게 기다리고 있는 오뒷세우스의 아들 텔레마코스를 만나볼까요. 텔레마코스, 왜 당신 아버지는 돌아오지 못하고 있나요?

텔레마코스: 저도 그 이유를 모르겠어요. 그런데 멘테스라는 분이 아버지의 행방을 찾기 위해 배를 준비하라고 조언했어요. 아버지의 생사를 알아야 우리 집안의 재산을 탕진하고 있는 무례한 구혼자들을 슬기롭게 처리할 수 있으니까요.

나: 그는 어떤 사람이기에 당신에게 그런 조언을 했나요?

텔레마코스: 그 분은 사실 사람으로 변신한 아테네 여신이에요. 나는 그걸 알 수 있죠. 여신께서 아버지와 우리 집안을 돌봐주시는 겁니다. 저는 아테네 여신의 도움으로 배를 띄울 수 있었어요. 내가 제일 먼저 찾아간 분은 네스토르였어요. 그 분은 트로이아 전쟁에서 아버지와 함께 지냈던

때를 이야기해 주었어요.

나: 당신 아버지의 행방을 확인했다는 말인가요?

텔레마코스: 아니요. 그분도 아버지가 어떻게 되었는지 모른다고 했어요. 다만 나를 무척 환대한 후에 라케다이몬에 있는 메넬라오스를 찾아가라고 했어요. 네스트로는 제게 훌륭한 마차를 마련해주었습니다.

나: 그래, 메넬라오스로부터는 아버지의 생사에 대해 들었나요?

텔레마코스: 그분 또한 트로이아에서 돌아오는 도중 곤경을 겪었는데 포세이돈의 신하인 프로테우스에게서 고향으로 돌아갈 방법을 들었다고 해요. 그러면서 내 아버지가 칼립소의 궁전에 붙잡혀 있다는 소식도 전해 들었다고 했어요. 아직 아버지는 하데스로 가시지 않은 거죠.

나: 당신이 아버지의 생사를 확인하는 동안 이타케의 당신 집에서는 거만한 구혼자들이 음모를 꾸미고 있다고 합니다. 당신이 돌아오는 길목에 매복해 있다가 당신을 죽이려고요. 조심히 돌아가세요.

나: 이제 텔레마코스가 그렇게 만나길 원하는 오뒷세우스를 직접 만나봅시다. 오뒷세우스, 만나서 반갑네요.

오뒷세우스: 집을 떠나 전쟁에서 10년, 귀향하는데 9년을 보낸 내겐 당신 같은 낯선 이가 반갑지만은 않소. 그래도 내 아들을 만나본 사람이라니 내 고향의 훈김이 조금이라도 묻어있을 듯하군.

나: 그렇게라도 반겨주니 고맙네요. 당신은 전쟁이 끝난 후 지금까지 어디에 있었나요?

오뒷세우스: 전쟁이 끝나고 집으로 돌아가는 길에 우리는 폭풍을 만났소. 작은 아이아스가 아테네 여신에게 죄를 지었기 때문이지. 다른 동료

들은 다 죽고 나는 칼립소가 다스리는 동굴로 떠밀려갔소. 그녀는 내게 영생을 약속하며 자신을 아내로 맞으라고 요구했지만 나는 고향으로 돌아갈 생각에 눈물로 세월을 보냈소.

나: 그럼 어떻게 그 여신으로부터 벗어났나요?

오뒷세우스: 제우스의 명령을 받은 헤르메스가 내게 주어진 운명을 그녀에게 전했기 때문이오. 내가 귀향은 하나 그 과정에서 많은 고난을 받을 것

〈오디세우스의 동료들〉, 귀스타브 모로, 19세기경.

이라는 운명 말이오. 나는 칼립소의 도움으로 큰 뗏목을 만들어 항해를 시작했소. 그런데 나를 발견한 포세이돈이 큰 폭풍을 일으켜 뗏목을 부숴버렸소. 나는 레우코테아와 아테네의 도움으로 겨우 파이아케스족의 나라에 몸을 누일 수 있었소.

나: 그곳에선 또 어떤 모험이 당신을 기다리고 있었나요?

오뒷세우스: 나는 그곳을 다스리는 알키노오스의 딸 나우시카를 만나 도움을 청했소. 알키노오스는 나를 후하게 대접해주었지. 잔치를 하는 가운데 데모도코스가 트로이아 전쟁에 관해 노래하자 나는 옛일을 생각하며 눈물을 흘렸고, 이를 알아챈 알키노오스가 내가 누구냐며 묻더군. 그때에야 비로소 나는 내 자신이 누군지 밝혔고 트로이아를 떠나 이곳까지 오는 동안 겪었던 일을 이야기하기 시작했소.

나: 저도 당신이 겪었던 모험 이야기가 무척 궁금하군요.

오뒷세우스: 자신이 겪은 일이 아닌 이상 남이 고생한 이야기는 재미있게 마련이지. 내가 가장 먼저 곤경을 겪은 것은 퀴클롭스들이 사는 곳에서였소. 퀴클롭스 중에서도 가장 힘이 센 폴뤼페모스는 내 동료들을 산 채로 잡아먹었소. 나는 꾀를 내 그의 한쪽 눈을 찌르고 탈출하는데 성공했지. 고생 뒤에 낙이 온다고 다음으로 간 아이올리에 섬에서는 아이올로스의 도움으로 모든 바람을 자루에 묶어 넣어 고향 땅 가까이까지 갔소. 그런데 내가 잠깐 잠든 사이, 부하들이 탐욕으로 그 자루를 푼 탓에 다시 아이올리에 섬으로 돌아가게 되었지. 이번에는 아이올로스의 도움을 얻을 수 없었소. 우리는 다시 항해를 해 라이스트뤼고네스족이 있는 텔레퓔로스에 도착했는데, 그곳에서 내가 탄 배만 무사하고 나머지 11척의 배와 동료들은 모두 참혹한 최후를 맞았소.

나: 당신 운명도 참 기구하군요.

오뒷세우스: 아직 끝나지 않았소. 나는 키르케가 살고 있는 아이아이에 섬에 도착했는데 정탐을 하러 간 동료들이 키르케의 마법에 걸려 돼지로 변했소. 나는 헤르메스의 도움으로 동료들을 구하고 일 년 동안 키르케의 환대를 받으며 그곳에 머물렀지. 내가 고향으로 떠나려 하자 키르케는 먼저 저승으로 가 예언자 테이레시아스에게 내 운명을 물어야 한다고 하더군.

나: 세상 끝에서 벗어났는데 다시 저승으로 갔다고요?

오뒷세우스: 집에 돌아가려면 별 수 없잖소. 그곳에서 나는 테이레시아스로부터 고향으로 돌아살 수 있나는 예언을 듣고 난 후 어머니의 혼백과도 만났소. 그리고 다른 많은 이들의 혼백들을 만나 이야기했지만 아킬레우스의 무구를 두고 다투었던 아이아스의 혼백만은 나를 끝까지 본

체만체 하더군.

나: 그래서 저승에서는 무사히 빠져나왔나요?

오뒷세우스: 그게 내 운명이니까. 그렇다고 내 고난이 끝난 것은 아니었소. 나는 세이렌 자매들의 유혹을 이겨냈지만 스퀼라의 위협으로부터 벗어나면서 여섯 명의 동료를 잃었소. 그런데 더 끔찍한 일은 그 다음에 벌어졌소. 테이레시아스와 키르케의 예언대로 헬리오스의 섬은 그냥 지나쳐야 했는데 어리석은 동료들이 그 섬에 머물겠다고 하더군. 결국 한 달여를 그곳에서 지내는 동안 내 동료들은 헬리오스의 소를 잡아먹었고, 예언대로 나를 제외한 동료들은 모두 그곳에서 죽었소. 배가 난파된 후 나는 열흘 동안 표류하다 칼립소가 살고 있는 곳에 도착하게 된 것이지. 그리고 앞서 말했던 것처럼 그녀에게서 벗어나 온갖 고생을 한 끝에 파이아케스에 이르게 되었소.

나: 나도 당신의 불행한 과거 이야기를 들으니 당신을 돕고 싶은 생각이 절로 드네요. 그래, 알키노오스는 당신의 귀향을 도와주던가요?

오뒷세우스: 그렇소. 나는 그들의 호의로 비교적 편하게 이타케로 돌아올 수 있었소. 그런데 들리는 후문에 의하면 포세이돈이 나를 무사히 호송한 파이아케스족의 배를 돌로 만들어 그들에게 경고를 했다고 하더군. 자신의 아들인 폴뤼페모스를 눈멀게 한 나를 그의 영토인 바다를 가로질러 고향에 닿게 해 주었으니까.

나: 우여곡절 끝에 이타케에 도착한 후 당신은 곧바로 집으로 갔나요?

오뒷세우스: 이번에도 아테네 여신께서 나를 도와주셨소. 구혼자들에게 복수를 하려면 신중하게 행동해야 하니까. 나는 누추한 노인으로 변장하

고 충직한 돼지치기인 에우마이오스를 찾아갔소. 그는 주인인 나를 알아보지는 못했지만 내가 돌아오지 않는 것을 진심으로 안타까워했소. 그렇지만 곧 아테네 여신의 도움으로 내 아들인 텔레마코스가 무사히 돌아왔고 나를 알아보았소. 나는 완벽한 복수를 위해 누구에게도 내가 돌아온 사실을 알리지 말라고 당부했소.

나: 당신은 구혼자들에게 어떻게 복수할 수 있었나요?

오뒷세우스: 나는 거지로 변장하고 내 집으로 갔소. 그곳에서 사악한 구혼자들에게 봉변을 당했지만 나는 꾹 참았소. 아내인 페넬로페와 이야기를 나누었지만 그녀 역시 나를 알아보지 못하더군. 슬퍼하는 페넬로페에게 오뒷세우스가 올해 안으로 돌아올 것이라고 맹세해 그녀를 위로했소. 나의 유모였던 에우뤼클레이아는 내 발을 씻어주면서 상처를 만져보고 내 정체를 알아차렸지만 나는 그녀에게 함구하라고 했소.

나: 당신 혼자서 108명이나 되는 구혼자들을 상대할 생각이었나요?

오뒷세우스: 아테네 여신이 페넬로페의 마음을 동하게 해 활쏘기 시합을 제안하게 했소. 그녀는 12개의 도끼를 모두 꿰뚫는 사람과 결혼하겠다고 말했지. 그러자 나는 충직한 돼지치기와 소치기에게 내 정체를 밝히고 구혼자들에게 복수하는데 협조하도록 명령했소. 우여곡절 끝에 활이 내게 왔고 나는 활로 열두 개의 도끼 자루 구멍을 모두 꿰뚫고 아들인 텔레마코스에게 복수의 시작을 알렸소.

나: 구혼자들이 혼겁을 했겠군요.

오뒷세우스: 말해 무엇 하겠소. 나는 구혼자들에게 호통을 치며 화살로 한 사람씩 쏘아 죽였소. 그리고 에우뤼클레이아를 불러 여종들 중 죄가 있는 이들을 말하라고 하고 그녀들도 처형했소. 죗값을 받아야 하니까.

나: 페넬로페는 당신을 기쁘게 맞이했겠네요.

오뒷세우스: 처음에는 내가 돌아왔다는 사실을 도무지 믿으려고 하지 않더군. 거지 행색의 나그네가 남편이라니 쉬 믿어지지 않았던 거지. 그래서 나는 아내와 나, 그리고 하녀 한 명만이 알고 있는 침실에 대해 이야기했소. 그제서야 그녀가 내게 안기더군. 우리 둘은 회포를 풀었고 나는 곧 아버지를 찾아갔소. 아버지는 더없이 반갑게 나를 맞았고 우리는 음식을 나누어 먹었소.

나: 구혼자들의 가족들이 가만있지 않았을 것 같은데요.

오뒷세우스: 그랬지. 구혼자들이 모두 죽었다는 소문이 돌자 그 가족들은 시신을 수습해 갔소. 그리고 안티노오스의 아버지 에우페이테스는 죽은 구혼자들의 가족을 선동해 내게 복수하러 몰려왔지. 나 또한 물러설 수 없어 아들을 충동해 그를 창으로 죽이게 했소. 그러나 더 이상의 살육은 일어나지 않았소. 아테네 여신이 직접 개입해 우리들을 화해시켰기 때문이오.

나: 귀향과 복수의 성공을 축하한다는 말이 조금 무색하군요. 당신의 길고 고통스런 모험 이야기를 짧고 흥미롭게 전해주어 고마워요.

첫 번째 질문

오뒷세우스의 여행은 무엇을 위한 것인가?

'오뒷세우스(Odysseus)의 노래'를 뜻하는 『오뒷세이아(Odysseia)』는 오뒷세우스의 모험과 복수를 노래합니다. 그리고 '오뒷세이아

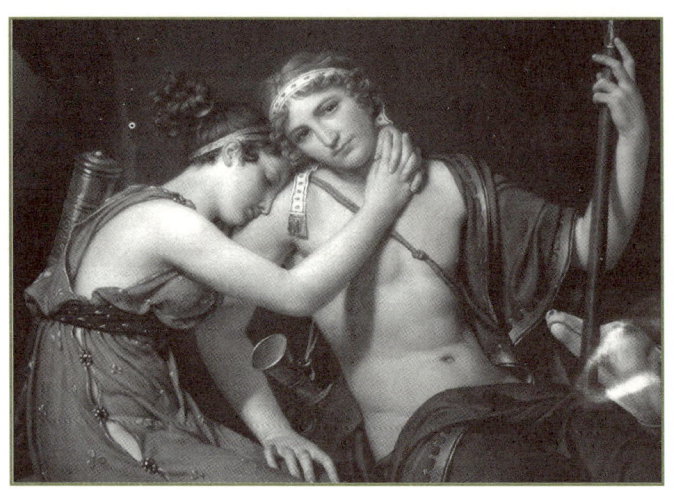

〈텔레마코스와 에우카리스의 이별〉, 자끄 루이 다비드, 1818년.

(Odysseia)'의 영어식 표기인 '오디세이(Odyssey)'는 종종 문어(文語)에서 '장기간의 모험이나 여행'의 뜻으로 쓰입니다. 그래서 이 작품은 트로이아 전쟁이 끝난 후 오뒷세우스가 겪은 여행과 그가 고향에 돌아와 구혼자들을 죽이는 이야기로 흔히 요약됩니다. 그런데 오뒷세우스의 여행의 의미를 살피기 전에 먼저 확인할 것이 있습니다. 바로 이 작품의 앞부분은 오뒷세우스의 모험 이야기가 아니라는 사실입니다. 그의 아들 텔레마코스가 1권부터 4권까지의 주요 인물입니다. 그렇다면 오뒷세우스의 아들 텔레마코스가 오뒷세우스의 행적을 수소문하는 여행은 어떤 의미가 있기에 작품의 앞부분을 차지하고 있을까요?

　텔레마코스는 아테네 여신의 독려로 아버지의 행방을 수소문하는 여행을 시작합니다. 집안이 처한 위기를 타개하기 위해서는 아버지의 생사 혹은 귀환 여부를 확인하는 것이 꼭 필요하기 때문입니다. 그런데 이 작품을 꼼꼼히 읽다보면 텔레마코스의 여행이, 시간적으로는 앞서지만 소설 구성상 뒤에 소개되는 오뒷세우스의 여행과 많은 점에서 유사하다는 사실을 알게 됩니다. 그 중 한 가지만 확인해 봅시다. 텔레마코스는 가장 먼저 네스토르를 찾아 갑니다. 그러나 그에게서는 아버지의 행방을 확인하지 못합니다. 그래서 텔레마코스는 그의 조언에 따라 메넬라오스를 방문하게 됩니다. 메넬라오스는 자신이 방랑한 이야기를 텔레마코스에게 하는 도중 텔레마코스의 아버지 오뒷세우스를 진심으로 걱정합니다. 이때 텔레마코스는 그리움과 안타까움으로 눈물이 흐르자 자신의 자줏빛 외투로 얼굴을 가립니다. 그런데 텔레마코스의 이 특이한 행동은 아버지 오뒷세우스가 트로이아 전쟁에 얽힌 이야기를 들려주는 데모도코스의 노래를 듣고 했던 동작과 똑같습니다.

이 작품을 쓴 시인은 독자들이 텔레마코스의 여행을 오뒷세우스의 여행과 동일한 맥락에서 파악할 수 있도록 눈에 띄는 장치를 여러 곳에 해 둡니다. 그러면서 텔레마코스가 무사히 여행을 마치고 고향인 이타케로 돌아오도록 설정해 놓았습니다. 이제 독자들은 자연스럽게 텔레마코스가 여행을 무사히 마친다면 이와 비슷한 처지에 있는 오뒷세우스도 그럴 수 있으리라 기대할 수 있습니다. 이 작품의 낭송을 들었을 고대인들은 비슷한 것끼리는 서로 영향을 주고받는다고 믿었기에 이러한 작가의 의도는 더 성공적이었을 겁니다. 눈치 없는 독자들을 위해 시인은 한 가지 에피소드를 텔레마코스의 귀향 말미에 끼워 넣습니다. 텔레마코스는 집으로 돌아오는 길에 테오클뤼메노스라는 낯선 사람을 데리고 옵니다. 그는 '사람들 사이를 떠돌아다니는 것이 내 운명'이라고 말하는 사람입니다. 이 말은 곧바로 오뒷세우스를 떠올리게 합니다. 텔레마코스는 그를

"존경스런 여신(칼립소)이여, 그 때문이라면 화내지 마시오.
사려 깊은 페넬로페가 생김새와 키에서 마주보기에
그대만 못하다는 것은 나도 잘 알고 있소.
그녀는 필멸하는데 그대는 늙지도 죽지도 않으시니까요.
하지만 그럼에도 나는 집에 돌아가는 귀향의 날을
보기를 날마다 원하고 바란다오. 설혹 신들 중에
어떤 분이 또다시 포도줏빛 바다 위에서 나를 난파시키더라도
나는 가슴속에 고통을 참는 마음을 갖고 있기에 참을 것이오."

데리고 이타케로 와 최대한 환대하겠다고 약속합니다. 테오클뤼메노스는 이후의 사건전개에서 아무런 역할도 하지 않지만, 이 사소해 보이는 토막 이야기는 오뒷세우스의 귀향을 강력하게 암시하는 효과를 갖습니다.

텔레마코스의 여행이 곧 오뒷세우스의 여행과 동일한 것이라면 작품의 맨 첫머리에 등장하는 텔레마코스는 '젊은 오뒷세우스'라고 할 수 있습니다. 그렇다면 '늙은 오뒷세우스'로 간주할 수 있는 인물은 누구일까요? 작품의 끝부분에 등장하는 오뒷세우스의 아버지 라에르테스입니다. 오랫동안 돌아오지 않는 아들에 대한 염려로 한층 노쇠했던 라에르테스는 돌아온 아들과 그가 가지고 온 복수의 소식을 듣고 힘을 회복합니다. 그는 마치 불사신같은 모습으로 아들과 손자 앞에 섭니다. 이러한 극적인 변화는 거지에서 왕으로 변한 오뒷세우스의 회복을 그의 아버지의 변모된 외양을 통해 보여주려는 의도로 생각해 볼 수 있습니다.

만약 텔레마코스–오뒷세우스–라에르테스 3대가 한 인간의 일생을 문학적으로 형상화한 것이라면, 『오뒷세이아』는 한 인간의 성장과 성숙의 과정을 그린 작품이라고 할 수 있겠습니다. 그런데 인간이 유년기에서 벗어나 육체적 성장을 통해 성인이 된 후에도 지적, 정서적 성숙을 계속 한다는 사실은 인간의 삶이 곧 자신의 정체성을 확인하는 과정이기도 하다는 점을 암시합니다. 세 인물 중 가장 중요한 오뒷세우스의 여행은 바로 이 과정을 뚜렷하게 보여주고 있습니다.

트로이아 전쟁이 끝나고 고향으로 가는 과정을 그리고 있는 『오뒷세이아』는 주인공 오뒷세우스만을 기준으로 할 때는 10년에 걸친 방랑과 귀향 후의 복수 이야기로 이루어집니다. 그는 모험 중에 칼립소에게 가장 오래 잡혀있는데, 칼립소는 그리스 말로 '감추다'라는 뜻입니다. 그래서 전쟁에 함께 참여한 동료들도 오뒷세우스의 행방을 대부분 몰랐던 것입니다. 이야기의 가장 앞부분부터 주인공의 정체성은 희미하기만 합니다. 오뒷세우스의 모험 중 그가 근본적인 변화를 겪는 사건은 퀴클롭스들의 나라에서 탈출한 일입니다. 그런데 오뒷세우스는 그곳에서 폴뤼페모스를 속이고 탈출하기 위해 자신의 이름을 '아무것도 아니' 라고 말합니다. 물론 이는 위기에서 탈출하기 위한 오뒷세우스의 재치였지만, 자신을 '아무것도 아닌 자' 로 소개하는 것은 의미심장합니다. 그가 방랑 도중 자신이 오뒷세우스임을 여러 사람에게 밝히는 것도 자의에 의해서가 아닙니다. 파이아케스에 도착한 오뒷세우스가 자신에 관한 옛일을 노래하는 데모도코스의 노래를 듣고 눈물을 흘리는 과정에서 자신의 정체를 알키노오스를 비롯한 주변 사람들에게 밝힐 수 있었던 것입니다. 오뒷세우스는 자신이 오뒷세우스임을 확인받은 다음에는 그 동안의 모험과 고행이 무색할 정도로 손쉽게 고향 이타케에 도착합니다. 그의 모험은 자신의 존재를 확인받는 과정 그 자체였던 것입니다.

그런데 고향에 돌아왔다고 해서 오뒷세우스가 바로 자신의 자신됨을 회복하는 것은 아닙니다. 자신의 죽음을 기정사실화하면서 아내를 빼앗고 아들을 죽이려는 백 명이 넘는 구혼자들이 현실적인 위협으로 존재하기 때문입니다. 그래서 오뒷세우스는 당분간 자신이 오뒷세우스가 아니라고 거짓말 할 수밖에 없습니다. 그리고 복수를 준비하는 과정에서 단계적으로 자신의 존재를 주위 사람들에게 밝힙니다. 혈족인 아들에게 가장 먼저 자신을 밝힌 것은 텔레마코스가 바로 오뒷세우스 자신이기도 하기 때문입니다. 다음으로 오뒷세우스는 과거에 자신이 사회적 관계를 맺었던 유모와 돼지치기, 소치기에게 자신을 드러냅니다. 그들은 복수를 위해 협력이 필요한 이들입니다. 이제 복수를 위한 준비는 끝났습니다. 구혼자들에게 자신의 정체를 밝힌 오뒷세우스는 그러나, 복수가 완전히 끝날 때까지 아내인 페넬로페에게는 자신을 드러내지 않습니다. 페넬로페에게 오뒷세우스임을 인정받은 주인공은 복수라는 두 번째 과제를 완수합니다. 그는 과거를 회복함과 동시에 자신의 정체성도 분명히 합니다. 그는 다시 이타케의 왕이 된 것입니다.

그러나 시인은 여기에서 그치지 않습니다. 성장하고 있는 텔레마코스가 과거의 오뒷세우스라면, 현재 늙은이인 아버지 라에르테스는 오뒷세우스의 미래 모습입니다. 아버지에게까지 자신을 속이며 그의 진심을 확인한 후 자신의 정체를 밝힌 오뒷세우스는 그제서야 온전한 존재로 자리매김하게 됩니다. 나의 나됨을 위한 과정이 끝난 것입니다. 삶에서 혼란과 무질서를 끝내고 일상의 평화와 행복을 회복하기 위해서는 본래 자신의 모습을 찾는 것이 무엇보다 중요합니다. 『오뒷세우스』는 이 과정을 주인공의 타향에서의 모험담과 고향에서의 복수담으로 흥미롭게 전합니다.

두 번째 질문

영웅서사시인 『오뒷세이아』에는 남성만 등장하는가?

『오뒷세이아』는 오뒷세우스와 그와 함께 트로이아 전쟁에 참여했던 아가멤논, 아킬레우스 같은 남성 영웅들이 주요인물로 등장합니다. 실제로 이 작품이 창작된 시기의 그리스에서는 자유민 집단이 형성되어 그들의 결의에 따라 국가의 중요한 일들이 결정되었습니다. 그러나 현대 민주주의 국가처럼 일정한 연령 이상의 국민 모두에게 그러한 권한이 주어졌던 것은 아닙니다. 토지와 노예를 소유하고 있어 생계를 위해 일하지 않고 전쟁에만 전념할 수 있었던 일부 남성들만이 그 시대의 주인이었습니다. 따라서 그들을 모델로 한 서사시의 인물들은 당연히 영웅으로 그려졌습니다. 이들은 세계의 질서를 상징하는 신의 비호를 받는 존재로서 온갖 시련과 고통을 겪지만 결국 신의 뜻에 따라 현실에서 승리하고 세속적 욕망을 충족하게 됩니다. 또한 신은 동거하지는 않지만 동행할 수는 있는 존재입니다. 그들에게 신은 관념론적 허상이 아니라 '거의 모든 자연현상과 인간의 행동과 경험을 설명하기 위해 넓게 퍼져나가는 원심력'을 의미했습니다.

그런데 이러한 남성 영웅의 모습은 『오뒷세이아』에서 변화를 겪습니다. 이 작품의 주인공 오뒷세우스는 이 작품의 전편으로 알려진 『일리아스』에서의 모습과는 다른 면모를 보입니다. 『일리아스』에서는 명성을 위해 목숨도 아끼지 않는 아킬레우스 같은 이가 이상적인 인물로 그려집니다. 반면 『오뒷세이아』에서는 상황의 변화에 민첩하게 대응하고 남을 속여서라도, 즉 자신의 명성을 해치면서라도 생존하는 오뒷세우스가 모범적인 인물로 평가됩니다. 이런 변화가 오뒷세우스에게 극적으로 일어나는 계기는, 앞에서도 지적한 것처럼 퀴클롭스의 나라에서 겪은 참혹한 경험입니다. 동료들이 눈앞에서 산채로 잡혀먹는 극한의 경험을 한 오뒷세우스는 이후 안전한 귀향과 완벽한 복수를 위해 인내력과 분별력이 있으며, 초보적인 수준이나마 자의식을 갖춘 인물로 변합니다.

이렇게 말하면 그리스의 영웅 서사시는 남성들만의 이야기 같습니다. 그러나 이 작품에서 여성의 역할은 결코 주변적이지만은 않습니다. 『일

〈오디세우스와 세이렌〉, 허버트 드레이퍼, 1909년.

리아스』의 주된 사건과 『오뒷세이아』의 배경이 되는 트로이아 전쟁이 일어난 이유는, 널리 알려졌다시피 그리스 군의 통솔자인 아가멤논의 아우 메넬라오스의 부인 헬레네가 트로이아의 왕자인 파리스와 함께 도망갔기 때문입니다. 또 『일리아스』는 아가멤논과 아킬레우스의 갈등과 화해라는 '사소한' 사건에 거의 전부가 할애됩니다. 그런데 둘 사이 갈등의 원인은 전리품으로 빼앗은 한 하녀입니다. 『일리아스』와 『오뒷세이아』에서 여성은 사건 진행의 주된 주체는 아니지만 분명 이야기 전개에서 중요한 역할을 하고 있습니다. 물론 일정 정도의 권한과 권위를 인정받고 있는 듯한 나우시카아나 그의 어머니 아레테와 같은 여성도 등장합니다.

『오뒷세이아』에서 여성은 매혹적이면서 동시에 위험한 존재입니다. 이는 아름다움의 본질에 대한 비유이자 동시에 선악이 명백하게 구분되었던 고대 시대의 가치관을 여성을 매개로 표현한 것이라고 할 수 있습니다. 대표적인 것이 세이렌입니다. 그녀의 노래는 그지없이 매혹적이지만 그것에 홀리는 순간 파멸을 피할 수 없습니다. 또한 오뒷세우스의 동료들을 돼지로 만든 키르케도 마찬가지입니다. 그녀는 마녀임에 분명하지만 오뒷세우스가 그녀를 제압하고 우호적인 관계를 맺자 오뒷세우스가 귀향하는데 중요한 길잡이 역할을 자처합니다. 여성을 통해 선악이 뚜렷히 구분되었던 당대의 가치관을 드러내는 대표적인 예는 오뒷세우스의 이야기에 등장하는 페넬로페와 아가멤논의 이야기에 등장하는 클뤼타임네스트라에 관한 이야기입니다. 페넬로페는 20여 년 동안 남편을 기다리다 행복하게 재회하지만 클뤼타임네스트라는 10년 간의 전쟁을 마치고 돌아온 남편을 애인과 공모해 살해합니다. 고귀한 신분에서만 이런 대비가 두드러지는 것은 아닙니다. 오뒷세우스의 늙은 유모인 에우뤼클레이아는 돌아오지 않는 주인에 대한 충심을 지키며 그를 단박에 알아보지만 젊고 예쁜 멜란토는 주인을 알아보기는커녕 그에게 심한 욕을 하고 결국 목숨을 잃습니다.

욕망의 대상으로 찬양되지만 동시에 갈등의 원인으로 지목되어 비난받는 존재, 남성 영웅을 거부할 수 없는 매력으로 유혹하고 치명적인 위험에 빠지게 하는 여성들은 선과 악의 구분이 뚜렷했던 영웅서사시 시대의 가치관을 비유한 것이라 할 수 있습니다. 동시에 위험할수록 매혹적인 아름다움의 본질에 대한 시인의 뛰어난 통찰이 여성들을 통해 제시되었다고도 이해할 수 있습니다.

오뒷세우스는 신의 세계를 동경하는가?

신들의 회의에서 제우스는 다음과 같이 인간들의 염치없음을 힐난한 적이 있습니다. '인간들은 걸핏하면 신들을 탓하곤 하지요. 그들은 재앙이 우리들에게서 비롯된다고 하지만 사실은 그들 자신의 못된 짓으로 정해진 몫 이상의 고통을 당하는 것이오.' 사실 『오뒷세이아』에는 '인간의 운명은 신이 내린 것인가, 자신들의 행위의 결과인가' 라는 질문이 다양한 형태로 변주되어 제시됩니다. 그런데 신들의 왕인 제우스는 인간의 운명은 자신들의 행위에 따른 결과라는 의견을 내놓았습니다. 신의 대표격인 제우스의 이러한 견해는 이 작품이 신의 전적인 조정을 받는 꼭두각시 인간에 대한 이야기가 아니라, 자신의 의지에 따라 행동하고 그 행동의 결과를 겸허히 수용하는 주체적인 인간을 노래하고 있다는 사실을 암시합니다. 즉 이 작품은 신의 세계에 대한 동경이 아니라 자연의 원초적 힘에 지배되었던 고대인들이 차츰 인간이 중심 되는 세계를 완성해 가는 과정을 묘사하고 있는 것입니다.

이러한 변화는 비단 신의 말을 통해서만 확인되는 것은 아닙니다. 구혼자들이 죽은 후 그들의 가족이 오뒷세우스에게 복수하러 가는 장면에서 노(老) 영웅 할리테르세스는 다음과 같은 요지의 말을 합니다. 이런 일이 일어난 것은 구혼자의 가족들이 비겁해 구혼자들이 어리석은 짓을 할 때 가족들 중 누구도 그들의 행동을 제지하지 않았기 때문이며, 또한 일의 부당함을 지적하는 이들의 충고도 듣지 않았기 때문이라고요. 무엇보다도 구혼자들은 '사악한 미망 속에서 엄청난 짓' 을 저질렀기에 죽임을 당한 것이라는 설명입니다.

　운명을 신의 뜻과 동의어로 이해했던 당시에, 등장인물들이 자신의 운명은 전적으로 자신에게 속한 것으로 인식했다는 사실은 『오뒷세이아』가 이상적인 신의 세계를 동경하지 않았음을 말해줍니다. 오뒷세우스 자신이 바로 신의 세계를 방랑하다 모험 끝에 인간의 세계로 돌아온 인물입니다. 무질서하고 부조리한 인간 세계에 대한 긍정은 신의 질서에 대한 거부로 드러나기도 합니다. 오뒷세우스는 죽지도 늙지도 않게 해주겠다는 칼립소의 제안을 거부하고 귀향을 고수합니다. 『오뒷세이아』의 등장인물들은 자신들이 성찰의 대상으로 삼지 못하고 외적인 명성과 신으로 형상화된 자연의 원시적 힘에 운명적으로 굴복하는 세계를 지향하지 않습니다. 그들은 수많은 고난과 위험을 거치면서 자의식을 형성하고 이를 통해 자기를 성장시키고 성숙시키는 세계를 소망합니다. 이러한 맥락에서 『오뒷세이아』에서는 철저히 현세적 가치관이 선호됩니다. 저승에 간 영웅 아킬레우스의 말은 이를 그의 힘만큼이나 강력히 뒷받침합니다.

> 죽음에 대해 내게 그럴싸하게 말하지 마시오, 영광스런 오뒷세우스여! 나는 세상을 떠난 모든 사자들을 통치하느니 차라리 지상에서 머슴이 되어 농토도 없고 재산도 많지 않은 가난한 사람 밑에서 품이라고 팔고 싶소이다.

여기서 우리는 이 작품에 등상하는 신들의 능력에 대해 다시 한 번 생각해 볼 필요가 있습니다. 왜 아테네는 신의 능력으로 오뒷세우스를 곧바로 집으로 데려다놓지 않을까요? 아테네는 온갖 능력으로 오뒷세우스를 돕습니다. 그러나 정작 오뒷세우스가 가장 원하는 귀향은 바로 이루어주지 않습니다. 이러한 설정은 『오뒷세이아』가 창작된 당대 사람들의 가치관을 추측해볼 수 있는 단서를 제공합니다. 당시 사람들은 예측할 수 없는 미래를 나름대로 설명하고자 애썼을 것입니다. 그 노력의 결실이 바로 신과 운명입니다. 신은 인간의 운명을 결정하는 존재이므로 신과 운명은 동의어입니다. 현실에서 사람들의 삶은 그들의 소박한 소망대로 이어지지 않습니다. 삶은 불가해한 혼돈 그 자체입니다. 도저히 이해할 수 없는 상황에 직면했을 때 사람들은 그것이 바로 그 사람의 운명이라고, 신들이 그 사람의 일생을 그렇게 정해놓았다고 편리하고도 멋지게 설명했을 것입니다.

그러나 신의 존재를 의심 없이 믿었던 당시에도 신의 죽음이 선포된 요즈음과 같이 자연의 원리를 거스르는 초현실적인 일은 일어나지 않았을 것입니다. 따라서 고대인들의 삶과 가치관을 문학적으로 형상화한 『오뒷세이아』는 사건 자체를 최대한 '리얼'하게 전개합니다. 이것에 부합하여 신들도 전지전능하지 않게 그려집니다. 다만 그 사건이 일어나게 되는 배후를 설명하거나 주인공의 모험을 강조하기 위해서 신이라는 초현실적인 존재를 개입시키거나 비현실적 공간을 설정합니다. 그리고 이러한 장면에서 신들의 뜻이니 인간의 운명이니 운운합니다. 이것이 『오뒷세이아』가 다소 황당무계한 영웅서사시이기는 하지만 판타지 소설은 아닌 이유입니다. 불완전한 신은 사실 신이라고 할 수 없습니다. 아니 오히려 그러한 신들이 등장하는 세계는 인간의 세계를 떠올리게 합니다. 『오뒷세이아』에 신들이 자주 등장하지만 이 이야기가 바로 우리들의 이야기로 느껴지는 이유가 바로 이것입니다.

호메로스의 『오뒷세이아』는 그리스의 영웅 오뒷세우스가 트로이아 전쟁 후 고국인 이타케에 돌아가기까지의 여정을 그린 서사시이다. 오뒷세우스는 한 나라의 왕이었고, 아름다운 아내와 귀여운 아들을 가진 한 가정의 가장이었다. 왕궁에 살며 부와 권력을 누리고 백성들의 존경을 받고 가족에게 사랑받으며 행복한 생활을 하던 오뒷세우스에게 트로이아 전쟁에 참전할 영웅들을 구한다는 소식은 청천벽력과 같았을 것이다. 전쟁에 참전해달라는 요청을 거절하기 위해 오뒷세우스는 미친 척을 한다. 그는 자신이 누릴 수 있는 행복을 뒤로 한 채 생존을 보장할 수 없는 전쟁터로 뛰어들기를 원하지 않았던 것이다.

오뒷세우스는 고국과 가족에 대한 그리움으로 고통스러워했다. 끝을 알 수 없는 항해를 하던 중에 그는 칼립소 여신의 섬에 머물게 된다. 고국에 돌아가지 말고 자신과 함께 이 섬에서 즐겁게 살자는 여신의 제안을 오뒷세우스는 거절한다. 그토록 험난한 항해를 하고도 자신을 기다리는 가족을 위해 또 다시 바다 속으로 뛰어들기를 택한 것이다. 이러한 사실만 봐도 오뒷세우스가 신의 세계를 동경하지 않음을 알 수 있다. 위에서 말했듯이 그는 부와 권력과 재능과 화목한 가정을 모두 가진 남자이다. 현실에서 충분히 많은 것을 소유하고 있으므로 굳이 신의 세계를 원할 이유가 없는 것이다. 칼립소의 제안을 거부한 것도 이타케에서의 자신의 생활이 만족스러웠고, 또 그 생활로 다시 돌아가고 싶어 했기 때문이다.

전쟁 중에도, 종전 후 고국에 돌아갈 때도 그리고 고국에 돌아가서
도 오뒷세우스는 아테네를 비롯한 그를 지지하는 여러 신들의 도움을
받는다. 이렇듯 『오뒷세이아』에서 인간과 신은 다양한 모습과 방식으로
접촉할 수 있었다. 신들도 인간과 같은 감정을 느끼고 싸움을 하고 사랑
을 하며 사는 존재들이다. 어쩌면 신은 인간이 스스로 만들어 낸 그들
자신의 투영체인지도 모른다. 인간과 신을 따로 분리하지 않고 하나의
차원 안에 − 비록 살고 있는 공간, 세계는 다를지라도 − 함께 존재하는
이야기를 만든 것은 인간과 신이 다르지 않다는 것, 신의 세계도 인간의
세계와 다를 게 없다는 것을 보여주기 위함이 아닐까.

『오뒷세이아』를 비롯한 고대 영웅서사시에서 신들이 정의롭지 않고 비
윤리적으로 그려진 이유를 다음과 같이 설명하기도 합니다. 즉 신들의
모델인 당대의 귀족들은 어떠한 사회적 윤리나 규범에도 얽매이지 않고
마음대로 행동할 수 있음을 보여주기 위해서 신들도 그렇게 형상화했다
는 겁니다. 그들은 윤리나 도덕을 뛰어넘는 존재들이라는 것이죠. 이러
한 설명 또한 작품에 등장하는 신이 곧 인간을 비유한 것이라는 사실에
기반하고 있습니다.

신은 인간에 의해 '발견' 혹은 '발명' 된 존재입니다. 인간은 신을 통
해 자신의 마음 깊은 곳에 있는 존재의 근거를 발견했고, 그들 자신의 필

멸에 대한 불안을 근본적으로 해소해 주는 수단으로서 신을 발명했습니다. 물론 이러한 설명이 신과 종교가 전혀 효용이 없다는 뜻은 아닙니다. 앞에서 말한 이 둘을 발견하고 발명한 이유가 바로 그 쓸모입니다.

껍질을 연하게 해 줄 책들

이 작품과 짝을 이루는 「일리아스」(호메로스)는 다소 지루하고 분량도 방대하지만 일독을 권합니다. 그리고 호메로스를 비롯한 그의 작품에 대해 조금 더 자세히 알고 싶다면 「호메로스의 세계」(피에르 비달나케)를 추천합니다. 여행을 통한 자기성숙 또는 자의식의 발견을 보여주는 우리나라 작품으론 「무진기행」(김승옥)이 대표적입니다.

지금의 현실은
어쩔 수 없는 것인가

알렉산드르 솔제니친, 『이반 데니소비치, 수용소의 하루』

진리의 가장 큰 적은 거짓이 아니라 확신이다.
– 프리드리히 니체

우리 현대사는 일제에 의한 식민 통치, 해방전후의 혼란, 그리고 민족의 분단이라는 비극으로 점철되어 있습니다. 그 시대의 역사기록을 읽으면 환갑을 넘긴 한국 현대사에 짠한 연민을 금할 수 없습니다. 그 불우한 현대사와 삶의 궤적이 거의 겹치는 한 지식인이 있습니다. 식민지 시기 순문학의 좌장으로 활발하게 활동하다 해방 후 월북, 그리고 뒤이어 급격한 문학적 사망선고를 받은 이태준. 그는 북한으로 간 후 평양에서 비행기를 타고 모스크바를 여행한 후 『소련기행』이라는 여행기를 남깁니다.

우리를 실어갈 쌍발대형기의 나래 아래서 주둔 소련군사령장관 치스짜꼬프대장은, 우리의 일로평안을 빌었고, 자기 나라에 가면

무엇보다 그동안 일본의 대소선전(對蘇宣傳)이 옳았는가 옳지 못
하였는가를 보아 달라 하였다. 떠나며 보내는 굳은 악수와 조소친
선(朝蘇親善)을 위해 높이 부르는 만세소리를 뒤로 남기고, 우리
는 비기(飛機) 두 대에 분승, 영시 25분에 이륙하였다. (…)

진리의 나라 소련은 결코 적호한 조건에서의 건설이 아니었다. 그
것은 누언(累言)하려 하지 않거니와, 이번 대전 후만 하여도 쏘비
에트는 큰 교훈을 주는 것이니, 그 미증유의 소모전을 겪고 난 뒤
에도 쏘비에트의 사회상태는 어떠한가? 쏘비에트는 전후실업자문
제라는 것, 전후경제공황이라는 것, 이런 것을 전혀 모르고 있는
것이다. 이것은 우연도 아니요 기적도 아니다. 다만 '제도'의 승리
인 것이다.

조선의 지식인 이태준에게 '진리의 나라'로 보인 스탈린 시대 소련은 그
러나 그 나라 소설가인 솔제니친에게는 달리 보였습니다. 고통받는 민중
을 위한 사회주의 혁명이 배반당한 소련은 『이반 데니소비치, 수용소의
하루』에서, 강한 자는 살아남고 약한 자는 죽는 생존의 각축장으로 묘사
됩니다. 또한 그곳은 강제노동을 하기 전 허허벌판에 자기 자신을 에워
싸는 철조망을 스스로 설치해야 하는 감옥과도 같은 곳입니다.

흔히 한 사회의 부조리나 모순은 '내부자'에 의해 잘 발견되지 않습니
다. 자신이 속한 사회의 규범과 제도를 내면화한 사람에게 그것을 객관
화하고 비판적으로 평가할 능력이 부족한 것은 어쩌면 당연한 이치이기
때문입니다. 그래서 '외부자'의 시선이 훨씬 더 객관적이라고 흔히 일컬
어집니다. 그런데 이태준과 솔제니친이 보이는 동시대 소련에 대한 시각

차는 이런 상식에서 벗어납니다. 여기서 우리는 내부자-외부자의 틀을 넘어서는 다른 시각이 필요함을 느끼게 됩니다. 그것은 일체의 권위에 도전하는 '상식'입니다. 상식은 일종의 편견입니다. 그러나 편견을 갖지 않고 사고하는 것이야말로 진정한 의미의 상식입니다. 어떠한 위대한 이념이나 억압적 권력에도 방해받지 않는 시선, 그것이 이태준과 솔제니친의 차이인 것입니다.

알렉산드르 솔제니친
Aleksandr Isayevich Solzhenitsyn
1918~2008.

　물론 이태준을 무조건 비난할 수는 없습니다. 지식인으로서의 사회적 책무를 강하게 의식하고 있던 이태준은, 혼란한 해방 정국에 적극적으로 뛰어들어 식민 지배로 피폐해진 조국을 자신이 진보라고 믿는 방향으로 이끌어 가려고 동분서주했습니다. 그때 그에게 하나의 모범으로 제시된 나라가 인류 최초의 사회주의 국가인 소련이었습니다. 지금 아이들이 유치원에 다닐 나이 때부터 일본의 식민 지배를 겪었던 조선의 지식인 이태준에게, 당대 소련의 사회문화적 수준은 경악 그 자체였을 것입니다. 이태준의 소련에 대한 이해의 한계는 그가 살았던 시대의 한계와 당시 소련 당국의 정직하지 못한 태도에도 일정한 책임이 있습니다.

　반면 솔제니친은 엄혹한 정치상황에서도 지식인으로서의 책무를 다했습니다. 그는 자신이 경험한 일을 가감없이 문학적으로 증언했습니다. 그 결과 그는 노벨문학상 수상자로 지명되고도 조국의 방해로 수상을 하지 못했고, 자신이 태어난 나라로부터 '왕따'를 당해 오랜 망명생활을 해야 했습니다. 25년의 망명생활을 마치고 조국 러시아로 돌아온지 10년 후, 솔제니친을 감시하고 억압하는데 앞장섰던 소련비밀경찰 KGB 간부 출신 대통령 푸틴이 반체제작가 솔제니친을 방문합니다. 과거에 그를 체포, 추방한 국가가 '러시아의 양심'에게 러시아 최고 권위의 국가 공로상을 수여한 것입니다. 이것으로 둘의 화해는 이루어진 것일까요? 그렇지 않은 것 같습니다. 솔제니친 개인은 국가와 화해했을지 몰라도 모든 억압적 지배 권력을 고발하고 '약자 개인 개인에 대한 숭고한 인간애'에 천착한 그의 작품들은 여전히 현실 권력과 날을 세우고 있습니다. 그러나 이러한 작가의 문제의식은 그의 조국 러시아에서뿐만 아니라 전 세계에서 오히려 퇴조하고 있는 듯합니다. 『이반 데니소비치, 수용소의 하루』에 그려진 강제수용소는 비단 스탈린 철권통치 하의 소련만을 상징하는 것은 아닙니다. 자신이 처한 현실에 질문을 던지지 않는 이들이 있다면 그들 또한 솔제니친의 소설에 등장하는 수감자들과 다름없습니다. 그 수용소는 굴종과 비굴이라는, 보이지 않으나 그래서 더욱 견고한 철조망으로 둘러싸여 있습니다.

이반 데니소비치 슈호프의 '운수 좋은 날'

나: 슈호프, 여긴 정말 춥군요. 막사 안인데도 전혀 훈기가 없어요.

슈호프: 뭐 이 정도 날씨가 춥다고 그러나. 여기는 시베리아야. 밖에서 일할 때 얼어죽지 않으려면 땀이 날 때까지 죽어라고 곡갱이질을 하는 수밖에 없는 곳이라고. 그런데 오늘 아침에는 영 몸이 좋지 않군. 의무실

에 가서 작업 면제를 신청해 볼까.

나: 이제 새벽 5신데 벌써 일과가 시작돼요?

슈호프: 벌써라니. 오늘 아침에 조금 꾸물거렸다가 영창에 갈 뻔 했다고. 다행히 간수실 청소를 하는 것으로 대충 때웠긴 했지만. 의무실에서도 결국 작업 면제를 받지 못했어. 그런데 반장이 어떤 일을 배당받으려나. '사회주의 생활단지'로 가면 고생이 이만저만이 아닐텐데. 거긴 그냥 허허벌판이야. 추위를 피할 어떤 방법도 없는 곳이지.

나: 정해진 작업을 마음대로 바꿀 수 있어요?

슈호프: 이봐, 수용소는 밀림이야. 그래서 정글의 법칙이 지배한다고. 강한 놈들은 편하게 지내고 약한 놈들은 죽도록 고생하지. 어수룩하게 굴다간 형기를 마치기도 전에 송장이 되는 거야. 원칙보다 중요한 건 협상 능력이야. 여기서 비열함은 하나의 능력이지.

나: 그런데 당신 아침 식사, 도저히 먹을 수 없을 것 같던데요.

슈호프: 처음에는 누구나 다 그렇지. 그렇지만 몇 주일만 지나보라고. 먹을 것을 소포로 보내주는 가족이 있다면 모를까, 그렇지 않으면 그 식사가 유일한 먹을거리야. 우습게 들릴지 모르지만 아침 식사 시간 십분은 이곳에서 유일한 삶의 목적과도 같은 거야.

나: 그 형편없는 음식이 삶의 목적이라고요?

슈호프: 그렇게 말하지 말라고. 그럼 수용소에서 무슨 거창한 인생의 설계를 한단 말이야. 여기서는 하루하루 조금이라도 편하게 생활하고 살아서 출옥하는게 가장 중요해. 한 죄수가 속옷까지 다 벗기는 소지품 검사는 부당하다고 항의했다가 중영창 열흘을 받았어. 중영창 열흘을 살고 나면 몸은 도저히 회복할 수 없을 정도로 망가져버려. 그러면 곧 죽게 되지.

나: 오늘 일할 곳은 그래도 건물의 윤곽이나마 있는 곳이네요.

슈호프: 작년에 짓다 만 중앙난방시설 벽을 쌓는 일이 우리 반에 떨어졌나봐. 역시 반장 추린은 능력이 있다니까. 춥기는 이곳도 매한가지지만 허허벌판에서 추위을 온몸으로 감당하는 것보다는 낫지.

나: 그런데 아까 반장과 함께 사무실로 간 사람은 누구예요?

슈호프: 체자리라고, 전직 영화 감독이래. 그는 부자 죄수야. 소포를 여러 개 받거든. 그래서 간수들에게 뇌물을 주고 편한 일자리를 얻는 거지. 반장도 그에게 얻어먹는 것이 있으니 함부로 대하지 않아. 협상을 하려면 절인 돼지비계라도 있어야 하는데 그게 다 소포를 받는 죄수들로부터 나오니까.

나: 우리나라에는 법의 형평성이 무너진 것을 '유전무죄 무전유죄'라는 말로 조롱하는데, 여기 수용소 생활도 마찬가지군요. 그건 그렇고 아까 점심 배식 때 어떻게 그렇게 시치미를 뚝 뗄 수 있어요? 귀리죽 두 그릇을 더 받았잖아요.

슈호프: 간수를 속이는 것도 능력이야. 어자피 간수들노 정해진 규정량을 지키지 않아. 우리들에게 형편없는 식사가 제공되는 건 그들이 우리 몫을 훔쳤기 때문이야. 오늘은 운이 좋은 걸. 귀리죽은 좀처럼 나오지 않았거든. 그리고 오후 작업도 재미있었어. 내가 수용소에 갇힌 죄수라는 사실도 잊어버릴 만큼 일에 집중했지 뭐야.

나: 오후 일을 시작하기 전 반장이 뭐라고 길게 이야기를 하는 것 같던데요.

슈호프: 수용소에 잡혀 온 이야기. 특별할 건 없어. 나도 비슷한 이유로 잡혀왔으니까. 나는 전쟁 중에 포로로 잡혔다가 탈출한 것을 사실대로

말했을 뿐인데 반역죄를 지었다고 하더군. 부정하면 사형을 당하겠기에 그냥 죄를 인정하고 수용소로 왔지. 내가 무슨 특별한 신념을 갖고 있겠어, 가난한 농부가 뭘 안다고 말이야.

나: 아무 죄도 없는데 10년형을 선고받았다고요?

슈호프: 수용소에 있는 죄수들 중 명백한 죄목이 있는 사람은 거의 없을걸. 아무 이유없이 10년, 25년 형을 받을 수 있다는 사실, 그건 수용소 밖에 있는 사람들에게는 공포 그 자체겠지. 그 공포가 국가에 대한 어떠한 반역도 꿈꿀 수 없게 하고 말이야.

나: 이제 작업이 거의 끝났나 보네요. 그런데 왜 저렇게 여러 번 인원점검을 하죠?

슈호프: 이곳에서 죄수들은 인격을 가진 개별적 존재가 아냐. 그냥 수인번호로 인식될 뿐이지. 그러니까 나는 이반 데니소비치 슈호프로서 존재하는 게 아니고 '췌-845'일 뿐이야. 그러나 없어져서는 안돼. 죄수가 탈옥할 경우 간수들도 무사하지 못하거든. 그래서 늘 머리수를 세지.

슈호프: 오늘은 옆반의 웬 망할 자식이 졸다가 늦게 오는 바람에 한참을 추위에 떨었잖아. 집에 늦게 돌아가면 저녁 식사 후의 자유시간이 없어지는데 말이야. 그 시간은 그야말로 '자유' 시간이거든.

나: 집이라고요? 수용소잖아요.

슈호프: 지금은 수용소가 내 집이야. '다른 집'은 생각할 겨를도 없어. 오늘 저녁에는 체자리 대신 소포 인도소에서 줄을 서 주고 그의 저녁식사를 차지할 수 있었어. 소포가 오지 않는 나는 그렇게라도 해야 정해진 배식 외에 음식을 얻을 수 있지. 오랜만에 진짜 육즙이 나오는 소시지도

맛보았다고.

나: 저녁식사 때의 식당은 정말 난장판이더군요.

슈호프: 이곳에선 먼저 챙기는 것이 수라고. 어짜피 규칙은 지켜지지 않아. 내 것, 우리 반 것을 확보하는 게 중요해. 물론 '유-81' 노인과 같은 사람도 있지. 사소한 이익을 위해 비굴하지도 불의와 타협하지도 않고 당당하게, 심지어 경건하기까지 한 태도로 수용소 생활을 하는 사람 말이야. 그러나 대부분은 노력은 않고 뭔가를 얻으려고만 하는 염치없는 작자들이지.

나: 저녁 식사 후에 당신 기분이 무척 좋아 보이던데요.

슈호프: 오늘은 명절과도 같아. 점심에 귀리죽 한 그릇을 더 먹은 것 외에도 저녁에는 죽을 두 그릇이나 먹고 빵도 400그램을 받았다고. 그리고 담배도 두 컵 샀어. 라트비아 녀석의 담배는 질이 아주 좋거든. 내가 담배를 사러 갔더니 그는 동료들과 당신 나라에서 벌어졌던 전쟁에 대해 이야기하고 있던데.

나: 1950년에 발발한 한국전쟁 말인가요?

슈호프: 그래. 털보 영감 스탈린이 북쪽을 지원했잖아. 당신네 나라 초대 대통령이 미국을 등에 업었던 것처럼 말이야. 불쌍한 중령은 오늘 밤부터 영창을 가네. 그런데 어찌할 도리가 없어.

나: 아까 옆 동료하곤 무슨 이야길 했어요?

슈호프: 알료쉬카 말이군. 그는 침례교도야. 그는 이곳에서 자신의 영혼에 대해 생각해볼 수 있으니 하느님께 감사해야 한다고 하더군. 아까 낮에 체자리와 대화를 나누던 이는 지나치게 예술적인 것은 더 이상 예술이 아니라고 하던데, 내 생각에도 너무 종교적인 알료쉬카는 살아있는

신앙인으로 느껴지지 않아. 도무지 실제 인간같지 않단 말이야. 이런, 두 번째 점호를 한다는군. 그래도 오늘은 운이 좋은 날이었어. 당신하고의 대화도 즐거웠고. 잘 가.

나: 그래요, 슈호프. 잘 자라는 인사가 무색할만큼 춥긴 하지만 편히 쉬어요.

수용소는 무엇을 가두는가?

『이반 데니소비치, 수용소의 하루』의 시간적 배경을 추론하는 데는 두 가지 자료가 도움이 됩니다. 우선 작가인 솔제니친이 직접 경험한 수용소 수감 시기입니다. 솔제니친은 1945년 반소행위를 했다는 이유로 체포되어 8년의 교정 노동형을 선고받고 강제노동수용소에서 복역하다 1953년 2월에 석방됩니다. 그리고 등장인물들의 대화 중 한국전쟁에 대한 언급이 또 하나의 단초를 제공합니다. 저녁식사 후 슈호프가 담배를 사러 라트비아인을 찾아갔을 때 그 막사의 죄수들이 한국에서 일어난 전쟁에 대해 이야기합니다. 그들은 중공이 전쟁에 참전한 이유와 한국전쟁이 세계대전으로 확전될 가능성에 대해 이야기했다고 슈호프는 전합니다. 한국전쟁 당시 중공이 참전한 것이 1950년 10월이라는 점을 염두에 두면 이 작품의 '수용소의 하루'는 1950년 10월에서 1953년 2월 사이의 어떤 날이 됩니다.

이때의 소련은 스탈린 독재에 신음하던 때입니다. 스탈린이 처음부터 독재자였던 것은 아닙니다. 그는 짜르에 저항했던 혁명 투사로서 여러 번 투옥된 적이 있었고 1917년 러시아 혁명 이후에는 나름의 정치적 입지를 굳힙니다. 그리고 레닌이 죽은 후 당서기장에 임명돼 권력의 핵심으로 떠오릅니다. 그러나 그 이후 스탈린은 자신과 정치권력을 다투었던 트로츠키와 그 일파를 제거하고 자신의 절대 권력을 관료적 방식으로 구축하기 위해 사회주의 혁명은 소련에서만 가능하다는 일국사회주의론을 주창하게 되고, 이후 철권통치를 이어 갑니다.

스탈린 독재 시기 소련이 정체돼 있었던 것만은 아닙니다. 스탈린은 자신의 정치적 권력에 대항하는 모든 세력을 잔인하게 진압하는 한편, 중앙집권적 경제계획을 통해 압축성장을 이룩했습니다. 경제의 외적 성장은 많은 사람들에게 신분 상승과 경제적 풍요에 대한 기대감을 갖게 했습니다. 스탈린주의는 소련 인민들에게 두려움을 일으켰던 것만큼이나 물질적 열망도 부추겼던 것입니다.

옛 소련 국기에 등장하는, 노동자와 농민의 상징인 망치와 낫.

그런데 문제는 경제체제였습니다. 소련이 이미 성장한 서구 자본주의 국가와 경쟁하기 위해서는 국가가 직접 나서 자국 기업의 규모를 키워야 했습니다. 그리고 계획에 따른 경제성장의 이면에는 끔찍한 노동 조건을 견디는 수많은 노동자들의 희생이 있었습니다. 이것이 사회주의라고 잘못 알려진 소련의 국가독점자본주의입니다. 노동자 농민을 위해 혁명을 성공시킨 유일한 나라, 노동자와 농민을 상징하는 망치와 낫이 국기에 그려진 나라, 그런데 그 소련은 사회주의 혁명의 이름으로 사회주의를 배반한 나라였습니다.

수용소는 무엇보다도 인간의 육체를 가둡니다. 육체의 부자유는 사고의 자유도 제한합니다. 심지어 자신이 자유로운 존재라는 생각을 하지 못하게도 합니다. 『이반 데니소비치, 수용소의 하루』의 주인공 슈호프는 10여 년 동안의 수용소 생활을 하면서 자신이 진정 자유를 원하는지 알 수 없게 되었다고 고백합니다. 수용소에 처음 들어왔을 때에는 간절히 그것을 원했는데 말입니다. 또한 수용소의 죄수들은 개별적 인격을 갖춘 존재로 인정받지 못하고 비인격적인 번호표로 불리며 사물처럼 취급됩니다. 이러한 폭력적 통제는 또한 수감자 스스로가 자신의 행동을 제어하고 검열하도록 은밀히 강제합니다. 그래서 수감자들은 규정에 의한 정당한 의의 제기조차 못하게 됩니다. 그들에게 자유시간이 주어지고 제각기 생각에 잠길 기회가 있어도 그들은 자유롭게 생각하지 못하고 '그 생각이라는 것이 언제나 제자리에서 뱅뱅 돌게 마련'입니다. 최소한의 생존 조건도 갖춰지지 않는 수용소의 폭력적 일상 자체가 그들의 사고를 제약하는 것입니다. 작업에서 빠질 궁리, 먹을 것을 얻을 궁리가 그들 생각의 전부라고 해도 과언이 아닙니다.

열악한 수용소의 삶은 또한 수감자 각자가 서로를 신뢰하지 못하게 합니다. 그리고 어떠한 책임감도 그들에게는 없습니다. 적당히 넘어가면 그만인 것입니다. 정당한 절차나 기준으로 수감자들의 행동이 평가되지 않기 때문입니다. 수용소는 '비리 종합선물세트'라고 할 만큼 수감자뿐만 아니라 간수들도 온갖 비리를 저지릅니다. 그러나 그것은 개인의 도덕성의 결여 때문이 아니라 열악한 수용소의 환경 탓입니다. 적절한 배급이 이뤄지지 않기에 온갖 부정한 방법으로 필요한 것을 얻을 수밖에 없는 것입니다. 수용소의 작업도 마찬가지입니다. 공평하게 일이 배분되고 정당하게 평가되는 것이 아니기에 어떻게든 순간순간만 모면하면 된다는 생각이 팽배합니다. 이 과정에서 뇌물과 비리가 개입하는 것은 오히려 당연한 일입니다. 특히 통제된 공간에서 일상적으로 가해지는 폭력은 수감자들이 자신의 몸을 주체적으로 인식할 수 없게 합니다. 내재화된 폭력에 대한 두려움은 유통기한이 없습니다. 그리고 공포에 떨고 있는 이들을 통제하는 일은 너무나도 쉽습니다. 모든 독재권력이 사상경찰을 동원해 일상을 감시하고 거대한 수용소를 유지하는 이유가 바로 이것입니다.

『이반 데니소비치, 수용소의 하루』의 주인공 슈호프는 여러 면에서 아우슈비츠 수용소에서 살아남은 『쥐』의 주인공 블라덱을 떠올리게 합니다. 둘은 적극적인 태도와 현실적인 처신으로 수용소에서 살아남습니다. 그러나 소련의 시베리아와 폴란드의 아우슈비츠 수용소에는 더 중요한 공통점이 있습니다. 수감자들의 혐의가 정확하지 않다는 것입니다. 슈호프를

아트 슈피겔만의 장편만화 『쥐』

비롯한 그의 수용소 동료들은 대부분 정치범으로 체포되어 수감생활을 합니다. 그러나 그들 중 특정 이념을 가진 이들은 거의 없습니다. 마찬가지로 게르만 민족의 혈통적 순수성에 심각한 해를 끼친다는 명목이나 사회 혼란을 조장한다는 죄목으로 붙잡힌 대부분의 유대인들은 사실 전혀 근거없는 우생학이나 조작된 풍문 때문에 체포되어 희생되었습니다.

스탈린 치하의 시베리아 강제수용소(1930년). 솔제니친은 그의 작품 『이반 데니소비치, 수용소의 하루』, 『수용소 군도』 등을 통해 굴라크(수용소)의 비인간성을 강도 높게 고발했다.

　이렇게 보면 수용소가 가두는 것은 육체적 자유뿐만이 아닙니다. 몸이 갇히면 생각이 자유로울 수 없습니다. 사고의 부자유는 자의식을 심각하게 훼손해 자유로운 존재로서의 인간의 자존감을 박탈합니다. 그리고 수용소의 비상식적인 운영 행태는 건전한 상식을 조롱하고 그 결과 각자의 행동에 대한 평가의 정당성을 훼손해, 무기력하고 무책임한 인간을 양산합니다. 결과적으로 수용소를 포함한 모든 폭력적 통제는 인간의 존엄성을 옴짝달싹 못하게 묶어버려 인간을 인간이 아닌 존재로 만듭니다.

예술과 종교는 어떤 점에서 인간적인가?

200g의 빵이 일상을 지배하는 강제노동수용소에서 예술과 종교는 어떤 의미가 있을까요? 슈호프는 의무실에 갔다가 젊은 조수가 시를 쓰고 있는 일을 목격하고 그것은 아무짝에도 쓸모없는 일이라고 생각합니다. 그리고 자신을 전도하려는 알료쉬카의 신앙적 순수성을 조롱합니다. 수용소에서 예술을 논하고 종교적 성실성을 잃지 않는 체자리와 알료쉬카는 죄수로서 복역하는 것이 아니라 수용소에 오기 전의 삶을 이곳에서도 그대로 연장하고 있는 느낌입니다. 예술과 종교가 의미를 갖기 위해 반드시 극한의 삶의 조건이 요구되는 것은 아닙니다. 그러나 살아남을 수 있는지의 여부가 끼니처럼 매일 또렷하게 인식되는 수용소야말로 인간에게 예술과 종교가 어떤 의미를 지닐 수 있는지 자문해 볼 수 있는 최적의 장소일 것 같습니다.

　예술이란 무엇을 말하는가가 아니라 어떻게 말하는가가 더 중요하냐는 당시의 예술관에 글쓴이는 동의하지 않는 듯합니다. 작가는 체자리와 바체카의 대화를 통해 예술적 형상화는 그 자체로 중요한 것이 아니라, 예술이 어떻게 인간의 삶에 기여하는가가 더 중요하다고 주장합니다. 지나치게 예술적인 것은 이미 예술이 아니라는 것입니다. 왜냐하면 그러한 예술은 인간의 감정을 고양시키는 어떠한 역할도 할 수 없기 때문입니다. '빵 대신 후추와 양귀비씨만 잔뜩 뿌려놓은' 음식을 믹고는 살 수 없는 것과 마찬가지로 예술로서의 예술, 그 자체가 목적인 예술은 인간의 삶에 어떠한 기여도 할 수 없다고 작가는 주장하는 듯합니다.

예술도 인간의 삶에 기반하고 있는 이상 그것에 어떤 식으로든 기여할 수 있어야 합니다. '예술을 위한 예술'은 예술에 부당하게 개입하고 예술가를 복종하게 하려는 폭력적인 현실권력에 맞선 예술의 자기 방어적 구호일 때 의미가 있습니다. 그렇지 않고 이 구호가 예술이 대상으로 하는 인간의 삶을 천박하게 여기고 폄훼하는 근거로 활용될 때는 공허한 헛소리에 불과할 뿐입니다.

물론 이러한 작가의 예술관이 스탈린 독재 하 선전도구로서의 예술을 옹호하는 것은 결코 아닙니다. 스탈린 시대 소련 예술은 자본주의 사회의 부르주아적 문화와 심미주의를 거부하고 공산주의 사회를 건설하는 데 동원되었습니다. 그러한 예술에 대한 통제는 당연히 예술작품의 생명이라고 할 독창성과 창조성을 말살했습니다. 예술로서의 가치를 상실해 버린 것입니다. 그러자 예술을 선전도구로 활용하려던 애초의 목표도 실현될 수 없었습니다. 아무런 감동을 주지 않는 예술작품을 통해 영향을 받는 사람은 아무도 없기 때문입니다.

『이반 데니소비치, 수용소의 하루』는 예술의 이러한 두 가지 극단을 슬기롭게 극복한 작품으로 평가할 수 있습니다. 솔제니친은 자신의 구체적 경험을 지나친 예술적 형상화를 통해 일상과 동떨어진 순수한 어떤 것으로 제시하려고 하지 않습니다. 주인공 슈호프는 독자가 연민을 가지고 인정할 수 있는 인물이기는 하지만, 인간의 고결함 그 자체를 구현한 존재는 아닙니다. 동시에 작가는 스탈린 독재에 저항해야 한다는 '선전'을 시끄럽게 떠벌리지 않습니다. 슈호프를 비롯한 대부분의 죄수들은 어떤 신념에 찬 인물들이 아닙니다. 그런데 우리는 이 작품을 통해 인간을 억압하는 폭력과 구차한 삶을 이어가면서도 결코 부정되지 않는 인간 사

슈호프는 아주 흡족한 마음으로 잠이 든다. 오늘 하루는 그에게
아주 운이 좋은 날이었다. 영창에 들어가지도 않았고, 〈사회주의
생활단지〉로 작업을 나가지도 않았으며, 점심 때는 죽 한 그릇을
속여 더 먹었다. 그리고 반장이 작업량 조정을 잘해서 오후에는
즐거운 마음으로 벽돌쌓기도 했다. (…) 눈앞이 캄캄한 그런 날이
아니었고, 거의 행복하다고 할 수 있는 그런 날이었다.

이의 유대와 우의를 발견하게 됩니다.

저녁 식사 후, 두 번째 점호가 있기 전의 짧은 시간 동안 슈호프와 알료쉬카가 나눈 대화를 통해 우리는 러시아 정교회에 대한 작가의 뿌리깊은 불신을 엿볼 수 있습니다. 슈호프가 전하는 그의 고향 교구 신부는 악마의 자식 같습니다. 그리고 이어 슈호프는 천당과 지옥 같은 내세를 믿지 않는다고 말합니다. 그는 또 알료쉬카의 신앙이 참혹한 수용소 생활을 잊기 위한 자기기만이 아니라는 점은 인정합니다. 그러나 그에겐 도무지 하나님이, 종교가 필요치 않습니다. '지금 내게 빵 200g과 담요 한 장 주지 않는 하나님이라면 그가 아무리 전지전능하다고 해도 그게 나와 무슨 상관이란 말인가.' 슈호프는 이렇게 알료쉬카에게 한마디 해주고 싶은 것인지도 모릅니다.

인간이 다른 동물과 구별되기 시작한 시점은 자기에 대한 인식이 가능한 때부터입니다. 자의식을 갖게 된 인간은 자신이 자연과 완전히 분리된 존재라는 사실과, 자신이 존재하기 전에도 그리고 자신이 죽은 후에도 세계는 존속할 것임을 깨닫게 됩니다. 시간에 대한 이해는 곧 죽음에 대한 공포를 불러 일으켰습니다. 자신이 영원한 시간 중 극히 일부에만 존재할 수 있다는 자각은 자신의 삶의 의미에 대한 질문으로 이어집니다. 여기서 인간의 유한성을 초월할 수 있는 무한한 존재의 필요성이 제기됩니다. 종교가 '발명' 된 것입니다.

이렇게 생겨난 거의 모든 종교가 억압적이고 타협불가능한 교리를 갖는 것은 상대성이 인간의 불안을 촉발하기 때문입니다. '종교의 여러 형태들은 무(無)에 대한 공포를 문화적으로 드러낸 것에 불과' 합니다. 이런 결과로 종교는 인간을 자유케 하기는커녕 통제하고 공포에 떨게 합니다. 특히 동일한 신을 믿지 않는 타종교인이나 무신론자에 대한 종교적 분노는 히스테리에 가깝습니다. 따라서 그렇게 만들어진 신과 종교는 결코 인간을 해방시키지 못합니다. 그럴 수 있다는 환상만을 심어줄 뿐입니다.

　인간은 늘 존재론적 불안을 느끼기에 종교적 존재일 수밖에 없습니다. 그러나 종교의 목적이 있지도 않는 신을 만족시키는 것이 아니라 인간성을 고양시키는 것이라면, 지금의 제도적 종교를 넘어설 때 인간은 진정한 종교적 존재가 될 수 있습니다. 종교인이 된다는 것은 완전한 인간성에 도달하려는 노력을 유한한 삶에서 포기하지 않고 이어가겠다고 다짐하는 것입니다. 그리고 완전한 인간성은 인간 외부에 어떤 신비한 형태로 존재하는 것이 아니라 인간 내면의 가장 깊은 차원에 이미 자리 잡고 있음을 깨닫는 것입니다. 알료쉬카의 신실한 믿음에 대한 슈호프의 긍정과 제도 종교에 대한 그의 혐오는 종교의 본질에 대한 작가의 견해를 비유한 것으로 보입니다. 슈호프가 경험한 현실종교의 행태는 마땅히 부정되어야 합니다. 인류의 지성이 전에 없이 확장된 현대를 사는 사람들에게 믿을 수 없는 것을 믿게 하려는 현실 종교는 억지를 부릴 수밖에 없습니다. 그것이 사소한 편견에 그치지 않고 사람들을 죽이는 지경에까지 이르렀다면 제도 종교의 파멸은 불가피합니다. 그러나 '남이 도와달라고 청하는데, 어찌 도와주지 않을 수 있느냐?' 고 반문하는 알료쉬카의 인간적 고결함은 진정한 종교가 도달해야 할 어떤 구체적 지점을 보여줍니다. 무엇을 부탁해도 싫다는 법이 없는 알료쉬카의 인격이, 그가 믿는 종교 덕분에 이루어진 것이라면 설사 그가 믿는 하나님이 실재하든 인간이 만들어 낸 것이든 무슨 상관이겠습니까.

우리는 어디에 갇혀 있는가?

슈호프의 수용소에서의 하루를 죽 따라가다 보면 문득 겹치는 누군가의 일상이 있습니다. 학교에서 생활하는 아이들입니다. 무기력에 국적과 신분이 있다면 그것은 대한민국, 중고등학생이라고 말할 때의 그 아이들 말입니다. 똑같은 옷을 입고 정해진 시간에 일어나 주어진 일과를 따르는 것은 눈에 보이는 유사성일 뿐입니다. 원치 않는 일을 해야만 하는데서 오는 스트레스와 그에 대한 반작용인 무책임과 무력감, 눈치보기와 대충하기는 둘이 거의 구분되지 않을 정도입니다.

실제로 우리나라에서 근대교육이 시작된 일제 식민지 시기에 학교의 모델은 수용소와 별반 다를 게 없는 병영이었습니다. 높게 둘러쳐진 담과 넓은 운동장, 그 앞쪽 중앙에 있는 연단과 그 뒤로 자리잡은 네모난 교사. 이는 탈영을 위해 배타적으로 지정된 군부대의 경계와 훈련을 하는 연병장, 그리고 부대원의 일사불란한 사열을 받는 사열대, 그리고 막사와 거의 정확하게 일치합니다.

그러나 더 두려운 것은 수용소와 학교의 은폐된 목적이 같다는 사실입니다. 독재권력이 강제수용소를 운영하는 이유는, 아무 이유없이 붙잡혀 가 수십 년의 강제노동을 할 수 있다는 가능성을 국민들에게 각인시킴으로써, 국가에 대한 어떠한 이의나 비판도 제기하지 못하게 하려는 것입니다. 학교 또한 별반 다르지 않습니다. 일부 상층 계층이 독점하던 교육이 대중에게도 제공되었던 때는 대체로 근대국가가 형성되던 시기, 그리고 자본주의가 전면화되어 거대 기계 산업이 생산관계를 근본적으

대한민국 교실이, 수용소보다 나은 점은 무엇일까. 영화 〈핑크 플로이드의 벽〉 중 한 장면.

로 변모시키던 시기와 일치합니다. 국가 권력이 국민들의 비판적 사고와 가치있는 삶을 위해 교육을 실시했던 것은 아닙니다. 국가의 지시에 충실한 국민과 자본주의적 생산양식에 맞게 착취할 수 있는 최소한의 지식을 갖춘 노동자를 '생산'하기 위해 국민을 교육시켰던 것입니다.

죄수에게 창의적이고 비판적 사고가 필요치 않는 것은 대한민국 학생에게도 똑같이 적용됩니다. '창의적 인재 육성'은 먼지 낀 교육지표 액자 안에나 갇혀 있는 뿐입니다. 학생들은 그저 규율에 잘 따르는 타율적이고 피동적인 존재이면 그만입니다. 학교라는 감옥에 갇힌 학생들은 수용소의 죄수들만큼이나 생각이 자유롭지 못합니다. 그 첫째 이유는 몸이 갇혀 있기 때문입니다. 자신의 몸을 자유롭게 통제하지 못하는 이가 자유로운 사고를 한다는 것은 어불성설입니다. 학생들이 보는 객관식 문제 또한 그들의 사고를 철저하게 통제합니다. 네 개나 다섯 개 중에 반드시 정답이 있다는 객관식 문제는 '객관적' 평가를 위해 불가피하다고 합니다. 하지만 실제 삶에서 학생들이 닥치는 문제의 해결책은 네 개 혹은 다섯 개의 선택지 밖에 존재할 가능성이 훨씬 더 큽니다. 이런 명백한 현실을 무시한 교육이 '객관적'으로 타당할 수는 없습니다.

학교의 주입식 교육이 더 위험한 것은 학생들이 자신의 현실에 의문을 제기하지 못하게 한다는 점입니다. 선생님의 수업 내용을 그대로 필기하고 그 내용을 오지선다형으로 풀어 점수를 받는 학생들은, 수업내용과 다른 것에 대해서는 질문할 수 있을지 몰라도 주어진 문제에 근본적인 의문을 제기하지는 않습니다. 실제로 학생들에게 '무력통일을 위해 북한을 1년 후에 침공해야 하느냐 2년 후에 침공해야 하느냐, 1번 1년 후, 2번 2년 후?' 하고 물어보면 심각하게 고민한 후에 '1번' 혹은 '2번'이라고 답합니다. 무력통일이 현시점에서 옳은 일인지, 그것을 위해 북한을 침략하는 것이 타당한지에 대한 의문은 없습니다. 이렇게 교육된 학생들은 사회에 나와서도 자신이 소속된 회사를 비롯한 집단의 공식적 입장에 이견을 제시하기 어렵습니다. 사회전반에 대한 여론을 형성하는 거대 언론이 이들을 길들이는 방법도 동일합니다. 선택의 여지를 주어 각자의 자율성을 보장하는 척하면서 실제로는 자신들의 견해를 강제하는 것입니다.

『이반 데니소비치, 수용소의 하루』의 주인공 슈호프는 오늘을 '거의 행복하다고 할 수 있는 그런 날'이라고 생각합니다. 그 말이 틀리지는 않습니다. 그러나 너무도 부당하게 수용소 생활을 하는 그에게 한 줌의 안락이 생각할 수 있는 '행복'의 전부라면 그것은 서글픈 일이 아닐 수 없습니다. 주어진 상황에 어떻게든 적응하고 또 그 현실에서 어떻게 생존할 수 있는가를 고민하는 것도 중요하지만, 우리에게 주어진 상황 자체를 반성적으로 성찰하는 것이 훨씬 더 중요합니다.

슈호프를 비롯한 죄수들은 작업을 시작하기 전, 즉 반장들이 작업량을 상의하는 짧은 시간을 소중하게 생각합니다. 그 시간만큼은 자유롭기 때문입니다. 그런데 자신의 생각을 자유롭게 말해보라고 하면 입을 닫아 버리고, 정해진 일정 대신 자유롭게 자기 일을 하라고 하면 오히려 불안해하는 대한민국 학생들이 죄수들보다 더 자유로운 존재라고 할 수 있습니까? 통제를 끊임없이 벗어나려는 죄수들과 그것을 이미 내면화해버린 대한민국 청소년 중에서 누가 더 자유로울 가능성이 있는 존재입니까? 이 작품에서 스탈린 독재의 참혹함이나 현실사회주의의 실패라는 과거의 사실만을 읽어내기에는 여러분들이 처한 지금의 현실이 너무도 절박합니다. 솔제니친이 『이반 데니소비치, 수용소의 하루』를 비롯한 소설을 통해 고발하려고 했던 것은 비단 스탈린 독재의 폭력과 통제만은 아니었을 것입니다. 그런 점에서 이 작품에 묘사된 수용소의 온갖 부조리함이 현재 우리나라 교육, 더 나아가 우리 삶과 얼마나 다른가에 대해 진지하게 통찰할 필요가 있습니다.

'밀림의 법칙'이 비단 60여년 전 시베리아의 수용소에만 적용되겠습니까? '강한 놈은 살아남고 약한 놈은 죽는 법'이 비단 스탈린 독재 하에서만 작동했을까요? 내가 살기 위해서는 다른 아이들과의 경쟁에서 반드시 이겨야 한다고 가르치고 격려하는 대한민국 교실은 수용소보다 나을 것이 무엇입니까? 그런데 더 기막힌 일은 학생들의 그 치열한 경쟁은 생존을 위한 것이 아니라는 사실입니다. 만약 생존 그 자체를 위한 경쟁이라면 불가피하다는 변명이라도 가능합니다. 그러나 대한민국 학생들이 경쟁을 통해 얻고자 하는 것은, 철저하게 외부에서 주입된 욕망을 충족시켜 줄 것이라 착각하고 있는, 과시를 위한 사회적 지위와 물질적 풍요일 뿐입니다. 누가 우리들을 이렇게 만들었습니까.

지난 논술 시간에 '권력'이라는 주제로 수업을 들은 적이 있다. 수업할 때 받은 자료에는 '감옥'과 '학교'를 동일시하고 있었다. 그런데 그 수업은 너무나도 충격적이어서 나는 지금도 그 수업 내용을 생각하면서 넋을 놓곤 한다. 감옥과 학교는 복도 쪽에 있는 실내 벽에 창문이 뚫어져 있는 유일한 건축물인데, 그 창문은 간수나 교사들이 죄수와 학생을 감시하기에 편리하도록 만들어 놓은 구조물이다. 감옥과 학교의 공통점이 한 가지 더 있는데 그것은 수감자들과 학생들을 번호로 부른다는 것이다.

수용소에서 이반 데니소비치 슈호프는 '췌-854번'으로 불린다. 슈호프에게 그것은 자신의 개별성을 드러내는 이름이 아니라 그저 수용소 인원을 점검하기 위한 번호일뿐이다. 그런데 번호표는 지워져서는 안된다. 왜냐하면 규정 위반으로 영창에 갈 수도 있기 때문이다. 수용소에 수감된 사람들은 영하 40도에 가까운 극한의 추위를 견뎌내면서 혹독한 노동까지 해야 한다. 이와 대비되는 식사의 양과 질은 독자로 하여금 눈살을 찌푸리게 하지만 정작 당사자인 수감자들은 그 식사에 희열을 느끼기까지 한다.

대한민국의 고등학생들도 수감자들과 다를 바가 없다. 수업 시간에 발표를 하거나 교과서를 읽을 때면, 교사가 번호를 불러 학생들을 호명한다. 그런데 아이들은 교사가 자기 자신을 이름이 아닌 번호로 부른다는 것에 대해 전혀 불쾌해하지 않는다. 학생들에게 그것은 너무나 당연한 일일뿐더러 자연스러운 일이기 때문이다. 또, 정규 수업을 마치고 나면 바로 보충 수업을 하고, 그 보충 수업까지 마쳐야만 비로소 우리는 저녁 식사를 할 수가 있다. 수업 시간보다도 짧은 식사 시간 후에는 제대로 쉴 틈도 없이 바로 야간 자율 학습을 해야 한다. 그러나 그 어떤 학생도 이런 생활에 대해 의구심을 가지거나 불만을 느끼지 않는다. 설령 불만이 있다 하더라도 그것은 그 순간의 고단함에서 오는 것일 뿐이지 우리의 일과 자체에 대한 불만은 결코 아니다. 이처럼 우리는 현 체제를 내면화해 체제의 근본적인 모순이나 문제에 대해서는 어떠한 의문도 가지지 못한다.

고등학생이 그렇게 되길 원하는 대학생들도 같은 문제에 직면해 있다. 취업자리 보기를 금같이 해야 하는 그들은 소위 스펙이라는 것에 압사당하며 산다. 대학생들은 취업난이나 스펙 쌓기의 어려움에 대해서는 불만을 토로하면서도 정작 이런 사회 구조의 부당함에 대해서는 알려고조차 하지 않는 것 같다. 오직 승진만을 목표로 하며 하루하루를 살아가는 직장인들 역시 마찬가지이다. 어쩌면 그들은 부당한 구조의 존재 자체에 대한 개념이 없는지도 모른다.

이미 답이 정해져 있는 세상, 그 답 외에는 다른 답이 존재할 수 없다고 우기는 세상은 YES가 아니면 NO이고, 흑이 아니면 백이라는 논리로 세상이 둘로 밖에 나뉘지 않는다는 이분법적 사고를 사람들에게 세뇌시킨다. 그리고 이런 체제에 익숙해진 인간은 그것이 사실이자 진실이라고 여기며 그 어떤 의문도 제기하지 않고 그 어떤 변화도 꿈꾸지 세상에서 가장 낯선 존재는 무엇일까요? 애초에 본 적이 없는 대상이라면 낯설다 낯익다의 판단이 불가하기에 논외로 하면, 내가 알고 있는 것 중에 가장 낯선 것은 어쩌면 내 자신일지도 모릅니다. 왜냐하면 우리의 시선은 늘 바깥을 향하기 때문입니다. 우리가 관심을 갖거나 욕망하는 거의 모든 대상은 외부에 존재합니다. 그런데 그 관심과 욕망의 주체는 내 자신입니다. 무언가를 욕망한다는 것은 그 욕망하는 주체가 그것을 통해 긍정적인 변화를 기대한다는 것입니다. 그런데 우리는 정작 바로 그 욕망의 주체에 대해서는 무관심합니다. 자신에 대한 관심은 곧 세계에 대한 진지함의 바탕이 됩니다. 너무나도 당연한 말이지만 '나'는 '나'를 통해서 사회와 관계 맺기 때문입니다. 우리 자신을 잘 살펴봅시다. 그러면 지금까지 당연하다고 여겨왔던 많은 것들이 사실은 매우 불합리하다는 사실을 깨닫게 됩니다. 그것이 우리를 행복하게 할 수 있는 첫걸음이라고 믿습니다.

스탈린 시대의 강제수용소에 대한 이야기를 더 알고 싶다면 『수용소 군도』(알렉산드르 솔제니친)를, 제2차 세계대전 당시 나치에 의해 운영된 유대인 수용소 생활을 형상화한 작품을 읽고 싶다면 만화 『쥐』(아트 슈피겔만) 혹은 문학적 르뽀 『이것이 인간인가』(프리모 레비)를 추천합니다. 우리나라 교육정책의 문제점을 개략적으로 알고 싶다면 『입시 전쟁 잔혹사』(강준만)와 『입시 공화국의 종말』(김덕영)을 권합니다. 그리고 예술과 문학, 그리고 종교 전반에 대한 깊이 있는 이해를 원하는 학생이라면 다소 어렵지만 『문학과 예술의 사회사』(아르놀트 하우저)와 『만들어진 예수 참사람 예수』(존 쉘비 스퐁)의 일독을 권합니다.

4

이상으로 나아가기

『1984』, 『달과 6펜스』, 『인간의 조건』

own fears, nor the propheti
orld, dreaming on things
lease of my true love
s forfeit to a confined d
moon hath her eclipse
d augurs mock their own
ies now crown themselves a
proclaims olives of endless a
h the drops of this most bal
ooks fresh, and death to n
ite of him I'll live in this po
insults o'er dull and speechl
And thou in this shalt fi
crests and tomb

지금과 다른 것을 꿈꾸는 것은 권리이자 의무입니다.
당연한 모든 것을 의심합시다.
이때껏 그래왔던 것처럼, 이상을 향한 동경은 결코 포기되지 않을 것입니다.

우리를 지배하는 건
욕망인가 통제인가

조지 오웰, 『1984』

악이란 비판적 사유의 부재이다.
— 한나 아렌트

여러분들은 하루 몇 번이나 휴대전화에 '접속'하나요? 한 조사에 의하면 15~19세 학생들의 하루 문자메시지 이용 건수는 60.1건에 달한다고 합니다. 그리고 같은 연령의 휴대전화 이용률은 85.3%에 이릅니다. 이 수치는 표면적으로는 각 사람이 '개인 기지국'화 함으로써 소통이 확대될 가능성이 높아졌음을 보여줌과 동시에 개인의 일거수일투족이 통제될 가능성 또한 커졌음을 의미합니다. 휴대전화 이용 가입시 기록되는 개인정보, 현재 통화 위치, 통화 내용 등을 통해 우리의 일상은 '복기(復碁)'가 가능할 정도입니다. 법적 절차라는 제어 장치가 있기는 하지만, 개인 정보 습득에 별 기술적 어려움이 없는 것도 사실이기 때문입니다. 그렇다면 2010년 가입자 수가 5,000만 명을 넘어 보급률이 102%를 넘

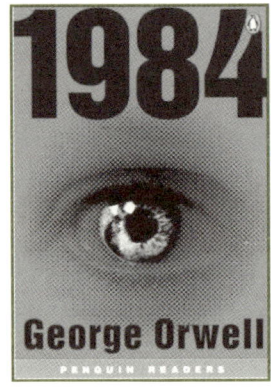

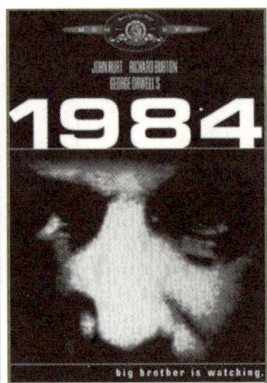

"빅 브라더가 당신을 지켜보고 있다". 각국에서 출가된 「1984」 책 표지들.

어선 휴대전화는 『1984』에서 개인을 통제하는 텔레스크린의 21세기 기술적 진화품이라고 해도 과언이 아닙니다.

그런데 휴대전화가 등장하기 전부터 더 철저한 개인정보 관리가 가능한 시스템을 우리나라는 갖고 있었습니다. 여러분이 곧 받게 될 주민등록증이 바로 그것입니다. 우리나라는 선 세계에서 유일하게 중앙징부에서 지문을 채취해 강제로 주민등록번호를 부여하는 나라입니다. 그러나 '관공서의 일방적인 주민등록번호 요구는 인권 침해에 해당한다' 는 국가인권위원회의 결정이 우리에게 거의 알려지지 않았거나, 알아도 별 관심이 없다는 것은 무엇을 의미할까요? 이는 개인정보 유출이나 인권침해에 대해 우리 국민들이 무감각하다는 것을 보여줍니다.

개인 정보를 수집하고 이를 통해 개인을 통제하는 기술은 이런 가시적인 것뿐일까요? 텔레스크린이 오세아니아 당원 개개인을 통제하는 가시적 실체였다면, 빅 브라더(Big Brother)는 자신을 드러내지 않으면서

'영사'(INGSOC, 영국 사회주의) 전체를 통제합니다. 그런 점에서 빅 브라더와 유비쿼터스는 닮았습니다. 유비쿼터스는 물이나 공기처럼 시공을 초월해 '언제 어디서나 존재한다.'는 뜻의 라틴어입니다. 즉 사용자가 컴퓨터 등의 물리적 수단을 의식하지 않고 언제 어디서나 자유롭게 네트워크에 접속할 수 있는 환경을 의미합니다. 여러분이 등교 때와 하교 때 사용하는 버스카드에 내장된 전자태그가 바로 유비쿼터스의 일종입니다. 그러나 앞이 휴대전화 예에서도 살펴보았듯이, 현대의 첨단 정보통신 기술은 개인정보의 통제 및 감시체계로 언제든지 바뀔 수 있습니다. 이렇게 현대의 첨단 과학기술은 그 유용성에도 불구하고 결코 간과할 수 없는 그림자를 지니고 있습니다. 조지 오웰이 지금으로부터 60여년 전에 구상했던 '1984'년 오세아니아의 '정보감옥'은 그렇기에 지나간 과거도, 영원히 오지 않을 미래도 아닙니다. 이미 우리 주위를 옥죄고 있는 현재인 것입니다.

어린시절 『동물농장』이라는 '동화'를 읽어본 적이 있나요? 『동물농장』과 『1984』는 같은 작가의 작품입니다. '동화작가가 웬 디스토피아 소설?' 하며 의아해 할 학생들이 있을 것 같습니다. 사실 『동물농장』도 동물들의 꿈과 모험을 그린 낭만적인 동화가 아닙니다. 이 작품은 사회주의자인 조지 오웰이, 농민과 노동자의 나라로 출발한 소련이 스탈린 독재 하에서 전체주의 국가로 변질되어 가던 때를 풍자하기 위해 쓴 정치소설입니다. 그렇다면 '전체주의를 비판하면서 미래에 대해 예언한 소설' 혹은 '스탈린주의에 잔학함에 대한 또 다른 묘사'라는 평가를 받은 『1984』는 『동물농장』의 후속편에 해당한다고 할 수 있겠습니다. 그런데 이 작품의 배경인 1984년도 지났고 스탈린의 철권정치도 끝난 이때, 『1984』의 비판적 성찰의 유효기한 또한 마감된 것일까요?

2011년, 윈스턴과의 만남

나: 윈스턴, 만나게 되어 반갑네요. 당신이 살았던 1984년은 이미 지나갔지만 내가 살고 있는 현재도 그때와 별반 다르지 않아요. '현재를 지배하는 자는 과거를 지배한다.'라고 하면서 과거를 마음대로 날조했던 영사가 존재하지 않는데도 말이에요. 당신이 살고 있던 때의 상황을 간략하게 말해줄래요?

윈스턴: 정확하진 않지만 1984년이었을 거예요. 세계는 전체주의 국가인 오세아니아, 유라시아, 동아시아에 의해 지배되고 있었고, 나는 오세아니아에 살고 있었죠. 그곳은 거의 완벽하게 사생활이 통제되는 곳이죠.

나: 당신은 텔레스크린이라는, 지금의 감시카메라와 같은 것을 피해 일기를 썼는데요. 일기도 마음대로 쓸 수 없나요?

윈스턴: 개인에 의한 일체의 기록은 허용되지 않아요. 개인이 어떤 판단을 하는 걸 인정하지 않는 것이죠. 게다가 종이에 펜으로 글을 쓰는 행위 또한 거의 사라져 버렸지요. 일기를 쓰는 것은 사상죄에 해당하는 것으로 발각되면 사형이죠.

나: 끔찍하군요. 저는 초등학교 때 일기를 쓰지 않아서 혼났는데요. 당신이 하는 일은 어떤 건가요?

윈스턴: 나는 보도? 연예? 교육 및 예술을 관장하는 진리부에서 일해요. 구체적으로는 역사를 새롭게 기록하는 일을 하죠.

나: 그럼 역사가인가요?

윈스턴: 그렇지는 않아요. 오세아니아를 지배하는 당은 오류가 있을 수 없어요. 그런데 과거에 당이 발표한 내용과 현재의 상황이 불일치하는 경우가 종종 있거든요. 그럴 경우 과거 기록을 현재 상황에 맞게 고쳐 쓰는 거죠.

나: 그건 역사 왜곡 아닌가요? 사람들이 그렇게 쓰인 역사를 믿나요?

윈스턴: 왜곡이죠. 그런데 사람들은 그딴 것엔 관심을 두지 않아요. 그리고 과거가 조작되었다는 사실을 증명할 수가 없어요. 기존의 모든 자료는 소각되고 오로지 공식 역사만 당에서 기록, 발간하니까요.

나: 직장에서 일하는 것을 빼고 특별한 일은 없었나요?

윈스턴: 있었어요. 같은 진리부의 창작국에서 일하는 검은 머리의 여자가 나를 감시하는 것처럼 보였어요. 나중에 알게 된 사실이지만 그게 나에게 관심이 있다는 표시였어요.

나: 당신이 살던 곳은 자유로운 연애도 불가능할 것 같은데, 당신은 여자를 사귄 적이 있나요?

원스턴: 캐서린이라는 여자와 결혼도 했어요. 물론 지금은 같이 살지 않지만요. 당은 부부간의 성교를 허용하지만 그것은 개인 간의 정서적, 육체적 교감을 허락해서가 아니에요. 단지 '영사'를 이어갈 아이를 낳기 위해서죠. 아이를 낳는 것은 사랑의 결실이 아니라 당에 대한 의무일 뿐이죠.

나: 그런데 당신 삶에 어떤 균열이 있었나요?

원스턴: 그렇게 말할 수 있는 일이 한 가지 있었죠. 앞에서 말한 것처럼 나는 당의 요구에 따라 과거를 다시 쓰는 일을 해요. 그런데 과거를 날조했다는 증거는 모두 사라집니다. 그런데 딱 한 번 당의 날조 행위에 대한 구체적인 증거를 잡은 일이 있었어요. 물론 텔레스크린과 주변 사람들이 두려워 곧 없애버렸지만요. 아마도 그 일 이후로 당의 지배와 현 체제에 대해 다소 비판적인 생각을 갖게 된 것 같아요.

나: 그래서 당신은 당원이면서도 노동자 거주 지역에 자주 드나들었나요?

원스턴: 그래요. 그곳에는 당이 생기기 전의 과거가 고스란히 남아 있으니까요. 하지만 그곳에 사는 노동자들은 당의 지배에 저항할 생각이 전혀 없어요. 전체 인구의 85%에 해당하는 그들이 각성한다면 당은 쉽게 무너지겠지만, 그럴 일이 일어날 가능성은 없죠.

나: 그곳에서 뭐 특별한 일은 없었나요?

원스턴: 그 여자를 만났어요. 나를 감시하는 것처럼 쳐다보던 창작부 소속의 그 여자 말이에요. 나는 그녀가 나를 감시하고 있다고 확신하게 되

었죠. 왜냐하면 그런 곳에서 당원인 우리 둘이 우연히 만날 가능성은 거의 없으니까요.

나: 당신은 줄리아를 다시 만났죠? 이건 심각한 위법행위인데요.

윈스턴: 맞아요. 그러나 우린 일탈을 즐겼어요. 이곳에서는 사상죄에 해당하고 사형을 당할 수도 있는 그런 일들, 그러니까 암시장에서 산 초콜릿을 나누어 먹고, 사랑을 나누는 일 등을 했어요. 정말 행복했죠.

나: 그녀는 체제 부정적이면서 동시에 체제 순응적인 것 같던데요.

윈스턴: 그녀는 자신이 비밀당원들과 섹스를 했다며 그들을 비난했어요. 섹스를 관장(灌腸)만큼 역겨운 것으로 여기는 비밀당원이 그녀와 섹스를 했다는 건, 곧 당이 내부에서부터 썩고 있다는 증거로 보였죠. 어떤 면에서 보면 줄리아는 나보다도 당의 선전을 믿지 않았어요. 그만큼 당의 치부를 잘 알고 있었으니까요. 그러나 그녀는 당이 전복되리라는 상상은 하지 않았어요. 그것을 위해 위험을 감수할 생각도 없었고요.

나: 당신은 줄리아를 만나면서 행복감과 함께 불안도 느꼈죠? 그런데 오브라이언으로부터 만나자는 메시지가 옵니다. 당신은 그를 어떻게 생각했나요?

윈스턴: 내부당원인 오브라이언이 줄리아와 나를 공포와 위험으로부터 구해줄 수 있다고 믿었어요. 왜냐하면 그는 오세아니아를 전복할 '형제단'의 일원처럼 보였거든요. 그는 우리에게 '형제단'에 대해 설명해 주었고 우리의 할 일을 일러 주었어요. 나는 그에게 줄리아와 밀회를 즐기는 장소를 알려주었고요. 그러자 그는 반체제 지도자인 골드스타인의 책을 읽어보라고 권했어요.

나: 그래, 책을 무사히 읽었나요?

윈스턴: 갑자기 큰 변화가 있었어요. 증오주간의 엿새째 되는 날, 오세아니아가 유라시아와 더 이상 전쟁을 하지 않는다는 발표가 있었어요. 오세아니아는 동아시아와 전쟁 중이며 유라시아는 동맹국이라는 거지요. 너무도 어이없는 일이었지만 모두들 그렇게 믿었어요. 그러자 갑자기 일이 밀어닥쳤어요. 어제까지의 역사를 모두 바꾸어야 했으니까요. 일이 끝나자 짧은 휴가가 주어졌고 나는 채링턴 씨 상점의 위층 방에서 책을 읽기 시작했어요. 그리고 곧 체포되었죠.

나: 당신은 체포된 후 일반 감옥에 갇혔다가 네 벽에 텔레스크린이 설치된 방으로 이감됩니다. 그곳에서 오브라이언을 만났죠?

윈스턴: 처음에 나는 그도 함께 체포된 줄 알았어요. 그런데 얼마 후 오브라이언은 형제회의 동지가 아니라 사상경찰을 겸한 내부당원이이라는 사실을 알게 되었죠. 나는 갖은 고문을 당한 후, 한 일뿐만 아니라 하지 않은 일도 했다고 자백했어요.

나: 그리곤 어떻게 됐나요? 당신 신념을 굽히진 않았죠?

윈스턴: 오브라이언이 나를 직접 고문했어요. 처음에 나는 오브라이언의 심문에 내 소신대로 대답했어요. 둘 더하기 둘을 다섯이라고 강요했지만 나는 넷이라고 대답했죠. 그랬더니 끔찍한 고문을 하더군요. 세상에는 육체적인 고통보다 더 끔찍한 건 없어요. 나는 곧 오브라이언이 원하는 대로 대답했어요. 그런데 갑자기 오브라이언이 묻더군요. 왜 사람들을 이리로 데려오는지 아느냐고.

나: 사상범들에게 자백을 받기 위해서가 아니던가요?

윈스턴: 나도 그렇게 대답했어요. 그런데 오브라이언은 달리 말했어요. 사상범들을 온전한 정신을 지닌 사람으로 만들기 위해, 즉 치료하기 위해 이곳으로 데려온다는 거예요.

나: 치료라고요? 그렇다면 당은 사적인 사고와 행동을 하는 이들을 병자 취급한다는 말이네요. 그들이 원하는 건 사상범들이 폭력에 굴종하는 게 아니라 그들의 자유의지에 따라 완벽하게 항복하는 것이군요. 한 개인의 생각뿐만 아니라 의지까지 조종할 수 있다고 믿다니, 정말 끔찍하군요.

윈스턴: 그런데 육체적 고통은 그것을 가능하게 해요. 고문은 인간을 더 이상 인간일 수 없게끔 하니까요. 나는 다른 고문기계로 옮겨졌는데 이번에는 고통은 없었어요. 그런데 맥이 풀리면서 완전히 무력한 상태가 되었죠. 나는 오브라이언의 뜻대로, 내 자유의지에 따라 순응하게 되었어요. 그리고 오브라이언의 일장 연설을 들었죠. 그는 자신들이 건설하고자 하는 문명은 증오 위에 기초해 있다고 했어요. 인간의 모든 쾌락은 사라지고 오직 권력에 대한 도취감만이 존재하는 그런 문명을 세운다고요.

나: 그게 가능할까요? 당신 표현대로 인류 역사만큼이나 오래된, 불의에 저항하는 '인간의 정신'이 존재해 왔잖아요.

윈스턴: 그런데 오브라이언은 그건 가능하지 않다고 했어요. 자신들은 인간을 완전히 새로운 존재로 만들 수 있기 때문이라는 거예요. 내가 인간이라면 마지막 인간일 거라고 그는 말했어요. 그러면서 내 망가진 몸을 보게 했어요. 고문으로 엉망이 돼 마치 고질병에 시달리는 예순 살 노인의 몸뚱이 같은 내 몸을 말이에요. 그리고 내가 전에 오브라이언의 저택에서 혁명을 위해 어떤 일도 하겠다고 다짐한 내용을 녹음해서 들려줬

어요. 예를 들어 혁명을 위해서라면 황산을 어린아이 얼굴에 쏟아 붓는 일도 하겠다고 한 그 말을 말이에요.

나: 그들은 정말 끔찍한 연극을 꾸몄군요?

윈스턴: 그래요. 오브라이언도 나에 대한 7년 동안의 감시를 '나를 위해 꾸민 연극'이라고 했어요. 결국 나는 인간으로서 지켜야 할 자존심과 존엄을 단 한 가지도 지키지 못한 사람이 되었죠.

나: 그래도 당신은 줄리아를 배반하진 않았잖아요. 그것은 이성간의 애정을 금지하는 당에 저항한 것으로 이해할 수 없나요?

윈스턴: 나는 당에 복종했지만 마지막까지 당을 증오하면서 죽을 것을 결심했어요. 줄리아에 대한 애정도 그대로 유지하면서요. 그것이 자유라고 믿었죠. 그런데 그것마저도 불가능했어요. 내가 잠결에 '줄리아'를 부르는 걸 그들은 놓치지 않았어요. 나는 결국 101호로 끌려갔죠.

나: 그곳에서 앞서 말한 당신의 의지까지도 마음대로 조종당했나요?

윈스턴: 맞아요. 그들은 내가 가장 끔찍해하는 쥐를 가져왔어요. 내 몸을 물어뜯게 하려고요. 나는 정말 참을 수 없었어요. 나는 그걸 줄리아한테 하라고 소리쳤죠. 그렇게 나는 줄리아를 배반했고, 당을 증오한다는 생각도 완벽히 제거했어요.

나: 이제 총살만이 남았군요.

윈스턴: 언제 총살당할지는 몰라요. 나는 다시 직업을 가졌어요. 일은 거의 없지만 보수는 많았어요. 누구도 나를 신경 쓰지 않아요. 심지어 길거리에서 줄리아를 만나 허리를 껴안아도 누구도 뭐라고 하지 않더군요.

나: 줄리아를 만났군요. 그녀는 어떻던가요?

윈스턴: 내가 그녀를 배반한 것처럼 그녀도 나를 배반했다고 했어요. 그

녀는 마치 시체처럼 굴더군요. 서로에게 더 이상 관심이 없어졌어요. 이
제 술만이 나에게 생명이고 죽음이며 부활이에요. 나는 〈체스넛트리〉 카
페에 죽치고 앉아 술만 마셔댔죠. 아직 총살당하진 않았지만, 과거의 내
기준으로 보자면, 나는 더 이상 인간이 아니에요. 싸움은 끝난 거죠. 당
을 부정하려던 내 자신과의 싸움에서 나는 승리했어요. 나는 빅 브라더
를 진심으로 사랑해요.

첫 번째 질문

통제는 어떻게 가능했나?

조지 오웰 George Orwell, 1903~1950.

자동인형과 같은 동료들과는 달리 비판
적 사고를 유지하고 날조된 역사를 맹
신하지 않고 개인의 역사를 기록했던
윈스턴, 체포돼서도 당의 개인에 대한
통제에 저항했던 그가 어떻게 죽는 순
간, '빅 브라더를 사랑한다.'고 고백할
수 있었을까요? 이는 무엇보다 개인적
인 친분까지도 사상 통제의 방법으로
악용하고 인간성을 말살하는 고문도 서
슴지 않는 당의 전체주의적 통치술에
기인합니다. 그러나 이를 단순히 개인에 대한 제도나 사회의 억압, 통제
의 문제로 단순화해서는 안 됩니다. 여기에는 현대 사회가 개인을 어떻

어떤 면에서 당의 세계관은 그것을 이해할 능력이 없는 사람들에게 가장 잘 받아들여졌다. 그들은 자기들에게 요구되는 것이 얼마나 끔찍한 일인지도 납득하지 못할 뿐더러 현재 일어나고 있는 공적인 사건에 대해 무관심하기 때문에 가장 악랄한 현실 파괴도 서슴지 않고 받아들일 수 있었던 것이다. 말하자면 그들은 무지로 인해 정상적인 정신 상태를 유지한다고 볼 수 있다.

게 통제하고 억압하는지, 그리고 개인은 어떤 과정을 통해 그런 비합리적인 통치에 자발적으로 동의해 가는지에 대한 작가의 중요한 통찰이 들어 있기 때문입니다. 또한 윈스턴이 당에 굴복해가는 과정은 역설적으로 『1984』의 작가 조지 오웰이 우리에게 던지는 '절망적 희망'을 엿보게 한다는 점에서 주목할 만합니다.

『1984』에서 당이 개인을 통제하고 체제를 유지하는 방법은 다양합니다. 그 중에서 전자와 관련하여 주목할 만한 것은 '이중사고'와 인간관계의 피폐화이고 신어의 창조와 과거의 조작, 그리고 고문은 후자를 위한 구체적인 전략입니다.

이중사고는 '한 사람이 두 가지 상반된 신념을 동시에 가지며, 그 두 가지 신념을 모두 받아들일 수 있는 능력'을 말하는데, '의도적으로 거짓말을 하면서 그 거짓말을 진실로 믿고, 불필요해진 사실은 잊어버렸다가 그것이 다시 필요해졌을 때 망각 속에서 다시 끄집어내며, 객관적인 현실을 부정하는 한편으로 언제나 부정해 버린 현실을 고려하는 등의 일'을 통칭합니다. 이중사고에서 판단의 기준은 늘 당의 강령입니다. 개인의 소신이나 역사적 전례는 존재하지 않거나 조작되었기에 아무런 의미가 없습니다. 이러한 이중사고를 통해 당원들은 당을 어떠한 비판도 불가능한 무결점의 체제로 인정하게 됩니다. 이중사고를 하면서도 자신이 현재 이중사고를 하고 있다는 사실을 망각해야 한다는 이중사고의 원칙은 이성에 기초한 인간의 객관적 판단을 불가능하게 한다는 점에서 체제 전복의 가능성 자체를 말살한다고 할 수 있습니다.

이중사고가 개인적 차원에서의 통제 방법이라면 당원 모두가 서로를 의심하고 감시하는 분위기, 그로 인한 인간 관계의 피폐화는 집단적 차원의 통제를 가능케 합니다. 윈스턴의 이웃인 파슨스가 딸의 고발로 체포된 것이 좋은 사례가 될 수 있습니다. 그러나 관계의 피폐화는 감시의 영역에만 국한되지 않습니다. 어머니와 여동생에 관한 윈스턴의 기억은 인간이 얼마나 이기적일 수 있는지를 보여줍니다. 병든 어머니와 어린 동생 몫의 음식을 강탈하는 윈스턴에게 따뜻한 가족애를 기대하는 것은 무리입니다. 그러나 이러한 비인간적인 현실의 원인을 윈스턴의 이기적 욕구에서만 찾는 것은 옳지 않습니다. 이는 음식을 포함한 최소한의 생활필수품을 통제하는 당의 고도의 체제 유지 전략이 인간관계의 가장 기초적인 가족관계조차 유린한 결과이기 때문입니다.

당은 기존의 언어를 대체할 신어를 창조하는데, 신어의 창안 목적은 '영사'의 신봉자들에게 걸맞은 세계관과 사고 습성에 대한 표현 수단을 제공함과 동시에 영사 이외의 다른 사상을 갖지 못하도록 하는 데 있습니다. 신어의 창조는 단순히 의사소통수단의 교체만을 의미하지 않습니다. 왜냐하면 '사상이 언어에 의존하는 한, 신어가 전면적으로 사용되고 구어가 완전히 잊혀지게 되면 이단의 사상, 즉 영사의 원칙에 위배되는 사상은 그야말로 설 자리가 없게' 되기 때문입니다. 당은 신어를 통해 당원의 사상을 통제하려고 합니다. 아니 당원들을 통제할 필요가 없는 존재로 만들려는 것이 그들의 최종 목표입니다.

현실에 대한 판단 및 비판의 중요한 근거는 과거입니다. 우리는 과거의 역사적 전례를 통해서, 또는 일관되지 못한 과거의 정책을 들어 현재를 비판할 수 있습니다. 그런데 과거가 현재 상황에 맞게 조작된다면 이런 비판이 가능할까요? 즉 '과거는 지워졌고, 지워졌다는 사실마저 잊혀져서 허위가 진실이 되어버'리는 상황이 된다면 말입니다. 그렇다면 어떠한 비판도 불가능할 것입니다. 역사를 조작하는 일을 맡은 주인공 윈스턴이 체제 전복적인 생각을 갖고 행동을 했다는 사실이 이점을 반증합니다.

'인권의 무덤'이라고 불리는 고문 또한 영사가 체제를 유지하는 중요한 수단입니다. 한 시인은 고문에 대해 다음과 같이 쓴 바 있습니다.

> 극심한 고문은 죽음이 희망으로 나타나는, 그치지 않는 고통의 현존이다. 죽음에 이르는 고통을 주되 죽음이라는 영원한 휴식을 주지 않는 것이 고문자의 직업정신이다. 지옥이 지옥인 것은 그곳에는 죽음마저 허용되지 않기 때문이다.

'죽음이 희망'이 되는 이 어처구니없는 상황이 바로 고문인 것입니다. 체포되기 전 윈스턴은 '그들은 심문으로 비밀을 알아낼 수 있고, 고문으로 사람들의 마음속에 들어 있는 것을 끄집어낼 수 있다. 그런데 단순히 살아남는 게 아니라 인간으로서 사는 게 목적이라면, 궁극적으로 무엇이 어떻게 달라진단 말인가? 사람들이 그들을 자신들과 똑같게 개조시킬 수 없듯 그들 또한 사람들의 감정을 변화시킬 수 없다.'라며 자신만만해합니다. 그러나 당도 만만치 않습니다. 당의 목적은 외양만이 아니라 윈스턴을 포함한 당원들의 마음과 영혼까지 자신들 편으로 만드는 것입니다. 그것이 가능한 이유는 당이 진실을 만들 수 있기 때문입니다. 결국 당과의 싸움에서 윈스턴은 패배합니다. 그래서 윈스턴은 죽음에 이르러 체제에 저항했던 자신의 행동을 '오, 저 사랑이 가득한 품안을 떠나 스스로 고집을 부리며 택한 유형(流刑)이여!'라고 한탄하기에 이릅니다.

우리는 '1984'에 살고 있는가
아니면 '멋진 신세계'에 사는가?

미래 사회를 구성원에 대한 통제가 일상화된 체제로 그린 조지 오웰과 달리 올더스 헉슬리는 다른 측면에서 '멋진 신세계'를 구성합니다. 『멋진 신세계』에 그려진 미래 세계는 사회 안정을 최우선 목표로 합니다. 이를 위해 구성원들은 각자 정해진 계급에 맞게 유리병 컨베이어벨트에서 태어납니다. 그들은 자신의 계급에 맞는 소질을 훈련받고, 자신이 속한 계급에 적응하고 만족하도록 교육받습니다. 따라서 그들은 자신의 처지를 비관할 일도 없고 어떤 인간적 고뇌나 격정에 시달릴 필요도 없습니다. 혹 그런 경우가 있으면 '소마'라는 약을 섭취하면 그만입니다. '소마'는 현실을 벗어나 완벽한 가상세계를 체험하게 해줍니다. 그들에게는 죽음의 고통 또한 거의 없습니다. 평생 젊게 살다 짧은 몇 달 동안만 육체적으로 쇠락해 삶을 마감하기 때문입니다.

이 '멋진 신세계'에는 체제에 적응하지 못하는 버나드 마르크스라는 청년이 있습니다. 그는 최상층인 알파 플러스 계급이면서도 열등한 육체를 지녔습니다. 그래서 젊은 여성들에게 인기가 없습니다. 버나드는 육체 관계를 혐오하는 듯 행동하고 지적 활동에 몰두하면서 자신의 신체적 결함을 극복하려 애씁니다. 원치 않았던 고독은 그를 반사회적 사고와 반항적인 행동으로 이끕니다.

그런데 그가 휴가 동안에 들른 야만인 보호구역에서 데려온 존은 그를 일약 유명인으로 만들어줍니다. 문명사회에 나타난 미개인 존은 그 존재 자체로 사람들의 관심을 끌게 됩니다. 그러자 버나드의 태도는 달라집니다. 그는 이제 원하기만 하면 많은 여성을 소유할 수 있게 되었고 주위 사람들의 선망 어린 눈길을 받습니다. 이쯤되자, 버나드는 자신이 유일하게 흉금을 털어놓던 헬름홀츠와의 관계를 끊으려 합니다. 일상적 욕망의 충족이 버나드를 '멋진 신세계'에 충실한 인물로 바꾸어 놓은 것입니다. 버나드는 지금까지 불만스러워 하던 세계와 완전히 타협합니다. 자신이 속한 사회가 그를 중요한 존재로 인정하는 한 체제의 질서는 더할 나위 없이 훌륭한 것이 됩니다. 헬름홀츠는 사회적 명망과 육체적 욕망 등에 굴복한 버나드를 보며 이렇게 말합니다. "좀 슬프군. 그게 전부야."

조지 오웰은 『1984』에서 인간의 삶이 철저하게 통제되는 미래의 공포에 대해 예견했습니다. 반면 올더스 헉슬리는 행복을 추구하면서도 그 행복이 어떤 행복인지에 대한 성찰을 통제하는, 그래서 모든 인간들이 스스로 행복하다고 생각하지만 사실은 원초적인 욕망 추구에만 몰두하는 사회의 끔찍함을 그려냅니다. 미래가 공포에 의해 지배될 것이라는 오웰과 달리 헉슬리는 욕망에 의해 인간이 인간이기를 포기할 것이라고 예견했던 것입니다. 정보와 결합한 자본의 욕망에 허우적대는 현대인들을 보면 둘 모두의 예측이 대체로 들어맞았다고 생각됩니다. 그러나 이 둘 중 더 파괴적인 것은 헉슬리의 '멋진 신세계'가 보여주는 섬뜩함입니다. 눈에 보이는 감시 장치와 프라이버시를 침해하는 정보 통제 사회는, 적어도 그 실상이 눈에 보이기에 저항이 가능합니다. 그러나 『멋진 신세계』 등장인물들의 한치의 의심과 주저함이 없는 욕망은 인간이 자발적으로 그것을 체화했다는 점에서 맞설 대상을 찾을 수 없습니다. 우리의 현재 삶 또한 그렇지 않습니까. 인터넷에서 개인정보가 유출되는 것에는 민감하게 반응하고 불쾌해하지만, 남들보다 더 높은 지위와 값나가는 물건을 얻기 위한 브레이크 없는 욕망은 당연하고 심지어 존중받는 일로 생각해 반성의 대상으로 삼지 않은지 오래입니다.

『멋진 신세계』에는 문명에 '오염'된 버나드와는 달리 미개인인 존이 등장합니다. 그는 실수로 미개인 지역에 남겨진 문명인 어머니에게서 미래 사회에 대해 듣습니다. 또래들과 어울리지 못하고 심한 가치관의 갈등을 빚는 존에게 그곳은 '멋진 신세계'입니다. 특히 아름다운 레니나에게 매혹된 그는 문명 사회를 황홀한 곳으로 상상합니다.

그러나 문명 세계를 직접 경험한 존은 '멋진 신세계'가 영혼 없는 인간 기계가 살고 있는 곳임을 간파합니다. 그는 문명인인 버나드가 보기에는 놀랍게도 문명의 여러 가지 발명품을 대단치 않게 여깁니다. 그 이유는 존이 영혼에 관심을 갖고 있기 때문입니다. 그에게 영혼이란 물질적 환경과는 독립된 어떤 것입니다. 따라서 주변의 물리적 환경이 아무리 훌륭하다고 해도 영혼이 결여된 사회라면 그곳은 인간이 살 만한 사회로 여겨지지 않습니다. 『멋진 신세계』의 존은 자신이 태어난 미개인 지역에서도, 그리고 동경해 마지 않던 문명 사회에서도 '경계인'이었기에 '멋진 신세계'의 본질을 볼 수 있었습니다. 그러나 그 대가는 가혹했습니다. 자살로 삶을 마감했던 것입니다. 자유와 영혼이 없는 행복은 그에게 더할 수 없는 고통이었기 때문입니다.

『1984』에서 윈스턴은 자신이 사는 세계를 '몇 입방 센티미터의 해골 속 외에는 자기 자신이란 것이 없'는 철저히 통제된 사회라고 말했습니다. 외부의 통제와 감시 체제가 두려운 것은 분명 사실입니다. 그러나 누군가 자기를 감시하기도 전에 이렇게 스스로를 자기검열하게 하는 체제가 있다면 이는 더욱 공포스럽습니다. 그런데 여기에서 더 나아가 자기를 파괴하는 욕망을 흔쾌히 자신의 것으로 받아들이는 사회가 있다면 비극을 피할 수 없습니다. 그런 점에서 더 많은 돈과 더 높은 지위를 거리낌 없이 갈구하는 신자유주의 대한민국은 재앙 그 자체입니다.

세 번째 질문

『1984』는 디스토피아 소설인가?

조지 오웰은 다른 디스토피아 소설가들과 달리 '재난의 예언자'는 아닌 듯합니다. 왜냐하면 그는 오늘날 대부분의 사람들이 체제의 통제를 받고, 이데올로기를 주입받아 자신의 존재를 배반하는 의식을 갖고서도 그 사실을 모르고 살아가는 상황을 분명히 인식하고 『1984』를 썼기 때문입니다. 이러한 정확한 현실인식은 자포자기적인 절망과는 다릅니다. 그것은 오히려 회한에 가깝습니다.

작품의 마지막 부분에서 줄리아를 다시 만난 윈스턴은 자신이 그녀를 배반했던 것처럼 그녀도 자신을 배반했다는 사실과 그녀가 이제 자신에게 아무런 감정도 가지고 있지 않다는 사실을 알게 됩니다. 그녀를 지하철까지 배웅하려던 그는 따뜻한 곳에 들어가고 싶다는 자신의 사소한 욕구에 굴복해 체스넛트리 카페로 돌아옵니다. 그리고 텔레스크린에서 흘러나오는 음악에서 다음과 같은 노랫소리를 듣습니다. '울창한 밤나무 아래 / 나 그대를 팔고, 그대 나를 팔았네…….' 그리고 윈스턴은 별안간 눈물을 쏟습니다. 이 장면은 인간의 힘으로는 어찌해 볼 수 없는 상황에 대한 지극한 회한을 그립니다. 회한은 단순한 절망과는 다릅니다. 절망의 반대말이 무분별한 낭만적 긍정이라면 회한의 반대말은 냉철한 현실의 직시이기 때문입니다.

그러면 이 소설 어디에서 우리는 희망을 찾을 수 있을까요? '인류가 법이나 가혹한 노동 없이 형제애를 나누는 가운데 공동생활을 하는 지상 낙원에 대한 생각은 수천 년 동안 인간의 뇌리에서 떠나지 않았다.'고 주장했던 사람은 윈스턴이 아니라 실체조차 확인되지 않은 골드스타인입니다. 반면 주인공 윈스턴은 인간의 온전한 정신은 수치적 통계로 결정되는 게 아니라고 주장하지만 결국 체제에 순응하고 맙니다. 조지 오웰이 『1984』에서 선택한 윈스턴의 절망적 최후는 작가의 성실한 허구적 선택이지 미래에 대한 전망 자체는 아닙니다. 인간은 자신에 대해 명확하게 인식할 때 더 나은 존재가 될 수 있습니다. 어설픈 낙관은 오히려 인간의 가능성을 힘빠지게 할 뿐입니다. 이 작품에서 윈스턴의 굴종과 최종적 패배를 직시한 독자들은 인간의 한계를 명확히 인식하면서 그 바탕에서 새로운 가능성을 꿈꿀 수 있습니다.

그러나 미래에 대한 전망이 저절로 확보되는 것은 아닙니다. 그것은 현실의 당연하고 자연스러운 것을 의심해 보는 것에서 시작됩니다. 익숙해서 편안한 현실과 더욱더 교묘해지고 은밀해지는 테크노크라시에 대한 비판적 성찰을 포기하지 않는 것이 중요합니다. 우리의 실천과 의지가 미래에 대한 낙관적 전망을 가능케 하는 것입니다. 왜냐하면 '해방을 꿈꾸는 것은, 아무리 사람들이 그 꿈이 실현될 것이라고 믿는 어리석은 사람들의 순진함을 조롱한다고 하더라도, 결코 포기되지 않을 것'이기 때문입니다.

나는 대한민국에 살고 있는 고등학생이다. 나는 외국어 배우는 것을 좋아한다. 따라서 내 인생 목표 중 하나는 9개 국어를 구사하는 것이다. 외국어뿐 아니라 나는 새로운 악기도, 운동도 배우고 싶고 여유 있게 책 읽는 시간도 가지고 싶다. 하지만 나는 하루 15시간을 학교에 있다. 주말에는 수학 학원에 가야 하기 때문에 도무지 시간적 여유가 없다. 게다가 내가 방학 때라도 국어, 수학, 영어 학원이 아닌 다른 제2 외국어나 예체능에 관련된 학원을 다니겠다 하면 부모님, 선생님 모두들 "대학가서 배우지 그래?" 하며 갑갑한 표정을 지으신다.

위의 글은 나의 이야기이며, 우리나라 고등학생 모두의 이야기일 것이다. 지금의 학교는 학생들의 개성과 욕구가 존중되지 못하며 오로지 교과목에 대한 우수한 성적만을 요구하고 있다. 추상적으로 훌륭한 인성과 가치관을 갖추어야 한다고 말만 할 뿐 실제로 고등학생들의 학교생활은 학생들의 순수하게 배우고자 하는 욕망을 억제하고 있다. 『1984』에서 그려지는 사회와 별로 다를 바 없이 기존 사회의 가치관에 대해 무조건 순응하며 따라올 것을 요구한다.

우리는 민주적인 사회에서 살고 있는가? 통제된 사회에서 살고 있는가? 이 질문에 대해 생각해 본 사람은 얼마 되지 않을 것이다. 나 또한 『1984』라는 책을 읽기 전에는 가끔 막막한 답답함을 느꼈을 뿐 생각할 기회도 시간도 없었다. 하지만 우리 사회 모습이 소설 『1984』와 너무나도 닮아 있음을 느낀 지금, 현재를 살아가고 있는 우리에게 절실히 필요한, '나는 과연 어떤 사회에서 살고 있는가?'라는 질문에 대해 생각해 보게 된다.

　대한민국의 학생들은 학교생활을 벗어나고 싶지만 벗어날 수 없는 굴레로 느낀다. 어른들이 말하는 좋은 대학과 좋은 직장을 나 역시 부정할 수 없지만, 학교가 좋은 대학과 좋은 직장을 얻기 위한 수단을 가르쳐주는 곳이 아니라 학생들로 하여금 배움에 대한 기쁨을 갖도록 다양한 경험과 기회를 주는 곳이길 바란다. '교육적'으로 선별된 좋은 것들뿐 아니라 나쁜 것들과 부정적인 것들도 보고 의심해봐야 그것이 정말 좋은 것인지 나에게 맞는지 판단할 수 있을게 아닌가? 어설프고 불안해 보이더라도 우리들 스스로 생각하고 우리의 선택들을 실험해 볼 기회가 없다면 나의 개성이란 것이 무엇이고 내가 누구인지 어떻게 알 수 있는가? '내가 누구인가'를 알아야지만 다른 사람과의 차이도 이해하고 받아들일 수 있을 것이다. 하지만 우리의 교육 현실은 대학 입시로 학생들을 다그칠 뿐, 자신의 삶에 대한 기초적인 질문조차 던져보지 못하게 한다. 따라서 학생들은 배움의 즐거움을 느끼기는커녕 학교에서 멀어지려고만 하는 것이다.

　통제된 사회의 예는 우리의 안타까운 교육현실뿐만 아니라, 정부의 언론통제에서도 살펴볼 수 있다. 요즘음 시사 프로그램들이 하나둘 폐지되고 있다. 정부와 권력자들의 비리를 고발하는 시사 프로그램들이 없어진다는 것은 그만큼 정부가 언론을 통제하고 있음을 보여준다. 언론보도 또한 정부를 비판해야 마땅할 일을 미화시키며 옹호하고 있다. 사람들은 언론을 통해 정보를 얻고 그에 따라 사고를 하기 때문에 언론은 여론을 형성하는 데에 중요한 역할을 한다. 하지만 정부에 종속된 언론들이 왜곡된 사실을 마치 진실인 것처럼 계속해서 보도한다면 사람들은 자율적이고 합리적인 사고를 하는데 큰 어려움을 겪을 것이다.

그렇다면 우리는 왜 통제된 사회에서 벗어나 진실을 알기 위해 노력해야 하는가? 그것은 바로 진실이 한 인간의 모든 행동과 사고의 근원이기 때문이다. 인간은 자신이 알고 있는 사실에 기초하여 생각하고 그에 따라 행동한다. 한데 그런 인간의 모든 행동의 기반이 되는 '사실'이 왜곡되어 있다면 그 인간의 삶은 무의미해져 버릴 것이다. 따라서 우리는 거짓에 속지 않고 우리의 삶을 가치 있게 살기 위해서 끊임없이 노력해야 한다. 그리고 그것은 고립된 개개인 하나의 고민으로 끝나서는 안 된다. 서로 다른 의견일지라도 사람들이 계속해서 대화를 나누고 토론하며 비판적이지만 건설적인 합의의 과정을 거칠 때만이 소수 지배자의 의견에 끌려가는 사회가 아닌 사회구성원 모두가 '우리가 주인이다' 라고 믿는 사회가 만들어질 것이다. 이를 위해서는 사회 형성의 중요한 요소인 교육을 행하는 학교에서부터 진실에 대한 열린 마음의 자세를 배울 수 있어야 할 것이다.

인간의 반대말은 '고3'이라는 글을 읽고 눈시울이 붉어졌던 때가 있었습니다. 『1984』를 학교 현실과 연결시켜 이해한 위 글을 읽으면서 아이들의 무기력함과 절망에 책임감 없는 꾸중으로만 일관했던 제 자신을 많이 반성했습니다. 위 글을 쓴 친구가 통제된 사회의 대표적인 예로 학교를 떠올린 것은 당연한 일입니다. 학생 각자의 개성과 특기를 계발하기는커녕 그것을 부정해야만 '모범생'이 될 수 있는 학교 현실은 분명 자신의 행동뿐만 아니라 생각마저도 스스로 통제해야 하는 『1984』의 오세아니아와 별반 다르지 않다고 해야겠지요. 유령들이나 들을 법한 '0교시', '강제 참여'를 자유롭게 선택하는 '자율학습', 학생이기보다는 학원생이기를 강요하는 '학원수강' 등의 학교를 둘러싼 병리적 현상보다 더 우려되는 것은, 이러한 부당한 통제를 이미 내면화하고, 주어진 환경에서 자본주의적 욕망에 더 근접하기 위해 경쟁을 기꺼이 수용하는 우리들의 현실입니다. 지금의 현실을 벗어나기 위해 글쓴 친구는 진실의 회복을 이야기했습니다. 진실은 '인간의 모든 행동과 사고의 근원'이기 때문이라고 하면서요. 저도 동의합니다. 대한민국 교육에서의 경쟁은 사실 일부 이기적인 어른들이 만들어 놓은 이웃에 대한 착취의 다른 이름이라는 진실을 알게 되면, 더 많은 학생들이 친구들과는 연대하며 경쟁은 어제의 '나'와만 하는, 지극히 정상적인 삶을 살 수 있을 것이라 믿습니다.

껍질을 연하게 해 줄 책들

글쓴이에 대해 조금 더 알고 싶다면 그가 쓴 초기 작품 중 하나인 『위건 부두로 가는 길』(조지 오웰)과 스페인 내전 참전 경험을 기록한 『카탈로니아 찬가』(조지 오웰)를 강력 추천합니다. 본문에서 언급한 『멋진 신세계』(올더스 헉슬리)와, 현대사회를 욕망의 관점에서 개략적으로 분석한 『시장전체주의와 문명의 야만』(도정일)도 일독을 권합니다.

이상(理想)은
곧 자기에게 충실한 것

서머싯 몸, 『달과 6펜스』

<blockquote>
일생 동안 발 족(足)자가 들어간 만족(滿足)과 부족(不足)이 무서웠소.

– 정광수
</blockquote>

예술적 열정 혹은 광기는 개인의 '행복한' 천형(天刑)으로 용인될 수 있을까요, 아니면 사회적 규범을 파괴하는 악덕으로 비난받아야 마땅할까요? 주인공의 비극적 성격 결함으로 인해 파괴된 사회 관습과 질서가 그의 파멸을 통해 다시 제모습을 회복한다는 그리스 비극의 카타르시스의 개념은, 사회 질서의 회복을 예술이 전적으로 힘써야 할 미덕으로 찬양하고 있는데 말입니다. 『달과 6펜스』, 끊이지 않고 이어져 왔지만 어떤 결론도 그만큼의 오류를 갖게 되는 이 질문에 나름대로 답한 아주 매력적인 소설입니다.

　『계몽의 변증법』이라는 무시무시한 제목의 책을 쓴 저자들은 스스로를 뱃전에 묶고 동료들의 귀는 밀랍으로 막은 채 세이렌의 노래를 듣는 오뒷세우스의 행동을, 인류가 원시적 세계에서 근대 세계로 나아가는 과정에 대한 우화로 해석했습니다. 세이렌의 유혹을 피하기 위한 오뒷세우스의 행동은 계몽된 이성적 인간의 초기 모습이라는 것이지요. 그런데 한 가지 납득할 수 없는 점이 있습니다. 왜 오뒷세우스는 자신의 귀는 틀어막지 않았을까요? 파멸을 피할 수 없는 노래라면 자신도 듣지 않는 것이 좋았을텐데 말입니다. 이는 예술이 갖는 매혹적인 힘, 그것에 대한 인간의 원초적 열망을 잘 형상화한 것으로 이해할 수 있습니다. 예술에는 인간을 비합리적이고 반사회적인 행동으로 이끌만큼 강력한 무언가가 있는 듯 합니다.

그렇다면 나병에 걸려 사람들의 무관심 속에 죽은, 그래서 자신이 성취한 예술적 성과에 대한 어떠한 보상도 받지 못하고 종말을 맞은 『달과 6펜스』의 주인공 스트릭랜드의 죽음은 비극적이지만은 않습니다. 문명과 거리가 먼 타히티의 원시 숲과 그의 오두막은 스트릭랜드의 예술적 열망이 마음껏 피어날 수 있었던 유토피아였습니다. 그곳은 세속적 기준으로는 '존재하지 않을' 만큼 무가치한 곳일지 몰라도, 스트릭랜드에게는 불가능하나 그렇다고 포기할 수도 없는 예술적 성취를 위해 자신의 온 열정을 쏟아 부을 수 있는 유일한 장소였습니다. 그곳에서 그는 마음껏 그렸고 죽음을 친구삼아 묻혔습니다. 문명인을 자처하는 우리에겐 문둥병과 주위의 무관심은 비극적 삶 그 자체일 것입니다. 나병 환자들은 그것을 천형으로 여겼던 고대 사회부터 현재에 이르기까지 사람으로 인정받지 못했습니다. 그들은 비정상적인 사람이 아니라 그냥 사람이 아니었던 것입니다. 심지어 스트릭랜드는 화가로서는 필수적인 눈이 멀게 됩니다. 그는 이런 상황에서 걸작을 완성합니다. 그에게 걸작은 그 자체로

〈우리는 어디서 왔으며, 우리는 무엇이며, 어디로 가는가?〉, 폴 고갱, 1897년.

는 중요하지 않았을 것입니다. 자신이 꿈꾸던 그림을 마지막으로나마 그
릴 수 있었다는 사실에 차분한 평온함 같은 것을 느꼈겠지요. 자신이 원
하는 것을 성취한 스트릭랜드가 불행한 사람이라는 우리의 평가는 말 그
대로 제3자의 무책임한 판단일 뿐입니다.

평범한 우리들은 가출 후의 스트릭랜드의 삶을 동경하지 않습니다.
우리의 시선은 교양있는 중산층 가정을 이룬 생활인으로서의 스트릭랜
드로 향할지 모릅니다. 그러나 내가 원치 않는 삶이라고 해서 별 볼 일
없는 것은 아닙니다. 현실을 거부하고 내부의 충동에 따라 충실하게 살
았던 인간은 두려움을 자아내지만 동시에 우리를 매혹합니다. 우리가 그
삶을 선택하지 않을 것이기에 그 매혹은 더 커지는지도 모릅니다. 『달과
6펜스』의 서술자는 증권거래인으로서의 스트릭랜드의 삶이 '너무 평온
하고, 너무 조용하고, 너무 초연하여 불현듯 알 수 없는 불안감을 불러일
으킨다.'라고 썼습니다. 결국 현실 안주에도, 그 삶을 벗어나려는 시도
에도 불안감은 동행합니다. 우리는 이 모순된 불안을 분명하게 인식할

필요가 있습니다. 우리의 세속적 욕망은 적나라해지고 일탈의 열망은 멀기만 합니다. 이러다 우리의 삶이 너무 희미해져 존재 자체가 사라져버릴지도 모릅니다.

서술자 '나'와 주인공 '스트릭랜드'의 재회

나: 스트릭랜드 씨, 당신은 별로 관심 없겠지만 저는 소설을 쓰고 책을 냈습니다. 그게 인연이 되어 당신 부인을 통해 당신도 알게 되었죠. 제가 당신을 처음 만났을 때 당신은 예술과는 거리가 먼 사람이었어요. 증권 중개인이었으니 당신의 교양 없음을 마냥 탓할 수는 없었지만요.

스트릭랜드: 그렇기도 하지만 내 삶은 평범함과 평온함이라는 쌍둥이 같았다고도 할 수 있소. 내겐 교양 있고 집안일을 잘 꾸리며 아이들을 훌륭하게 교육하는 아내가 있었지. 아주 풍족하진 않았지만 경제적으로 쪼들리지도 않았고. 당신이 말하는 따위의 교양은 없었을지 모르지만 내겐 그림을 그리고 싶다는 강한 열망이 있었소.

나: 나도 당신의 가출 후 궁금한 게 그 점이었어요. 당신의 아내가 분개한 것도 그것과 관련이 있고요. 예술을 사랑하는 당신의 아내가 그림을 그리고 싶다는 당신의 소망을 가장 잘 이해해줄 거라고 생각지 않았나요? 가정을 팽개치지 않고도 충분히 화가의 길을 갈 수 있었잖아요?

스트릭랜드: 당신은 몰라. 물에 빠진 사람에게 수영을 잘 하는지 못 하는지는 문제가 되지 않아. 무조건 헤엄을 쳐 살아 나와야 해. 그러나 집에 머물러서는 그런 절박한 심정과 완벽하게 자유로운 상태에서 그림을 그

릴 수 없었소. 나는 그림을 그릴 수 없으면 죽어요.

나: 그래서 당신은 십 칠 년 동안 같이 살던 아내와 앞으로 교육이 더 필요한 두 아이들을 버리고 집을 나갔나요? 그건 너무 무책임하지 않아요?

스트릭랜드: 거꾸로 말하면 나는 십 칠 년 동안 가족을 위해 일해 왔소. 그 정도면 가장의 책임으로서 충분하지 않나. 그리고 윤리라는 게 뭐요. 그건 평온하지만 따분한 삶을 기꺼이 수용하는 사람들에게나 해당되는 거요. 나는 그들이 원하는 안락함이나 물질적 성공을 원하지 않아. 그딴 건 필요 없소. 나는 다만 그림을 그리고 싶을 뿐이오.

나: 당신이 집을 나가 파리에 정착한 후 당신 부인의 부탁을 받고 당신을 만나러 갔을 때, 저도 당신의 그런 태도 때문에 곤혹스러웠어요. 상식이나 보편적 가치를 부인하는 당신에게 나는 더 이상 도덕적 설교나 설득을 할 수 없더군요. 그런 내가 가식적으로 느껴져서요.

스트릭랜드: 당신은 내게 여자는 어디 있느냐고 물었소. 그리고 내가 머물고 있던 호텔이 무척 지저분해서 놀라더군. 세상 사람들 생각은 다 그렇게 형편없소. 평온한 삶을 깨뜨리려면 매혹적인 애인이나 화려하고 방탕한 생활에 대한 욕망 쯤은 있어야 한다고 믿는거지.

나: 스트릭랜드 부인도 그런 말씀을 하더군요. 그런 이유에서 당신이 집을 나간 것이라면 당신을 용서할 수 있고 또 기다리겠다고요. 그런데 당신이 그림을 그리겠다는 이유로 집을 나갔다고 제가 확인해 주자 태도가 돌변하며 당신에게 저주를 퍼붓더군요.

스트릭랜드: 흐흐, 이제야 말이 좀 통하는군. 그 사람은 잘 해나갈 수 있을 거요. 들리는 소문에 의하면 타자와 속기를 배워 생활을 꾸려간다고

하더군. 평소 알고 지내던 작가들이 도움이 됐다고 하던데. 그리고 아이들은 그 사람 언니가 돌본다고 하니까.

나: 퍽이나 좋겠습니다.

나: 내가 5년 후 파리로 가 다시 당신을 만났을 때, 당신 형편은 더 어려워진 것 같았어요. 그림도 크게 진전이 없는 것 같았고요. 그런데 내 친구 스트로브만은 당신을 대단한 사람으로 치켜세우더군요, 천재라고.

스트릭랜드: 그 얼치기 뚱뚱보 말이오? 그는 화가가 아니라 평론가나 자선사업가가 되어야 했소. 예술에 대한 감각이나 지식은 그렇게 풍부하면서 자신은 쓰레기 같은 그림만 그리고 있으니.

나: 말이 너무 심하잖아요. 그 이후에 당신이 스트로브에게 가져다 준 불행을 몰라서 그렇게 이야기하는 거예요. 그는 당신에게 온갖 모욕을 당하면서도 당신을 돌보았어요. 크리스마스 즈음에 거의 죽어가던 당신을 그가 집으로 데려와 극진히 간호한 거 기억 안나요?

스트릭랜드: 누가 돌봐달라고 했나? 그리고 내가 회복된 후 스트로브 부인이 나를 따라나서겠다고 한 것도 결코 내가 충동질한 게 아니오. 그리고 스튜디오를 나와 블란치 스트로브에게 넘겨준 것도 전적으로 스트로브의 결정이었소.

나: 그럼 블란치 스트로브가 자살을 한 것도 당신 책임이 아니라고 하겠네요. 결국 그녀가 비극적으로 죽고 스트로브는 치유될 수 없는 상처를 안고 고향으로 돌아간 것도 당신에게는 아무런 책임이 없다는 거예요?

스트릭랜드: 나는 애초에 간호를 거부했소. 그리고 블란치가 나를 간호하며 내게 어떤 감정을 가진 것은 내 책임이 아니오. 그리고 남녀가 살다

보면 다툴 수도 있는데, 그 일로 약을 마시는 짓 따위를 한 게 왜 내 책임이라는 거요. 그리고 나는 여자와 사랑놀음을 할 시간이 없소. 나는 내가 그리고 싶은 것을 꼭 그려야 하오.

나: 당신이 내게 보여준 작품은, 그러나 보잘 것 없던데요. 하긴 이 말은 솔직한 내 감상은 아니었어요. 나는 당신 그림을 보고 감동을 받았거든요. 그런데 왜 감동을 받았는지 그 이유는 잘 모르겠더군요. 아마 그 그림에서는 현재의 당신으로부터 벗어나 존재의 근원을 찾아가려는 안간힘 같은 것이 엿보였던 것 같아요.

스트릭랜드: 제법이군.

스트릭랜드: 어쨌든 그 일이 있고 나서 나는 당신을 다시 보지 못했지. 내가 마르세이유에서 근근히 살아가다 타히티로 간 건 알고 있소? 그리고 그곳에서 문둥병으로 죽은 것도?

나: 그래요. 나는 우연히 타히티에 들렀죠. 그리고 당신과 사귀었던 다섯 사람에게서 당신에 대해 들었어요. 어떻게 타히티로 갈 생각을 했나요?

스트릭랜드: 꼭 타히티일 필요는 없었지. 다만 오스트레일리아로 가는 배 한 척이 있었고 나는 그 배의 화부(火夫)로 취직할 수가 있었소. 타히티에 도착해서도 정처없기는 마찬가지였소. 다만 나는 타히티의 숲이 좋았어. 그림 그릴 재료만 있다면 그곳은 남의 간섭 없이 자유롭게 그림을 그릴 수 있는 곳이었으니까.

나: 결혼도 했다고 들었는데요?

스트릭랜드: 호텔 여주인인 티아레가 주선해 주었지. '아타' 라는 원주민 여자였소. 아타 덕분에 나는 그림에만 열중할 수 있었지. 그녀와 함께 했

던 3년 여가 그래도 내 화가로서의 삶에서 가장 행복한 때가 아니었나 싶소.

나: 브뤼노 선장과 의사인 쿠트라 선생은 당신이 살던 오두막에 가보았다고 하던데요?

스트릭랜드: 선장과는 가끔 체스를 두는 사이였소. 나중에는 내 오두막을 방문해 하룻밤 묵기도 했지. 그리고 쿠트라 선생은 내가 나병에 걸렸다는 사실을 알려줬소. 그런데 그게 무슨 상관이란 말이오. 죽음은, 곰곰이 생각해보면 별것 아니오.

나: 쿠트라 선생의 증언에 따르면 당신은 병에 걸린 후에, 심지어 눈이 먼 후에도, 오두막 벽을 캔버스 삼아 그림을 그렸다면서요. 어떤 그림을 그렸나요?

스트릭랜드: 자기 작품에 대해 이야기한다는 건 쑥스러운 일이오. 나는 가면을 벗기고 싶었소. 인류가 뒤집어 쓰고 있는 문명이라는 가면 말이오. 동시에 현재의 삶에서는 그 가면을 벗을 수 없는 인간의 비극도 그리고 싶었소. 그것 뿐이오.

나: 당신의 마지막 그림을 볼 수 없다는 게 유감이군요. 당신은 아타가 묻어주었어요. 그리고 나는 영국으로 돌아와 또 다른 당신의 부인을 만나 당신이 타히티에서 살았던 이야기를 가능한 한 사실대로 전해주었죠. 당신의 옛 부인은 천재 화가의 부인으로서 고상한 삶을 살아가고 있더군요. 당신의 옛 자녀 둘도 마찬가지고.

스트릭랜드: 그들만 있는 건 아니지 않소. 아타는 그녀대로 삶을 이어갔고 그녀와 사이에서 난 아들은 범선에서 일하며 원시의 자연을 그대로 품고 있다고 들었소. 나를 무척 닮았다고 하던데.

나: 소설에서 당신을 만나고 이 글에서 다시 당신을 만나니, 당신을 조금 더 이해할 수 있을 것 같군요. 잘 가세요.

첫 번째 질문

스트릭랜드는 폴 고갱일 뿐인가?

우리나라에서 발간되고 있는 세계문학전집 중에 『달과 6펜스』의 표지를 〈황색 그리스도가 있는 자화상〉이라는 그림 중 자화상 부분을 확대해 사용한 책이 있습니다. 이 자화상의 주인공은 폴 고갱입

〈황색 그리스도가 있는 자화상〉, 폴 고갱, 1891년.
고갱이 타히티로 가기 전 마지막으로 완성한 작품.

니다. 서머싯 몸의 『달과 6펜스』의 주인공 스트릭랜드의 실제 모델이라고 널리 알려진 그 프랑스 화가 말입니다.

서머싯 몸은 폴 고갱을 직접 만난 적이 없습니다. 다만 그가 1904년 파리로 와 여러 예술가들을 사귈 때 고갱의 죽음에 대해 알게 됩니다. 문명 안에서만 고뇌하는 떨거지 예술가들을 경멸하며 야만 속에서 생명력을 되찾으려 했던, 그리고 죽기 전까지도 극히 일부 사람들을 제외하곤

"나는 그림을 그려야 한다지 않소. 그리지 않고서는 못 배기겠단
말이오. 물에 빠진 사람에게 헤엄을 잘 치고 못 치고가 문제겠소?
우선 헤어나오는 게 중요하지. 그렇지 않으면 빠져 죽어요."

자신의 예술적 능력과 성취를 거의 인정받지 못하고 남태평양의 고도(孤島) 타히티에서 외롭게 죽어간, 자신의 그림보다 더 환상적이고 극적인 삶을 산 그 사람에 대해서 말입니다.

소설은 재미있어야 한다는 확고한 신념을 갖고 있던 서머싯 몸이 이 낭만적이고 신비로운 삶을 산 예술가의 이야기를 놓칠 리 없었을 겁니다. 그는 고갱에 대한 소설을 쓰기로 작정합니다. 10여 년의 시간차가 있기는 하지만, 이를 위해 그는 고갱이 말년을 보냈고 또 묻혔던 타히티를 직접 방문합니다. 그곳에서 그는 고갱이 살던 오두막을 찾아 가고 그와 같이 살던 원주민 여자도 만납니다. 이 방문에서 서머싯 몸은 고갱이 오두막 문짝에 그린 그림을 헐값에 사는데, 이것이 나중에 엄청난 가치를 인정받기도 합니다.

그렇다면 『달과 6펜스』는 폴 고갱의 삶을 단순히 문자화한 작품에 불과할까요? 이를 확인하기 위해 고갱의 전기적 사실과 스트릭랜드의 삶을 간략하게라도 비교해 봅시다. 고갱의 삶에는 크게 두 번의 극적인 변화가 있었습니다. 주식거래소에서 일하던 그가 전업 화가의 길을 택한 일과 삼십 대 말에 타히티로 간 것이 그것입니다. 이는 스트릭랜드의 삶과 거의 일치합니다. 그러나 고갱이 주식거래소를 그만둔 것은 경기불황으로 직장을 잃었기 때문이고 타히티로 간 것도 극심한 생활고 때문이었습니다. 이는 그림을 그리지 않으면 살 수 없다는 예술적 열정으로 파리행을 결심하고 마르세이유에서 도망치듯이 타히티로 간 스트릭랜드의 경우와 많이 다릅니다.

두 사람의 삶에서 예술적 성취와 관련 깊은 타히티에서의 족적도 큰 차이가 있습니다. 고갱은 타히티에서 살다 프랑스 정부의 도움으로 모국으로 잠시 돌아온 적이 있습니다. 그러나 고국에서 자신의 작품이 전혀 인정받지 못하자 수치심과 경멸감에 떠밀려 다시 타히티로 갑니다. 그곳에서 여러 질병으로 고생하기도 하고 심지어 자살을 시도하기도 합니다. 또한 그는 타히티의 문화를 소개하기 위해 원주민어로 '향기' 라는 뜻의 '노아노아' 를 제목으로 한 책을 출판하기도 했습니다. 반면 스트릭랜드는 타히티에서 그 어느 때보다도 안정된 환경에서 그림 그리기에 열중합니다. 나병은 스트릭랜드의 예술혼과 비극적 죽음을 낭만화하는데 일정한 기여를 하지만 고갱의 사인(死因)은 비교적 평범한 심장마비로 추정됩니다.

스트릭랜드라는 허구의 인물에 실존인물인 고갱의 삶의 면면이 짙게 드리워져 있는 점을 부인할 수는 없을 듯합니다. 작가 또한 이러한 사실을 숨기지 않고 있습니다. 그러나 작가는 고갱의 삶을 단순화하고 극단적으로 형상화함으로써 스트릭랜드를 만들어 냅니다. 생애의 단순화는 삶의 강렬함으로, 극단적 형상화는 예술가의 낭만적 삶으로 새로운 생명을 부여받습니다.

『달과 6펜스』의 주인공 스트릭랜드가 폴 고갱이지만은 않다면 그는 과연 누구, 아니 무엇일까요? 스트릭랜드는 작가가 창조해 낸 대단히 매혹적이고 개성적인 인물임과 동시에 우리들 모두의 열망이라고 할 수도 있겠습니다. 삶이 한없이 궁색한 지금으로서야 경제적으로 여유있고 안락한 삶이 우리가 상상할 수 있는 최선의 선택지일지도 모릅니다. 그러나 그것이 얻어진 이후에 변함없이 이어질 건조하고 따분한 일상은 우리가 잊고 있었거나 아니면 어쩔 수 없이 억눌렀던 내부의 강렬한 열정을 흘러간 옛 노래처럼 불러낼지도 모릅니다. 스트릭랜드처럼 꼭 그림을 그리지 않더라도, 내 가슴을 뛰게 할 어떤 일을 하고 싶은 우리의 포기할 수 없는 소망이 곧 스트릭랜드일 수도 있습니다. 스트릭랜드는 타히티에서 '공간의 무한성과 시간의 영원성'을 느끼게 하는 작품을 완성했다고 했습니다. 그렇기에 그는 영혼이 육체에 갇혀 있는 것을 견디지 못했을 겁니다. 학교 혹은 직장과 집을 쉼없이 맴도는, 달력은 넘기지만 하루 24시간은 거의 그대로 반복하는 우리들에게, 내면의 신비를 탐구할 원시적 자연으로 자신을 스스로 유배시킬 욕망이 없다고 어찌 단언할 수 있겠습니까.

두 번째 질문

스트릭랜드는 어떤 사람인가?

『달과 6펜스』는 '6펜스'의 삶을 살던 주인공 스트릭랜드가 '달'을 추구하면서 삶의 근본적 변화를 겪는 이야기입니다. 흔히 '달'은 타협없는 예술 행위를 통한 인간의 영혼 세계에 대한 탐구를, '6펜스'는 세속적 안락함과 명성을 상징한다고 설명됩니다. 그렇다면 우리가 스트릭랜드를 온전히 이해하기 위해서는 두 세계에서의 그의 삶을 모두 고려해야 합니다. 그러나 스트릭랜드는 가출 전의 충실한 가장과 가출 후의 열정적인 예술가로서의 삶을 제대로 평가받지 못합니다. 그가 후자의 삶을 선택하는 과정에서 가족을 버렸다는 사실이 그를 평가하는 유일한 기준으로 작동합니다. 그러면서 우리는 가족을 끔찍이도 사랑하는 사람이 됩니다. 스트릭랜드를 비난하는 일 빼고는 아무 것도 한 일 없이.

가출 전 스트릭랜드는 선량하고 정직한 사람이었습니다. 다만 따분하고 개성이 없어 다른 사람의 관심을 얻지 못했을 뿐입니다. 그러나 그의 삶이 불행하다든지 무책임한 건 아니었습니다. 오히려 전형적인 중산층의 평온함이 그의 생활에 깃들어 있었습니다. 그는 십칠 년간 가족을 위해 묵묵히 일합니다. 그리고 자신이 뒤늦게 발견한 예술적 열정에 충실하기 위해 지금까지의 삶을 포기합니다. 그 선택은 불가피하게 당연하다고 여겨지는 가족에 대한 부양의 의무를 저버리게 합니다. 그것이 우리가 스트릭랜드를 비난하는 거의 유일한 이유입니다.

이 이야기가 허구라는 사실을 기억하고 두 가지 점에서 스트릭랜드를 옹호해 봅시다. 먼저 스트릭랜드는 과거의 안온함을 유지하기 위해 가족을 버린 것이 아닙니다. 프랑스로 떠난 뒤 그의 삶은 안락함과는 거리가 멉니다. 그가 스스로 궁색한 삶을 선택한 것은 아니지만, 그는 자신이 원하는 일을 위해 기꺼이 그런 삶을 받아들입니다. 그림을 그리면서부터 스트릭랜드는 주위의 시선에는 전혀 신경 쓰지 않는 오만하고 자신의 예술적 욕망에만 충실한 사람으로 변합니다. 그는 육체적 안락에는 무심하며 오직 '정신적인 삶'만을 추구합니다. 그는 사회적 통념이나 윤리 도덕을 우습게 알고 세상일에 적당히 타협하지 않는 정신적 결벽성을 보이기도 합니다. 그를 사로잡은 건 자신의 내면적 욕망에 충실한, 예술에 대한 열정뿐이었습니다. 가족을 버렸다고 스트릭랜드를 비난하기 전에 우리는 스스로에게 물어야 합니다. 내게 지금의 안락함을 버릴만큼 가슴 뛰게 하는 게 있는지 말입니다. 그것이 가공의 인물 스트릭랜드의 선택이 우리에게 던진 질문입니다.

가장으로서의 가족 부양 의무는, 그런 삶을 평생 이어가겠다고 암묵적으로 동의한 사람에게는 당연한 것으로 여겨질 수 있습니다. 그러나 그런 삶과의 완벽한 단절을 원하는 사람에게 그것을 요구할 수는 없습니다. 버림받았다고 믿는 가족의 판단뿐 아니라 지금까지 충분히 부양해왔다고 항변하는 이의 주장에도 귀를 기울여야 합니다. 더구나 스트릭랜드가 추구하는 것이 예술을 통한 세속적 성공이 아니라면 더 말할 나위가 없습니다. 스트릭랜드가 가족을 떠난 것은 예술적 성취를 이룬 후의 부와 명성을 독점하기 위해서가 아닙니다. 가족이라는 테두리 안에서는 그가 추구하는 것을 결코 이룰 수 없기 때문입니다. 가족을 건사하기 위해 자신의 욕망을 외면하는 것이 미덕으로 여겨지는 삶에 익숙한 우리에게 스트릭랜드의 선택은 용납되기 어려울 수 있습니다. 그러나 우리가 수용하지 않는다고 해서 그 삶이 파렴치하기만 한 것은 아닙니다.

스트릭랜드는 자신의 예술적 열정을 강렬한 비유로 표현한 바 있습니다. '나는 그림을 그려야 한다지 않소. 그리지 않고서는 못 배기겠단 말이오. 물에 빠진 사람에게 헤엄을 잘 치고 못 치고가 문제겠소? 우선 헤어나오는 게 중요하지. 그렇지 않으면 빠져 죽어요.' 그 일을 당장 하지 않으면 죽을 것 같은 사람에게, 가족을 생각해 그 일을 포기하라고 충고하는 것이 과연 온당하기만 한 일인지 생각해 보아야 합니다.

이렇게 이야기하면 스트릭랜드는 괴상하고 특이한 사람으로만 여겨집니다. 그러나 과연 그럴까요? 스트릭랜드는 이 작품에 등장하는 누구보다 현실적인 사람입니다. 그리고 인간적인 면모도 남다릅니다. 현실적이란 말이 비겁하게 타협하는 줄 안다는 뜻이 아니라 자신의 처지와 욕구를 정직하게 인정한다는 뜻에서라면 말입니다. 가족을 떠난 후 그가 받은 비난 중 가장 강력한 것은 그로 인해 블란치가 죽었다는 것입니다.

그는 심하게 앓던 자신을 돌봐 준 스트로브의 스튜디오와 그의 부인을 차지합니다. 그리고 결국 블란치 스트로브는 자살로 생을 마감합니다. 이에 대해 스트릭랜드는 어떤 죄의식도 갖지 않는 것 같습니다. 화가 머리 끝까지 난 '나'가 그를 힐난합니다. 그러자 스트릭랜드는 다음과 같이 응수합니다. '당신이 정말 블란치 스트로브의 생사에 조금이라도 관심을 두고 있긴 하오?'

스트릭랜드의 삶을 편리한 윤리적 기준으로 재단하기 전에 우리의 삶을 한 번 되돌아봅시다. 우리는 그가 파렴치하다고 쉽게 말하지만 우리 자신이 그런 판단을 내릴만큼 타인의 고통에 민감하게 반응하고 관심을 가졌는지에 대해서는 자문하지 않습니다. 우리는 예의상, 교양있는 사람의 처지로서 그렇게 하지 않을 수 없어 타인에 대한 관심을 드러내지만 그 진정성은 우리 스스로 생각해도 한심할 정도입니다. 스트릭랜드의 가출을 무책임한 것이라고 성토하다가 카드 놀이 약속을 떠올리고 아무런 거리낌없이 클럽을 찾아가는 맥앤드루 대령처럼 말입니다.

그의 인간적 면모가 가장 돋보이는 장면은 작품의 거의 마지막 부분입니다. 우연히 스트릭랜드가 사는 오두막에 들른 의사 쿠트라는 그가 나병에 걸렸다는 진단을 합니다. 천형으로 여겨지는 질병 뿐만 아니라 죽음까지도 친구처럼 여기던 그조차도 그 소리에 움찔합니다. 그러나 곧 냉정하게 사태를 정리합니다. 가족들에게 떠나라고 명령하는 것이죠. 그러자 아타는 그의 곁을 떠나지 않겠다고 합니다. 사랑하는 사람의 육신이 조금씩 부녀져내리는 광경을 지켜보아야 하는, 그 끔찍한 고통을 기꺼이 감내하겠다는 그녀의 용단에 스트릭랜드는 무너집니다. 물론 '여자는 알 수 없는 동물이오.'라는 위악적 한마디는 잊지 않지만 말입니다.

위대한 예술은 늘 현실을 배반할 수밖에 없는가?

생전에 자신이 예술적 가치를 제대로 평가받지 못했다는 점에서 불행했던 고갱은 그런 점에서라면 둘째 가라면 서러워 할 고흐와 교우하기도 했습니다. 고갱의 〈레 미제라블〉이라는 자화상에는 '나의 벗 빈센트 반 고흐에게' 라는 글이 적혀 있고, 해바라기를 그리는 고흐의 모습을 고갱이 그리기도 했습니다. 못난 놈들은 얼굴만 봐도 즐겁다고, 고흐 또한 〈폴 고갱에게 바치는 자화상〉을 그렸고, 아를에 있는 그를 찾아온 유일한 화가인 고갱을 위해 〈고갱의 의자〉라는 작품을 남기기도 했습니다. 둘 사이가 파국으로 치닫고 있던 때이기는 하지만, 고흐가 자신의 귀를 자르고 죽은 듯이 침대에 누워있을 때 그를 병원으로 데리고 간 사람도

◀ 〈레 미제라블〉, 폴 고갱, 1888년. 우측 하단에 '레 미제라블, 나의 벗 빈센트 반 고흐에게'라고 적혀 있다.

▶ 〈폴 고갱에게 바치는 자화상〉, 빈센트 반 고흐, 1888년. 상단에 '이 그림을 고갱에게 바친다.'라고 써 놓은 이 그림은 고갱의 그림 〈레 미제라블〉에 대한 고흐의 화답이었다.

〈자화상〉, 최북, 18세기경.　　　　〈자화상〉, 빈센트 반 고흐, 1889년.

고갱이었습니다. 고갱은 타히티에서 외롭게 죽었고 고흐도 37살의 젊은
나이에 삶을 마감했습니다. 광인처럼 살았던 예술가는 우리 땅에도 있었
습니다. '붓으로 먹고 산다'는 자조적인 의미의 호생관(毫生館)을 기꺼
이 호로 삼았던 조선 시대의 화가 최북, 그는 자신의 그림 솜씨를 트집잡
는 사람에게 자신의 한쪽 눈을 스스로 찔러버리는 자학적 행동으로 응대
한 사람이었습니다. 그는 애꾸눈을 한 자신의 모습을 자화상으로 그릴만
큼 자의식이 강하고 당당한 예술가였습니다.

　예로부터 사회적 통념을 넘어서는 예술적 열정을 보여주었던 이들이
있습니다. 이들은 당대에는 반미치광이 취급을 받지만 나중에 천재로 재
평가되곤 합니다. 어쩌면 그런 광기가 그들을 위대한 예술가로 만들었을
지도 모릅니다. 그러나 그들의 삶이 보편적인 상식에서 벗어날 때 평범
한 우리들은 어쩔 수 없이 불편함을 느낍니다. 불멸의 예술작품을 창작

하기 위해, 덧없이 사라지고 말지만 지금-여기에서의 구체적 존재감을 부여하는 세속적 즐거움과 평온을 반드시 그 대가로 지불해야 할까요?

시대를 뛰어넘어 살아남은 예술작품은 작가 당대의 삶뿐만 아니라 인간의 보편적인 삶을 그리고자 합니다. 그것이 무엇인지 범인(凡人)인 우리들로서는 쉬이 짐작할 수 없지만, 그 불가능한 것을 향한 열정이 현재의 삶을 우습게 여기게 하는지도 모릅니다. 위대한 예술가가 겪는 궁핍과 곤란은 어쩌면 그렇게 무시당한 공고한 현실이 그들에게 가한 형벌일 수도 있습니다. 물론 이러한 생각은 예술가의 실제 삶을 지나치게 낭만화한 것입니다. 스트릭랜드의 실제 모델이라고 하는 고갱만 하더라도 끊임없이 프랑스 화단으로부터 인정받길 원했으니 말입니다.

예술가들이 영원불멸할, 모든 인간에게 진리일 어떤 것을 추구한다고 하더라도, 그 행위 자체는 다분히 개인적입니다. 그들은 모두를 위해 글을 쓰거나 그림을 그리는 것이 아닙니다. 자신의 주체할 수 없는 내적 요구에 따라 예술 행위를 하는 것입니다. 그리고 그러한 행위는 사실 특별한 실용성도 없습니다. 문화자본이라는 말이 무시로 쓰이는 현실에서 지나친 말일 수도 있지만, 예술은 그 자체로 어떤 쓸모를 갖지 않습니다. 그렇다면 예술은 지극히 사적인 놀음에 불과할까요?

예술은 기술과 다릅니다. 기술은 쓸모를 지향하지만 예술은 그 쓸모를 넘어설 때 예술의 본령에 다가섭니다. 그리고 예술가 개인의 지극히 주관적인 행위와 그것으로 인한 결과물은, 그것이 일정한 정도의 성취를 보였을 때 모두를 위한 것이 됩니다. 그때에 예술작품은 사람들의 삶에 더 큰 쓸모로 기능합니다. 인간은 돈만 벌고 쓰는 기계가 아닙니다. 돈과 관계없이 자신의 삶에 미학을 부여하고 타인과의 연대를 확장하는 위대한 경험을 우리는 예술작품을 통해 종종 하게 됩니다.

『달과 6펜스』를 읽은 이들 중에서 스트릭랜드의 삶을 전적으로 긍정하고 동경하는 사람은 많지 않을 것 같습니다. 심지어 자신이 그런 삶을 살겠다고 다짐하는 사람은 더 드물 것입니다. 그러나 스트릭랜드와 같은 열망이 우리 안에 있음을 불편하지만 인정했으면 좋겠습니다. 그것을 조심스럽게 간직하는 것이, 내가 추구하는 풍요롭고 안락한 삶에 결코 방해되지 않는다는 사실을, 오히려 그 내밀한 열정이 내 삶을 훨씬 더 충만하게 할 수 있음을 받아들였으면 합니다.

불멸과 영원은 인간의 몫이 아닙니다. 그 불가능한 일에 대한 열망이 스트릭랜드의 삶이었습니다. 그래서 우리에게 그는 불행한 사람처럼 보입니다. 어떤 것이 불가능하다는 말은, 너무도 뻔한 말이지만 현실에선 이룰 수 없다는 뜻입니다. 그러나 스트릭랜드의 생각은 달랐습니다. 불가능하다고 해서 포기해야만 하는 것은 아닙니다. 영원한 가치를 향한 열망은, 어쩔 수 없이 실패하고 사라지고 말 가짜를 만들 수밖에 없지만, 그 열망의 정직함과 간절함으로, 진짜보나 너 가치있는 '가짜'를 만들 수 있을지도 모릅니다.

스트릭랜드는 오랫동안 하고 싶었던 미술에 열중하기 위해 현실을 떠났다. 그는 자기감정과 욕구에 충실했기 때문에 이렇게 과감한 결정을 내릴 수 있었던 것이다. 이는 본받을 만한 태도이다. 그는 예술에 대한 자신의 숨어있던 열정을 깨닫고 그때부터 오랫동안 그 열정만을 쏟으며 살기 위한 준비를 해 왔다. 그는 현실의 안락함을 포기하고도 자신이 하고 싶은 일을 하면서 삶을 즐기기를 원했고 결국 그 소망을 이루는 데 성공했다. 그러나 스트릭랜드와 달리 현대인들은 현실의 안락함을 포기하지 못해 자신의 내면적 욕구를 무시한 채 살아간다. 참 안타까운 일이다. 우리 주변에서도 열심히 돈을 모아서 그동안 꿈꿔왔던 여행에 전 재산을 과감히 투자하는, 자신의 욕구에 충실한 사람들을 볼 수 있는데, 주변 사람들은 그들을 보면서 참 대단하다고 말하고 부러워하면서 정작 자신은 그렇게 하지 못한다. 때로는 과감하게 도전할 줄 아는 태도가 필요하다.

그런데 스트릭랜드의 미술에 대한 열정은 꼭 이렇게 세속사회를 떠나야만 표출될 수 있었던 것일까? 스트릭랜드는 열정적인 예술가로서 삶을 살기로 결정하면서 가족을 무책임하게 버렸다. 그는 이 무책임함 때문에 비판을 받는데, 한편으로는 그가 가족을 떠난 것이 예술에서 성공을 이룬 뒤 그 공을 독점하기 위해서가 아니었기 때문에 그의 결정을 배려해야 한다고 그를 옹호하는 입장도 있다. 하지만 가족을 떠날 때 가족에 대한 스트릭랜드의 태도는 비판받을 만하다. 그는 가족들과 한 마디의 상의도, 작별인사도 없이 그들을 떠났으며 가족들이 그를 찾아도 그는 가족들과의 만남을 단호하게 거절했다. 그는 예술가의 삶을 택하기 전에 한 가정의 가장으로서의 사회적 책임을 지니고 있었는데 한순간에 이것을 무시한 것이다. 그때까지 그를 믿고 살아온 가족들에게는 마른하늘에 날벼락인 셈이다. 가족들이 그와의 이별 후에도 잘 살 수 있도록 그들에게 시간을 주었어야 했다. 혹은 스트릭랜드는 가족들과 떨어져 프랑스에서 살면서도 충분히 가족들을 부양할 수 있었을 것이라고 생각된다. 또 그것이 그의 예술가 생활에 방해가 되지는 않았을 것 같다. 꼭 경제적인 문제가 아니더라도 그가 조금만 더 가족의 입장을 생각했다면 이렇게 비극적으로 헤어지는 상황이 생기지는 않았을 것이다. 스트릭랜드와 헤어지고 난 후에는 그를 증오하다가 그가 천재로 인정받자 그의 아내였던 것을 자랑하는 스트릭랜드 부인의 태도도 결국 스트릭랜드가 초래한 것이다. 냉정하게 현실과 동떨어져 살아가면서 예술에 대한 열정을 발휘한 그의 삶은 예술가로서 낭만적이고 신비스러운 분위기를 자아내지만 그가 사회적 책임을 다하면서 예술가로서도 성공했다면 현실적이면서 그가 더 훌륭하게 느껴지지 않았을까?

가정에 대한 책임을 다하지 못했다는, 스트릭랜드에 대한 오래고 단단한 비난을 위 글에서 걷어내려고 했던 이유는 그것이 전혀 근거 없다고 생각해서가 아닙니다. 지당한 그 평가에만 매달리면 스트릭랜드의 삶이 갖는 의미가 불가피하게 축소될 수밖에 없기 때문입니다. 그래서 스트릭랜드라는 인물을 사람들이 대체로 갖고 있는 자유로움을 비롯한 자신의 욕망에 대한 솔직한 열정으로 해석하기도 했습니다. 올바른 삶의 태도는 내 삶의 지표가 될 수는 있지만 상대방을 평가하는 절대적 기준일 수는 없습니다. 올바름에 대한 생각이 모두 다르기 때문입니다. 스트릭랜드의 삶을 전적으로 긍정할 필요는 없습니다. 그러나 작가가 형상화한 그의 삶이 내게 어떤 의미가 있을지 따져보는 것은 적잖은 의미가 있을 것입니다.

껍질을 연하게 해 줄 책들

이 작품과 관련해 작가의 작품을 한 권 더 읽고 싶다면 『인간의 굴레에서』(서머싯 몸)를 추천합니다. 그리고 스트릭랜드의 모델이라고 알려진 폴 고갱의 삶을 간략하게라도 알고 싶으면 『고갱 : 고귀한 야만인』(프랑수아즈 카생)을 참고하면 됩니다. 예술에 자신의 삶을 온전히 바친 이들이 외국에만 있는 것은 아니니, 우리 예인들의 삶을 엿보고 싶다면 『노름마치』(진옥섭)와 『화인열전』(유홍준)을 권합니다.

인간이
인간다울 수 있는 조건

앙드레 말로, 『인간의 조건』

> 희망은 원래 있다고 할 수도 있고 없다고 할 수도 있다. 이는 마치 땅 위의 길과 같다.
> 본래 땅 위에는 길이 없었다. 걷는 사람들이 많아지다 보면 자연스럽게 길이 되는 것이다.
> – 루쉰

『인간의 조건』의 역사적 배경이 되는 1927년의 상하이 봉기 4년 전인 1923년, 우리에게도 낯익은 한 인물이 상해로 오게 됩니다. 일제 식민지 시기 한국 근대사학의 기틀을 마련한 역사학자이자, 뤼순 감옥에서 옥사할 때까지 일제와 어떠한 타협도 거부하고 독립투쟁을 전개한 혁명가이기도 한 신채호 선생이 바로 그분입니다. 신채호 선생을 상해로 초청한 이는 우리나라 독립운동사의 한 흐름을 담당했던 아나키즘 계열의 독립운동가 유자명이었습니다. 그는 '황포탄 저격사건'으로 의열단에 쏟아지던 근거없는 비난을 정면돌파하기로 마음먹고 신채호 선생에게 의열단 항일선언문을 작성해 달라고 부탁했던 것입니다. 이렇게 해서 발표된 글이 일제 관헌들이 읽고 벌벌 떨었다는 「조선혁명선언」입니다. 신채호

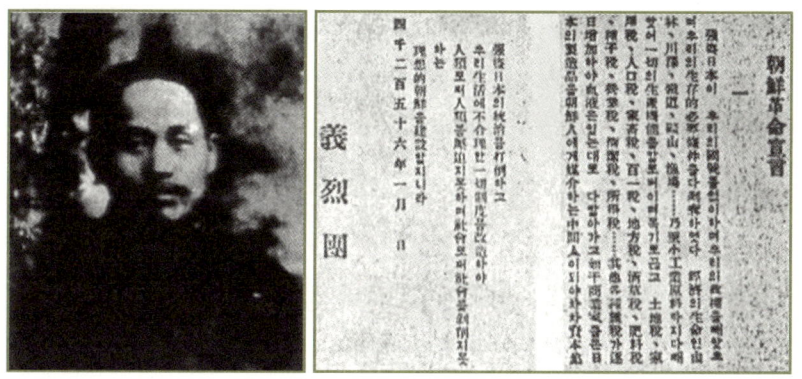

단재 신채호, 그리고 그가 집필한 〈조선혁명선언〉 초판 원문 일부. 1923년.

선생은 이 글에서 일본을 '강도'로 규정하고 다음과 같이 끝을 맺습니다.

> 민중은 우리 혁명의 대본영(大本營)이다. 폭력은 우리 혁명의 유
> 일한 무기다. 우리는 민중 속에 가서 민중과 손을 잡고 끊임없는
> 폭력—암살 · 파괴 · 폭동으로써, 강도 일본의 통치를 타도하고, 우
> 리 생활에 불합리한 일체 제도를 개조하여, 인류로써 인류를 압박
> 지 못하며, 사회로써 사회를 수탈하지 못하는 – 이상적 조선을 건
> 설할지니라.

프랑스인이 쓰고 중국의 정치적 사건을 배경으로 한 『인간의 조건』은,
우리 역사상 가장 치욕스러운 시기이자 동시에 그 적대세력에 대항해 당
당하고 비장하게 맞섰던 때와 깊은 관련이 있습니다. 이 작품의 주인공
기요와 첸, 카토프가 다수 민중을 억압하는 내부의 폭력에 맞섰다면, 신

채호 선생을 비롯한 조선의 독립투사들은 외부의 폭력적 식민 지배에 맞서면서 동시에 내부의 어떠한 세력도 인간을 억압하지 않는 사회를 위해 싸웠던 것입니다.

『인간의 조건』의 세 주인공 모두 비극적 죽음을 맞고 상하이 항쟁이 국민당 군대에 의해 잔인하게 진압된지 또다시 4년 후인 1931년, 기요가 살았던 상해의 프랑스 조계지에서 한·중·일 세 나라의 아나키스트들이 모여 '항일구국연맹'을 결성해 일제의 제국주의 침략에 공동으로 대응하는 조직을 만드는 결실을 맺습니다. 이 조직에 침략의 당사자인 일본의 아나키스트들이 참여한 것이 의아할 수도 있지만, 모든 형태의 권력을 부정하고 개인의 완전한 자유를 주창하는 아나키즘의 사상적 지향을 생각해 보면 그리 이상한 일도 아닙니다. 소설의 등장인물들은 국적과 상관없이 인간의 존엄을 위해 싸웠습니다. 마찬가지로 더 많은 조선의 독립투사들이 목숨을 바치는 순번을 정하는 제비를 기꺼이 뽑아가며 민족의 해방과 개인의 자유를 위해 자신의 삶을 기꺼이 희생했습니다.

『인간의 조건』에는 살인, 방화, 집단 학살, 혈연과 가족관계의 부정 등의 일이 자주 보입니다. 그래서 이런 이야기를 읽는 것이 적절한지 의문을 갖는 이들도 있을 듯합니다. 이 작품은 1927년 3월부터 4월 사이에 일어난 상하이 봉기를 배경으로 하고 있습니다. 이 사건은 극히 일부의 기득권 세력이 서구 제국주의와 결탁해 민중을 억압하고 폭력적으로 지배하려는 것에 대한 민중의 투쟁이었습니다. 봉건왕조의 수탈이 그대로 이어진, 이름 뿐인 공화제 국가에서 인간으로서의 최소한의 권리를 되찾기 위해 싸우는 이야기입니다. 그 투쟁이 점잖아야 한다고 생각한다면 그는 지극히 비현실적인 사람일 것이고, 그 참혹한 역사를 문학적으로 형상화한 것이 명랑만화 같아야 한다고 요구한다면 그는 아픈 역사를 기어코 직시해 증언하려는 작가의 예술적 고투를 부정하는 사람일 것입니다.

인간의 조건을 찾아서

나: 저기 첸이 오는군요. 『인간의 조건』의 주인공 말입니다. 그에게 지금 이곳 상하이에서 어떤 일이 벌어지는지 물어보기로 하죠. 첸, 무슨 일로 이렇게 늦은 시간에 돌아다니나요?

첸: 이건 비밀이긴 한데요. 우리는 국민당 장제스 군대와 손잡고 상하이를 군벌들의 손에서 해방시키려고 해요. 그런데 무기가 너무 부족해요. 그래서 무기거래상을 처치하고 계약서를 탈취해 오는 중이에요.

나: 뭔가 대단한 일이 벌어지나 봐요?

첸: 내일 상하이에서 노동자와 농민이 봉기할 거예요. 그러면 이곳으로 향하고 있는 국민당 군대가 쉽게 상하이를 점령할 수 있겠죠. 봉건 왕조인 청나라가 망하고 중화민국이 들어섰지만 이 나라는 제대로 된 근대국가로 발전하지 못하고 있어요. 일본과 서구 제국주의 국가들의 반식민지로 전락한데다 권력을 가진 군벌이 이들과 결탁해 나라를 팔아먹고 있는 셈이죠. 그 가운데 가난한 농민과 노동자는 비참한 생활을 이어가고 있어요.

나: 설마 당신 혼자 이 엄청난 일을 준비하는 건 아니겠죠?

첸: 그럼요. 기요와 카토프가 가장 가까운 동료죠. 기요가 클라피크라는

거간꾼을 이용해 무기를 실은 배를 다른 곳으로 옮길 거예요. 그러면 카토프가 동료들과 함께 무기를 빼앗으러 가겠죠. 물론 돈을 주진 않아요.

나: 사람을 죽이고 물건을 강탈하기까지 한다, 무엇을 위해서죠?

첸: 앞에서 말했듯이 그들은 민중의 고혈을 빨아먹는 자들이에요. 상하이에 있는 50만 명이 넘는 노동자가 바로 그들 때문에 최소한의 인간다운 생활을 하지 못하고 있어요. 나 역시 살인을 한 후 심한 고독을 느꼈어요. 그래서 기요의 아버지이자 내 스승이기도 한 지조르 선생을 찾아갔어요. 물론 스승을 만난다고해서 내 고뇌가 해결되지는 않겠지만요. 나는 곧 죽을 거예요. 민중을 위해 죽는 것이 내 숙명이니까요.

나: 당신의 그 날카롭고 단단한 신념에 내 무딘 생각도 베이는 것 같군요. 이제 날이 밝았어요. 저기 보이는 노동자들이 당신과 함께 봉기에 참여한 사람들인가 보군요.

첸: 그래요, 혁명은 시작됐어요. 우리는 이날을 위해 수개월 동안 노동자들을 조직했어요. 지금 이 순간 200개가 넘는 공격대가 우리처럼 보안대를 습격할 거예요. 곧 상하이 전체가 봉기군의 손에 넘어오겠죠.

나: 내가 알기로는 페랄이라는 프랑스 상업 회의소 회장이 상하이 보안국장을 만나 당신들과 협력하기로 약속한 장제스의 의중을 확인했다고 하더군요. 그런데 장은 당신 코뮤니스트들에 대해 별로 우호적이지 않은 것 같던데요. 그리고 페랄은 장의 사절과도 만나 자신의 신변 안전을 간접적으로 보장받았어요. 또 그는 상하이 은행가 협회 회장과도 접촉해 상하이 자본가들이 장제스를 지원하도록 설득했어요. 이렇게 되면 당신들은 애초의 적들인 국내외 자본가들과 현재의 아군인 국민당 군대에 포위되는게 아닌가요?

첸: 그럴 리가 없을텐데……. 우리의 상부조직인 '국제 노동자 연맹'에서 그런 움직임을 좌시할리 없어요. 그런데 좀전에 기요의 말을 들으니 의심이 들긴 하는군요. 코뮤니스트들이 다수인 제1사단 병사의 말을 들어보아도 상황이 우리에게 유리하게 돌아가지 않는 것 같네요. 상하이 점령 이후 열린 대의원 총회에서도 국민당 쪽이 다수를 차지했고, 우리가 노동자와 농민들에게 약속했던 것을 시행하려고 하자 상부에서 금지했다는 거예요.

나: 지금 막 들어온 저 사람은 누구죠?

첸: 국민당 장교예요. 잠시 후에 국민당 군대가 상하이에 들어오는데 무기가 부족하니 우리가 갖고 있는 무기를 모두 자신들에게 넘기라는군요. 무기를 그냥 넘겨줄 순 없어요. 지금 상황에선 그들을 믿지 못하니까. 무기를 다 내놓으면 최악의 경우 그들이 우리를 학살할지도 몰라요. 어쨌든 상부기관의 명령을 직접 확인해야 할 것 같아요. 기요가 '국제 노동자 연맹' 대표단이 있는 한커우로 가 정황을 살피려고 해요. 기요는 잘 모르겠지만 나도 한커우로 갈 거예요.

나: 당신이 기요로군요. 어때요, '국제 노동자 연맹'은 끝까지 싸우겠다는 당신들을 지지하던가요?

기요: 봉기를 배반하려는 장에게 대항하려는 우리의 계획을 상부에서는 허락하지 않았소. 오히려 하루 빨리 장의 군대에 무기를 반납하라고 하더군. 혁명의 모국 소련에서도 무기를 반환하라는 명령을 내렸다니, 그럼 우린 무엇을 위해 목숨을 걸고 봉기를 일으켰지?

나: 첸도 이곳으로 왔다면서요?

기요: 그는 장을 암살하겠다고 하면서 상부의 허락을 구했지만 그것도 거절되었소. 혁명은 지금 만삭이 된 셈이오. 순산을 하느냐 사산을 하느냐만 남았는데 아무래도 후자일 것 같다는 불길한 생각이 드오. 이곳에서는 더 할일이 없으니 상하이로 돌아가야겠소.

나: 상하이에서도 좋은 소식은 못 들었나보군요, 얼굴이 침통한 걸 보니.

기요: 클라피크와 공모한 무기 탈취 사건이 문제가 된 것 같소. 클라피크가 피신하라고 전해주더군. 나는 상하이로 돌아와 장제스에게 대항할 전투 부대를 비밀리에 조직하고 있었는데, 더 자세한 정보를 알려주기로 하고선 그는 결국 약속장소에 오지 않았소.

나: 장은 특별 부대에게 당신이 속한 모든 위원들을 체포하라고 명령했대요.

기요: 아마 그랬을 거요. 그런데 나는 그 이후의 일은 잘 모르겠소. 비밀 회합 장소로 가는 중에 괴한들에게 린치를 당해 정신을 잃었버렸거든.

나: 그럼 내가 그 동안 있었던 일을 간단하게 알려줄게요. 첸은 상하이로 돌아온 후 동료 두 명과 함께 장의 자동차에 폭탄을 던지려고 했어요. 그런데 첫 번째 계획은 실패했죠. 두 번째 시도는 첸 혼자 했어요. 그런데 첸이 폭탄을 던진 자동차에는 장이 타고 있지 않았어요. 그곳에서 첸은 죽었고요.

기요: 짓밟힌 사람들을 해방시키기 위해서는 그들의 삶에 의미를 부여하고, 그들의 비극적인 삶을 이해하는 자신 같은 사람은 억압자를 처단해야 한다는 자신의 신념을 완성한 셈이군. 첸은 자기 나름대로의 인간의 조건을 달성한 것 같소.

나: 그리고 페랄은 장제스에게 돈을 전달했고 장도 페랄을 포함한 상하

이 자본가의 이익을 옹호하는데 동의했어요. 장의 군대가 노동자와 농민을 대표하는 당신들을 공격하는 건 당연한 순서였던 것이죠.

나: 이제 자유로운 이는 카토프뿐이군요. 그런데 그도 앞뒤가 막힌 건물에서 장제스 군대의 공격을 받고 있어요. 그리고 보니 아내와 아들이 국민당 군대에 무참히 희생된 에멜리크도 그와 함께 있군요.

카토프: 기요는 어디 있지? 이렇게 '절대로' 바쁜 때 말이야.

나: 기요는 체포되어 감방에 구금되었어요.

카토프: 그랬군. 우리도 아마 오늘이 마지막이 될 것 같아. 지금은 그럭저럭 버티는데 장의 대포가 오면 이렇게 허술한 곳은 끝장이지. 그리고 보니 저기 대포가 오네.

나: 폭격을 당한 당신네 진지는 파괴되었고 당신은 정신을 잃었어요. 폭격으로 당신은 다리에 부상을 입었고요. 여기는 임시 감옥으로 쓰이는 체육관이에요. 이제 정신이 드나요?

카토프: 에멜리크는 어떻게 되었나?

나: 그는 꾀를 내 건물에서 빠져나갔어요. 그리고 당신과는 상관없는 일인지는 모르지만 클라피크도 체포를 피해 프랑스로 향하는 배에 올랐죠. 둘 다 변장을 해 목숨을 건졌어요. 당신 상처는 어때요?

카토프: 곧 죽을 목숨이 그깟 상처를 거들떠볼 이유가 뭐 있어. 우리는 그냥 죽는 게 아니야. 산 채로 기관차의 보일러에 넣는다고 하더군. 인간 백정 놈들.

나: 기요를 만났다면서요.

카토프: 그는 청산가리로 자살했어. 사실 여기에서는 그게 가장 인간적

인 죽음이지. 사실 내게도 청산가리가 있었어. 그런데 옆에 있는 두 사람이 너무 공포에 떨더라고. 그래서 그들에게 줘 버렸어.

나: 네? 그럼 당신은요?

카토프: 평소에도 화재로 불타 죽는 사람이 있지 않나. 그렇게 생각하면 그만이지 뭐. 이걸로 당신과도 마지막이군. 고통 위에 세워지지 않은 인간의 존엄성이란 없다는 사실을 잊지 말아. 그게 내가 죽는 이유니까.

나: ……. 네.

첫 번째 질문

기요, 첸, 카토프, 그들은 누구인가?

『인간의 조건』으로 프랑스 최고 권위의 문학상인 콩쿠르 상을 수상한 5년 후인 1937년, 앙드레 말로는 인간의 존엄을 억압하고 자유를 해치는 이들에 맞서 스페인 내전에 참전합니다. 그는 현대전에서 전투기의 가치를 알았기에 조국 프랑스에 이를 요구합니다. 그러나 프랑스는 이미 스페인과 불가침 조약을 맺은 상태였습니다. 그래도 그는 포기하지 않았습니다. 결국 그는 30여 대의 비행기를 구해 스페인으로 향합니다. 그러나 정작 그는 비행기를 조종할 줄 몰랐습니다.

스페인 내전에 '말로 대령'으로 직접 참전했던 것과는 달리 앙드레 말로는 1927년의 상하이 봉기에는 직접 관여하지 않았습니다. 다만 그는 상하이 코뮤니스트들과 노동자 농민의 '외롭고 높고 쓸쓸한' 저항을 『인간의 조건』으로 복원했습니다. 기요, 첸, 카토프는 그의 문학적 자식이었습니다. 자식은 아버지를 닮게 마련입니다. 기요와 첸, 그리고 카토프에게는 앙드레 말로의 삶이 진하게 묻어납니다.

앙드레 말로 Andre Georges Malraux, 1901~1976.

앙드레 말로는 많은 지식인들이 자기기만의 다른 이름인 '현실' 뒤로 도망쳤던 것과는 달리 그 현실에 당당하게 맞섰습니다. 그런 그의 무모함 뒤에는 혁명에 대한 낭만적 동경이 있었는지도 모릅니다. 정신사적으로 계몽주의와 대립되는 낭만주의는, 이성적 사고로는 결코 이를 수 없는 인간과 자연의 통일성 또는 의식의 통일성을 성취하는 능력인 환상의 개념을 통해 정초되었으면서도, 계몽주의로부터 이어받은 '성찰'이라는 고도의 지성에 대한 신뢰를 함유하고 있습니다. 달리 말해 계몽주의자는 보편적 이성을 통해서만 세계가 변화될 수 있다고 믿지만, 낭만주의자는 그러한 이성을 포함한 사랑의 감정에 의해서도 세계를 변화시킬 수 있다고 믿습니다. 이때의 사랑이란 단순히 개인의 감정만을 뜻하는 것이 아니라 세계를 근본적으로 변혁시킬 수 있는 힘, 또는 그것을 긍정하는 태도로 이해할 수 있습니다. 이런 점에서 낭만주의자에게 '낭만적'이란 용어는 '혁명적'이란 것과 동일한 의미로 간주될 수 있는 것입니다.

비행기를 조종할 줄 모르면서도 전투기 편대장으로서의 임무를 수행했던 앙드레 말로의 행동은 무모했습니다. 그러나 그 무모함을 냉철하지 못하다고 비난할 수 있는 사람이 몇이나 있겠습니까. 앙드레 말로는 결

이해타산을 초월하여 자기 목숨을 바칠 수 있는 모든 사상은 – 다소 막연하기는 하지만 – 인간 조건의 토대를 존엄성 위에 세움으로써 그것을 정당화하려는 욕구를 나타내고 있는 것이다.

(…)

그는 자기 시대에서 가장 강력한 의미와 가장 위대한 희망을 지닌 것을 위하여 싸웠다. 그는 자기가 같이 살려고 했던 사람들 사이에서 죽으려는 것이며, 여기 누워 있는 사람들 하나하나가 그렇듯이 자기 인생에 어떤 의미를 주기 위해서 지금 죽어가는 것이다.

코 현실을 도외시한 몽상가가 아니었습니다. 오히려 반복되는 현실적 패배에도 자신의 실존적 삶에 미학을 부여했던 시지프였습니다.

『인간의 조건』의 세 주인공 기요, 첸, 카토프는 모두 국적이 다릅니다. 기요는 프랑스인 아버지와 일본인 어머니 사이에서 태어난 혼혈인이고 그의 부인인 메이는 독일 출생입니다. 첸은 중국인이지만 일찍 부모를 여읜 고아이며 카토프는 러시아 태생으로 아내가 죽은 후 혼자 살아갑니다. 가족 때문에 이들과 함께 싸우지 못하는 자신을 경멸하다 아내와 아들을 잃은 후에야 투쟁에 나서는 에멜리크는 벨기에인입니다. 그들의 국적은 모두 다르지만 그들 자신이 '무참히 짓밟힌 인간'이거나 또는 그러한 이들을 위해 싸운다는 점에서는 형제와 같습니다. 주인공들의 다양한 국적은 국적의 무가치함 혹은 국가의 폭력적 본질에 대한 부정을 상징한다고 할 수 있습니다. 그들에게 국가는 배타적 권력으로 소수의 기득권자들을 위해 다수의 민중을 억압하는 체제일 뿐입니다.

기요는 『인간의 조건』의 주인공 중 가장 이지적인 인물입니다. 그는 봉기를 위한 조직의 책임자로서 현실에 대한 냉철한 판단을 내릴 수 있는 지적 능력으로 불의에 대항합니다. 그는 당시 중국을 지배하고 있던 외세를 등에 업은 군벌에 대항하기 위해서는 조직이 필요함을 압니다. 그렇다고 그가 조직에 무조건 복종하는 교조적인 인물은 아닙니다. '국제 노동자 연맹'이 국민당 장제스와의 정략적 관계 때문에 노동자와 농민을 배반하려고 하자, 그는 당당하게 항의하고 끝까지 싸우다 죽음을 맞습니다. 그에게 중요한 것은 조직이나 이념의 확장이 아니라 고통받는 민중의 해방이기 때문입니다.

첸은 현실에 대한 관념적 접근을 허용하지 않는 사람으로, '행동으로 옮길 수 있는 이데올로기밖에 믿지 않습니다. 그는 현실을 분석하기보다 변화시키는데, 그것도 자신의 직접적인 행동으로 상황을 극적으로 전환시키는데 주저하지 않습니다. 장을 암살하려는 첸의 두 번의 시도는 모두 실패합니다. 첸의 동료들은 죽음을 각오한 그의 행동이 결국 자신을 위한 것일 뿐이라고 비판합니다. 그러나 첸은 그러한 합리적 분석에 아랑곳하지 않습니다. 현재 그가 할 수 있는 최선이 자신의 목숨을 버리는 일이라면 그 일을 실행할 뿐입니다.

카토프는 조국에서 혁명의 소용돌이에 휘말려 죽을 고비를 넘깁니다. 그러나 그는 다시 상하이에서 민중을 위해 목숨을 걸고 저항합니다. 그가 자신의 행동이나 존재의 의미를 과장하지 않고 보여준 극한의 의지는 인간의 존엄성에 대해 다시 생각하게 합니다. 불에 타 죽을 고통을 기꺼이 감수하며 자살용 청산가리를 두려움에 떨고 있는 동료에게 전하는 장면은 인간이 도달할 수 있는 자기희생의 극단을 보여주는 것 같습니다.

이렇게 『인간의 조건』의 세 주인공을 일별하고 나면 그들은 평범한 우리들과는 전혀 다른 존재처럼 느껴집니다. 기요와 첸, 그리고 카토프는 자신들의 신념을 위해 국가와 가족, 심지어 자신의 목숨도 기꺼이 부정하는 사람들로 생각되는 것이죠. 그러나 그들은 철저히 인간적인 존재였습니다. 기요는 봉기 전날, 다음날이면 죽을지도 모른다는 극도의 긴장감으로 다른 남자와 동침했다는 아내 메이의 고백에 격심한 심리적 동요를 느낍니다. 그는 메이의 행동이나 사고를 남편이라는 이유로 억압할 수 없다고 생각하는 매우 이지적인 사람입니다. 그러나 그의 마음은 갈팡질팡합니다. 그리고 그는 자신의 합리적 사고가 질투의 감정을 조절하지 못하는 것을 '서글픈 인간성'이라고 담담하게 고백합니다.

강철같은 투사의 이미지를 갖고 있는 카토프 역시 상하이에 오기 전까지 한 여인을 극진히 사랑했습니다. 그러나 그 여인이 죽자 그녀에 대한 사랑의 연장선상에서 혁명에 투신합니다. 그들은 가족간의 사랑을 부인하지 않습니다. 오히려 그들의 투쟁은 가족들과의 인간적 관계를 지키기 위한 불가피한 선택이었다고 평가돼야 합니다. 그들의 봉기가 곧바로 자기 가정의 행복을 보장하지는 않지만, 그들의 투쟁은 더 많은 가족을 위한 것이었습니다. 제국주의 침략이라는 외부의 억압과 군벌이라는 내부의 폭력 사이에서 자신의 가족만 안전하고 행복할 방법은 없습니다. 따라서 다수 민중을 위해 싸우는 것은 곧 내 가족을 위해 싸우는 것과 같았던 것입니다.

그들은 무엇을 위해 싸웠는가?

『인간의 조건』은 '진정으로 영향력을 지닌 문학은, 분노로 포효하는 문학이요 복수하는 문학이다.'라고 일갈했던 루쉰이 '피의 유희'라고 이름 붙인 상하이 봉기와 잇따른 장제스 국민당의 반공 쿠데타를 배경으로 합니다.

　　중국 대륙의 마지막 봉건왕조인 청(淸)이 아편전쟁과 청·일 전쟁 등 외세와의 대결에서 패하자, 바로 이어 중화민국이 건국됩니다. 이후 중국 대륙은 장제스가 이끄는 국민당과 1921년에 창립된 중국 공산당 두 세력의 협력과 대결의 장이 됩니다. 1924년 국민당과 공산당은 1차 국공합작을 통해 제국주의 세력과 협력해 민중을 수탈하던 군벌을 타도하기 위해 북벌을 시작합니다. 북벌이 진행되는 동안 중국 공산당은 노동자 농민의 힘을 결집시켜 1927년 3월 21일 상하이에서 총파업과 무장봉기를 일으킵니다. 그러나 3월 26일 상하이에 도착한 장제스 군대는 서구 열강 및 국내의 자본가와 결탁하여 파업 중인 노동자를 무장 해제시키고 코뮤니스트를 무참히 학살합니다.

상하이 봉기에 대한 이상의 개략적 설명은 『인간의 조건』에서 얼핏 이해가 되지 않았던 다음의 상황을 설명해 줍니다. 상하이 봉기 직후 코뮤니스트인 기요, 첸, 카토프는 국민당 군대가 언제 상하이에 도착할지에 대해 촉각을 곤두세웁니다. 그들이 적절한 시기에 도착해야 봉기가 성공할 수 있기 때문입니다. 그들이 속한 중국 공산당은 장제스가 이끄는 국민당과 협력해 군벌을 타도하려는 것입니다.

그런데 봉기가 성공할 즈음 소설에는 페랄이라는 인물이 등장합니다. 그는 프랑스 상업 회의소 회장을 맡고 있는 인물로 중국 군벌과 결탁해 철저히 자신의 이익을 추구하는 인물입니다. 그는 류 티유라는 중국 상업 회의소 명예 회장을 만나 장제스에게 협력할 것을 권고합니다. 그와 거의 같은 때에 국민당 군대 장교는 기요와 첸, 카토프를 찾아가 무기를 자신들에게 내놓으라고 요구합니다. 국부(國富)를 갉아먹는 외세와 군벌을 타도하기 위해 코뮤니스트들과 협력했던 국민당이, 상하이 봉기가 성공하자 곧바로 타도하려던 세력과 결탁해 협력했던 세력을 배반한 것입니다. 그 배반의 이유는 돈이었습니다. 국민당 군대는 세력 확장을 위해 돈이 필요했습니다. 그들을 지원할 수 있는 이들은 노동자와 농민을 착취하는 기득권 세력입니다. 그런데 국민당 정부가 협력했던 코뮤니스트들은 민중 봉기를 통해 노동자에게는 인금 인상을, 농민에게는 토지 분배를 약속했습니다. 이러한 약속이 지켜지면 자본가들은 심각한 타격을 입게 될 게 뻔합니다. 그래서 그들은 발빠르게 국민당 군대를 지원함으로써 장제스가 코뮤니스트들을 배반하도록 유도한 것입니다.

이렇게 상하이 봉기라는 한 사건에 대한 『인간의 조건』 등장인물들의 태도는 극단적일 정도로 상반됩니다. 우선 기요, 첸, 카토프는 자신이나 자신이 속한 계급을 위해서가 아니라 봉건왕조에서 근대국가로 변모되는 과정에서도 여전히 억압받고 고통받던 민중을 위해 목숨을 건 투쟁을 벌입니다. 그들이 봉기를 위해 조직을 꾸리는데 실질적으로 그리고 사상적으로 영향을 미치는 '국제 노동자 연맹'은, 그러나 결정적인 순간 조직의 이데올로기 확장을 위해 노동자 농민을 배반하는 결정을 내립니다. 장제스가 이끄는 국민당 또한 마찬가지입니다. 그들은 자신들의 정치적 영향력을 확대하기 위해 군벌을 타도할 필요가 있었고 이를 위해 코뮤니스트들과 일시적으로 협력합니다. 그러나 상하이에서 권력을 장악하자마자 그들은 기꺼이 민중을 배반하고 자본가와 결탁합니다. 페랄로 대표되는 국내외의 자본가들은 상하이 봉기를 위기로 맞지만 곧 장제스를 회유해 자신들의 신변 안전과 경제적 기득권을 유지하는데 성공합니다. 상하이 봉기가 코뮤니스트들의 자기희생을 통해 가능했다면, 국민당의 반공 쿠데타는 기득권 세력의 극단적인 자기 이익 추구의 결과였던 것입니다.

기요와 첸, 그리고 카토프가 약한 고리로 연결되어 있던 코뮤니즘은 본래 공유재산을 뜻하는 '코뮤네(commune)'라는 라틴어에서 유래했습니다. 코뮤니즘을 이론적으로 체계화한 마르크스에 의하면 공산주의는 사회주의의 다음 단계로 오는 사회형태입니다. 앙드레 말로와 페랄의 조국 프랑스의 사회주의자이자 총리였던 레옹 블룸은 그 사회주의를 다음과 같이 정의한 바 있습니다.

> 사회주의는 인간 영혼의 가장 고귀한 감정의 항거에서 태어난 것이다. 사회주의는 비참함, 실업, 추위, 배고픔과 같은 견딜 수 없는 광경이 성실한 가슴들에 타오르게 하는 연민과 분노에서 태어난 것이다. 한쪽엔 호화, 사치가 있는가 하면 다른 쪽엔 궁핍이, 또 한쪽엔 견딜 수 없는 노동이 있는가 하면 다른 쪽엔 거만한 게으름이 있는, 이 터무니없고도 서글픈 대비에서 사회주의는 태어난 것이다. 사회주의는 사람들이 흔히 말하듯, 가장 천한 인간의 동기인 시샘의 산물이 아니라, 정의의 산물이며 가난한 자에 대한 동정의 산물인 것이다.

상하이 총파업을 이끌고 노동자를 조직해 투장했던 『인간의 조건』의 세 주인공인 기요와 첸, 카토프는 모두 코뮤니스트입니다. 우리 사회는 아직도 공산주의에 대한 최소한의 객관적 이해도 결여하고 있습니다. 공산주의는 '빨갱이' 혹은 '머리에 뿔 달린 괴물'이라는 등식이 지금도 유효합니다. 사회주의는 평등에 대한 인류의 오랜 꿈입니다. 물론 기요와 첸, 카토프가 자신의 목숨을 아낌없이 바친 이유가 코뮤니즘이라는 이념에 대한 맹목적 추종 때문이 아니라 그 이데올로기가 고통받는 민중을 위한 것이었기 때문이라는 사실은 두말할 나위가 없습니다. 그들은 이데올로기적 허상에 속아 자신의 목숨을 바친 것이 아닙니다. 그들은 '우리들의 세상', '가난한 사람들의 세상'을 위해 기꺼이 죽었습니다.

인간의 조건이란 무엇인가?

르네 마그리트의 〈인간의 조건〉이라는 작품이 있습니다. 창가에 이젤이 놓여있고 그 위에 얹힌 그림은 바깥의 풍경과 겹칩니다. 창밖으로 보이는 나무는 실재하는 나무인지 캔버스 위에 그려진 것인지 명확히 알 수 없습니다. 그 애매성과 중첩성은 곧 인간 인식의 한계, 인간의 불가피한 존재론적 조건을 상징합니다. 인간이 어떤 것을 분명히 인식하고 있다는 확신은 사실 착각에 불과합니다. 그리고 이러한 잘못된 확신은 인간 관계에도 그대로 적용됩니다. 인간은 끊임없이 관계를 통해 타인과 하나가 되길 소망합니다. 그러나 내가 남이 될 수는 없습니다. 심지어 '나'는 내 자신으로부터도 낯선 존재입니다.

『인간의 조건』의 주인공 기요는 녹음된 자신의 목소리를 그대로 느낍니다. 자기 자신도 낯선 존재라면 타인을 자신과 동일시하기는 요원한 일입니다. 집에 돌아온 기요는 이번에는 아내인 메이를 낯설게 여깁니다. 서로 사랑하고 신뢰하는 부부라는 관계도 둘이 하나가 되고자 하는 욕망을 충족시키진 못합니다. 첸도 마찬가지입니다. 그는 피를 흘려가며 노동자 농민을 위해 싸우지만 자신이 그들과 똑같은 존재가 될 수 없음을 솔직하게 고백합니다. 삶에서 인간이 맺는 다양한 관계는 결국 본질적으로 고립되고 개별적일 수밖에 없는 인간의 존재론적 한계를 극복하려는 몸부림에 불과할 뿐입니다. 그것이 전혀 무가치한 것은 아니지만 결코 성공할 수도 없습니다.

또 다른 의미에서의 '인간의 조건'이 있습니다. 페랄은 기요의 아버지

〈인간의 조건〉, 르네 마그리트, 1933년.

지조르와의 대화에게 봉기에 나선 이들의 행동을 '단 하나밖에 없는 목숨을 한갓 관념을 위해서 바친다는 것은 인간의 독특한 어리석음'이라고 조롱합니다. 그러자 첸을 비롯한 많은 자기희생적 청년들의 정신적 스승인 지조르는 다음과 같이 답합니다. "사람이 인간으로서의 조건을 참을 수 있기란 쉽지 않은 일일 테죠." 지조르가 말한 '인간의 조건'은 고통받는 이웃들에 대한 사람들의 자연스러운 인간적 도리로 이해됩니다. 한 나라를 대표할 만한 지위에 오를 능력을 갖추었고 인간은 자신의 이익을 위해서만 일한다고 믿는 페랄에게, 자신과 아무런 이해관계도 없는 이들을 위해 자신의 목숨을 바치는 것은 아닌게 아니라 어리석기 짝이 없는 행동일 것입니다. 그러나 자신의 기득권을 포기하고 봉기를 주도한 기요나, 동료를 위해 불에 타 죽는 고통을 기꺼이 선택하는 카토프에겐, 소수의 권력자로부터 고통받는 다수의 민중을 구해내는 일은 인간이 인간일 수 있는 조건입니다. 여기에서 특별히 주목되는 사람은 첸입니다. 그는 고통받는 이들을 위해 자신의 목숨까지 걸고 싸우면서도 그 자신은 결코 노동자 계급에 완전히 동화할 수 없음을 괴로워합니다. 그의 이러한 냉철한 자기반성이 결과적으로 자기파괴적이기까지 한 희생적 행동을 가능케 했을 것입니다. '어떻게 피를 같이 흘려도 소용없단 말인가?' 첸의 이 짧은 고백은 어쩌면 인간이 취할 수 있는 가장 성숙한 자기성찰의 태도를 보여준다고 할 수 있습니다.

『인간의 조건』의 주인공들이 생각한 인간으로서의 조건은 온갖 폭력으로부터 고통받는 이들이 최소한의 인간적 존엄을 지키며 살 수 있도록 부당한 현실과 싸우는 것입니다. 그들은 특정 이데올로기의 숭배자가 아니었습니다. 그들이 자신의 목숨을 바친 재단(齋壇)이 있다면 그것은 오로지 '인간'일 뿐입니다. 그들은 인간에 대한 예의를 지키고자 싸웠습니다. 그것이 그들을 인간답게 했습니다. 그리고 그들은 뜻을 같이하는 이들과 함께 싸웠습니다. 연대를 통한 불의에의 항거가 진정한 인간의 조건임을 『인간의 조건』의 여러 주인공은 온몸으로 보여주고 있습니다. 인간답게 살기 위해 노력은, 그러나 앞에서도 언급했듯이 불가피한 인간의 실존적 조건 내에서만 가능합니다. 물론 성숙한 인간의 견고한 의지에 따라 그 한계는 확장될 수 있습니다. 그러나 그 한계 자체를 부정하거나 넘어설 수는 없습니다. 인간은 자신의 존재론적 조건에 늘 패배하는 존재이면서도 스스로를 끝없이 고양시켜 인간다움을 완성시켜 가는 위대한 존재입니다.

다른 이들에 비해 아직은 한참 어린 나이지만, 지금까지 나는 참 도덕적으로 살아왔다. 이 말이 고깝게 들린다면 조금 더 이 글을 읽어보시라. '교육'이라는 것이 내게 인지될 수 있었던 순간부터 나는, 도덕적이라거나 착하다는 말이 일생에서 받을 수 있는 가장 명예로운 찬사일 것이라 믿었다. 배운 바에 따르면, 그것들은 내가 '인간답다'는 것을 인정하는 훈장과도 같았던 것이다. 아마 많은 이들이 그러한 칭찬을 들었을 때, 자신이 예수 그리스도가 된 양 우쭐했던 경험이 있으리라. 그러나 과연 '도덕'이라는 것이, 우리를 인간답게 하는 조건이 될 수 있는 것일까.

그전에 도덕의 사전적 정의를 통해 그것의 정확한 뜻을 알아보자. 여기에 두 가지 명제가 있다. 하나는 도덕을 뜻하는 것이며, 다른 하나는 항상 그와 혼동되어 쓰이는 어떤 어휘를 가리키는 정의이다.

1) 사회의 구성원들이 양심, 사회적 여론, 관습 따위에 비추어 스스로 마땅히 지켜야 할 행동 준칙이나 규범의 총체.
2) 사람으로서 마땅히 행하거나 지켜야할 도리.

두 문장 중에 어떤 것이 도덕의 의미에 더 가깝다고 생각하는지 주위 사람들에게 물었더니, 신기하게도 모두들 두 번째 문장을 택했다. 아마 많은 이들이 – 딱히 이 문제에 대해 의구심을 품지 않는 한 – 그럴 것이며, 나 역시도 사전을 찾아보기 전에는, 당연히 후자가 도덕을 뜻하는 것이라고 막연하게 생각했었다. 그러나 '사람으로서 마땅히 행하거나 지켜야할 도리'는 도덕이 아니라 '윤리'를 가리키는 말이다. 다시 말해, 도덕은 정확하게는 첫 번째 명제의 뜻을 띤다는 것이다.

윤리와 도덕의 가장 결정적인 차이는 '가변성'에 있다. 윤리는 인간이 응당 행해야 하는 것이므로, 인간으로 태어나기만 한다면 조건에 상관없이 타인들과 동일하게 느낄 수 있는 일반적인 가치다. 그러나 도덕은 '사회 내'의 규범이다. 즉 도덕은 위 명제에서 정의된 대로 양심, 사회적 여론, 관습 따위의 환경에 따라 시대와 지역에 따라 달라질 수 있는 가변적인 개념이다. 따라서 도덕은 윤리에 비해 덜 중립적이며 그만큼 악용될 수 있는 위험성도 매우 크다. '도덕적인 사람'으로 육성한다는 미명 하에, 사회에 순종하는 '착한' 사람들, 자유로운 노예들을 양산할 수 있으며, 또한 도덕이 이데올로기로 작용하여 사람들이 '실재'를 보지 못하게끔 만들어버릴 수도 있다. 예를 들어, 우리가 어렸을 적부터 들어온 '말을 잘 들어야 착한 아이'라거나 '애국심을 가져라' 하는 말들은 도덕이라는 가면을 쓴 이데올로기일 공산이 높다.

이런 여지 때문에, 도덕은 부정적인 가치라고 볼 수 없음에도 불구하고, 인간의 조건이 되기에는 꺼림칙한 부분이 있을 수밖에 없다. 그러나 사회 밖에서 살아가는 인간은 거의 없다. 그래서 어쨌든 우리는 이 '도덕'이라는 규범 속에서 살아가면서, 인간다움을 규명할 또 다른 어떤 조건을 모색해야 하는 것이다.

『인간의 조건』의 주인공들은, 혼란스럽기 그지없는 지금의 우리들에게 참다운 인간의 조건이 무엇인지를 여실히 보여준다. 기요, 첸, 카토프. 그들 역시 우리처럼 사회에 예속된 인간들이다. 특히 에멜리크라는 인물은 부양할 가족이 있음으로 인해서, 다른 주인공들에 비해 한층 더 깊은 도덕과 윤리 사이의 갈등을 보여준다. 그는 테러를 준비하는 첸을 도와주고 싶어 하지만, 아픈 아들과 여린 아내가 자신 때문에 목숨을 잃을까봐 두려워 그럴 수가 없다. 우리는 이에 대해 그를 비난할 수 없다. 앞에서 한번 언급했듯이, 이러한 도덕적인 태도는 사회에 의해 악용될 여지가 있는 것이지, 그 자체가 나쁜 것이라고 볼 수 없기 때문이다. 그러나 에멜리크는 그 이후로 쭉 죄책감에 시달린다. 도덕의 테두리 안에 있으면서도 윤리의 실천, 인간의 존엄을 위한 정당한 투쟁을 갈망하는 마음 때문이다. 결국 가족들이 국민당에 의해서 살해되고 나서야 그는 도덕적 의무감을 내려놓고 윤리의 세계로 한 발짝 내딛는다.

나는 이런 에멜리크의 행보에서 인간의 조건이 무엇인지를 알 수 있었다. 인간은 나약한 존재여서 때때로 사회로부터 폭력을 당하고 배신을 당하면서도, 사랑과 도덕을 아로새기며 꿋꿋이 버틴다. 그러나 그 역경 속에서 인간다운 인간이라면 누구나, 가슴 속에 윤리를 위해 저항하고 싶은 불씨 하나쯤은 있기 마련이다. 그렇다면 그 불씨 하나가 바로 인간의 조건이 아닐까. 물론 우리가 살고 있는 시대는 『인간의 조건』에 등장하는 인물들이 살았던 시기와는 상황이 달라서, 도덕을 악용해서, 이데올로기를 통해서 우리를 얽는 사회에 당당하게 맞서다 전사하라고 우리 자신에게 강요할 수는 없다. 그러나 우리 역시, 그들이 품었던 '윤리'의 불씨를 가슴 속에 새기고 부당한 일에 문제의식을 공유하며 덤비는 배짱이 있다면 인간다운 인간이 될 수 있지 않을까.

윤리와 도덕을 구분한 대표적인 이가 헤겔입니다. 그는 사람들 관계가 일정한 규범 속에서 습관적으로 움직여가는 상태를 윤리라고 했고, 도덕은 이러한 윤리가 깨져 더 이상 사회적 기능을 수행하지 못할 때 인간의 양심에 따라 행동하는 것으로 정의했습니다. 그리고 헤겔은 인간의 역사가 윤리의 시대에서 도덕의 시대로 이행해왔다고 설명했습니다. 도덕이 그 자체로 부정적인 것은 아니지만 주위의 상황에 연동하는 가변적 개념이기에 쉽게 악용될 수 있다는 지적은 그래서 뛰어난 통찰입니다. 그러나 『인간의 조건』의 주인공들을 본받아 '윤리'를 회복하는 것이 인간다운 인간이 될 수 있는 길이라는 주장은 다소 위험할 수 있습니다. 우리가 살고 있는 사회의 복잡성이 윤리 이외의 도덕을 요구했다면, 윤리를 회복하자는 주장은 불가능하거나 오히려 반동적인 것으로 오용될 수 있기 때문입니다. 사회적 규범으로서의 도덕이 제 기능을 할 수 있도록, 그것이 기득권 세력에 의해 악용되지 않도록, 그리고 도덕을 가장한 전방위적인 이데올로기 공세로부터 내 자신이 흔들리지 않도록, 내 자신을, 우리가 사는 사회를 성실하게 살피는 것이 무엇보다 중요합니다.

껍질을 연하게 해 줄 책들

본문에서 언급한 상하이에서 독립운동을 전개했던 선열들의 감동적인 삶을 맛보려면 『이회영과 젊은 그들』(이덕일)을, 작가 앙드레 말로가 참전했던 스페인 내전에 관한 이야기를 읽고 싶다면 『희망』(앙드레 말로)을 각각 추천합니다. 그리고 기요와 첸, 그리고 카토프처럼 역사를 민중의 시각에서 바라본 역사책을 읽고 싶은 친구들에게는 『민중의 세계사』(크리스 하먼) 일독을 권합니다.